a noite mais escura do ano

DEAN KOONTZ

DEAN KOONTZ

a noite mais escura do ano

Tradução de
Marilene Tombini

EDITORA RECORD
RIO DE JANEIRO • SÃO PAULO
2010

CIP-BRASIL. CATALOGAÇÃO NA FONTE
SINDICATO NACIONAL DOS EDITORES DE LIVROS, RJ.

K86n Koontz, Dean R. (Dean Ray), 1945-
A noite mais escura do ano / Dean Koontz ; tradução de Marilene Tombini.
– Rio de Janeiro : Record, 2010

Tradução de: The Darkest Evening of the Year
ISBN 978-85-01-07756-1

1. Salvamento de cão - Ficção. 2. Golden retriever (Cão) - Ficção. 3. Ficção americana. I. Tombini, Marilene. II. Título.

10-0121. CDD: 813
CDU: 821.111(73)-3

Texto revisado segundo o novo Acordo Ortográfico da Língua Portuguesa.

TÍTULO ORIGINAL EM INGLÊS:
The Darkest Evening of the Year

Capa: Leonardo Iaccarino
Diagramação: editoriarte

Impresso no Brasil

ISBN 978-85-01-07756-1

Para Gerda, que um dia será recebida com júbilo na próxima vida pela filha golden que tanto amou e com uma ternura tão altruísta nesta vida.

E PARA

Padre Jerome Molokie, por suas várias gentilezas, pela alegria, amizade e devoção inspiradora ao que é primordial, verdadeiro e infinito.

PRIMEIRA PARTE

"O bosque é belo, sombrio e profundo."

— Robert Frost

Parada no bosque numa noite de neve

CAPÍTULO 1

ATRÁS DO VOLANTE DO FORD EXPEDITION, AMY REDWING dirigia como se fosse imortal, ou seja, segura em qualquer velocidade.

Um rastro de folhas douradas dos plátanos rodopiava na brisa intermitente da estrada já passada a meia-noite. Ela seguia feito um pé de vento pelo outono que estalava, arranhando o para-brisa.

Para alguns, o passado é uma corrente, cada dia um elo, que acaba lá atrás num cadeado qualquer, em algum lugar escuro, sendo o amanhã escravo do ontem.

Amy Redwing não conhecia suas origens. Abandonada aos 2 anos, ela não guardava lembrança da mãe nem do pai.

Fora deixada numa igreja, o nome preso à blusa. Uma freira a encontrara adormecida num dos bancos.

É bem provável que o sobrenome tenha sido inventado para despistar. A polícia não conseguira chegar a ninguém por intermédio dele.

Redwing, que significa asa vermelha, sugeria uma herança indígena norte-americana. Seus cabelos de graúna e seus olhos escuros indicavam os cherokees, mas seus ancestrais bem podiam ser oriundos da Armênia, Sicília ou Espanha.

A história de Amy continuava incompleta, mas a falta de raízes não a libertava. Ela estava acorrentada a algum cadeado fixado no marco de um ano distante.

Embora se apresentasse com um espírito tão alegre que dava a impressão de que conseguiria voar, era, de fato, tão terrena quanto qualquer outro.

Preso no cinto de segurança do assento ao lado, pés pressionando um freio imaginário, Brian McCarthy queria convencer Amy a diminuir a velocidade, mas nada dizia, com medo de que ela tirasse os olhos do caminho para responder ao seu pedido de cautela.

Além disso, quando ela se lançava numa missão desse tipo, qualquer apelo por prudência podia ter o efeito perverso de incitá-la a pisar mais fundo no acelerador.

— Eu adoro outubro — disse ela, tirando o olhar da estrada. — Você não?

— Ainda estamos em setembro.

— Eu consigo amar outubro em setembro. Setembro não se importa.

— Preste atenção ao volante.

— Adoro São Francisco, mas fica a centenas de quilômetros.

— Do jeito que você está dirigindo, chegaremos lá em dez minutos.

— Sou ótima motorista. Nenhum acidente, nenhuma multa.

— A minha vida inteira não para de passar diante dos meus olhos — disse ele.

— Você devia marcar uma hora no oftalmologista.

— Amy, por favor, pare de olhar para mim.

— Você está ótimo, querido. Esse cabelo amassado lhe cai bem.

— Eu quis dizer: *olhe para a estrada.*

— Tem um cara, o Marco, que é cego, mas dirige.

— Marco de quê?

— Marco alguma coisa. Mora nas Filipinas. Li sobre ele numa revista.

— Nenhuma pessoa cega pode dirigir.

— Acho que você não acredita que o homem foi mesmo à Lua.

— Não acredito que tenham *dirigido* por lá.

— O cachorro de Marco se senta no banco do passageiro e Marco percebe por meio dele quando deve dobrar à direita ou à esquerda, quando deve frear.

Algumas pessoas achavam que Amy era uma charmosa cabeça de vento. A princípio, Brian achara o mesmo. Depois acabou percebendo que estava errado. Ele nunca teria se apaixonado por uma cabeça de vento.

— Você não pode estar falando sério quando diz que cães de cegos sabem dirigir — disse ele.

— O cachorro não dirige, seu bobo. Ele só guia o Marco.

— Que revista esquisita é essa que você andou lendo?

— A *National Geographic*. Era uma história animadora sobre o laço entre humanos e cachorros, sobre a capacitação dos deficientes.

— Aposto meu pé esquerdo que não foi na *National Geographic*.

— Sou contra apostas — disse ela.

— Mas não contra cegos dirigirem.

— Bem, é preciso que sejam cegos *responsáveis*.

— Nenhum lugar do mundo — insistiu ele — permite que os cegos dirijam.

— Não mais — concordou ela.

Brian não queria perguntar, mas não se conteve:

— O Marco não tem mais permissão para dirigir?

— Ele estava sempre batendo nas coisas.

— Posso imaginar.

— Mas não se pode culpar Antoine.

— Que Antoine?

— Antoine, o cachorro. Tenho certeza de que ele deu o melhor de si. Os cachorros sempre dão. Marco simplesmente previa antes dele com muita frequência.

— Olhe para o caminho. Curva à esquerda adiante.

— Você é o meu Antoine. Nunca vai deixar que eu bata nas coisas — disse ela, sorrindo.

Sob a pálida luz do luar, um antigo bairro de classe média formado por casas térreas de estilo campestre pareceu brotar da escuridão.

Não havia postes de luz iluminando a noite, mas a Lua prateava as folhas e os troncos cor de creme dos eucaliptos. Aqui e ali, muros de estuque refletiam um leve brilho ectoplasmático, como se aquela fosse uma cidade fantasma de construções fantasmagóricas habitadas por espíritos.

Na segunda quadra, luzes iluminavam as janelas de uma casa.

Amy freou e os faróis fizeram brilhar os números fosforescentes da caixa de correio na calçada.

Dando marcha a ré no Expedition, entrou no caminho da garagem.

— Sendo uma situação incerta, é melhor ficar posicionada para uma saída rápida — disse ela.

— Incerta? Como assim, incerta? — perguntou Brian enquanto Amy apagava os faróis e desligava o motor.

— Quando se trata de um bêbado maluco, nunca se sabe — respondeu ela, saindo do veículo.

Indo até a parte posterior do veículo, onde Amy foi abrir a porta traseira, Brian olhou para a casa e quis entender melhor.

— Então quer dizer que há um cara maluco lá dentro e ele está bêbado?

— Ao telefone, essa tal de Janet Brockman disse que o marido, Carl, é um bêbado maluco, o que deve querer dizer que ele é maluco de tanto beber.

Quando Amy começou a caminhar na direção da casa, Brian a agarrou pelo ombro, impedindo-a de seguir adiante.

— E se ele for maluco sóbrio e agora estiver pior porque está bêbado?

— Não sou psiquiatra, meu bem.

— Talvez este seja um caso de polícia.

— A polícia não tem tempo para malucos bêbados como este.

— Eu achava que malucos bêbados estariam caídos na sarjeta.

Afastando a mão dele de seu ombro com um safanão, ela voltou a se dirigir à casa.

— Não podemos perder tempo. Ele é violento.

Brian seguiu às pressas atrás dela.

— Então ele é maluco, bêbado e *violento*?

— É pouco provável que seja violento comigo.

— E comigo? — questionou Brian enquanto subia os degraus até a varanda.

— Acho que só é violento com a cachorra. Mas se esse tal de Carl quiser me bater, tudo bem, eu tenho você.

— Eu? Eu sou arquiteto.

— Não hoje, querido. Hoje você é um monte de músculos.

Brian já a acompanhara em outras missões como aquela, mas nunca antes após a meia-noite à casa de um bêbado maluco e violento.

— E se eu tiver uma deficiência de testosterona?

— Você tem uma deficiência de testosterona?

— Semana passada eu chorei lendo aquele livro.

— Aquele livro faz todo mundo chorar. Só prova que você é humano.

Quando Amy ergueu a mão para apertar a campainha, a porta se abriu. Uma jovem com a boca machucada e o lábio sangrando apareceu na soleira.

— Srta. Redwing? — perguntou.

— Você deve ser Janet.

— Queria não ser. Preferia ser você ou ninguém, qualquer outra pessoa.

Abrindo passagem, ela os convidou para entrar.

— Não deixe Carl aleijá-la.

— Ele não vai fazer isso — Amy assegurou à mulher.

— Ele aleijou Mazie — disse Janet, borrando os lábios com um tecido manchado de sangue.

Com o dedo na boca, uma menina pálida de uns 4 anos se segurava na ponta da blusa de Janet, como se previsse um ciclone repentino que pudesse levá-la para longe da mãe.

A sala de estar era cinza. Um sofá azul, poltronas azuis sobre um tapete dourado, mas um par de luminárias lançava uma luz tão sem brilho quanto cinzas, e as cores ficavam apagadas como se a fumaça de uma antiga fogueira a tivesse recoberto com uma pátina.

Se o purgatório tivesse salas de espera para as multidões que lá chegam, deviam ser tão organizadas e sem vida quanto aquele lugar.

— Ele aleijou a Mazie — repetiu Janet. — Quatro meses depois, ele... — ela olhou para a filha. — Quatro meses depois, Mazie morreu.

Brian começou a fechar a porta, mas hesitou e deixou-a entreaberta para a suave noite de setembro.

— Onde está sua cachorra? — perguntou Amy.

— Na cozinha — falou Janet entre os dedos, a mão cobrindo o lábio inchado —, com ele.

A criança já estava bem crescidinha para chupar o dedo com tanta dedicação, mas aquele hábito de berço não perturbou Brian tanto quanto seu olhar. De um tom azul violáceo, os olhos da menina estavam arregalados de expectativa e pareciam feridos pela experiência.

O ar ficou denso, como acontece sob uma nuvem carregada e um dilúvio iminente.

— Onde fica a cozinha? — perguntou Amy.

Janet os conduziu por uma passagem em arco para um corredor ladeado por cômodos escuros como grotas inundadas. A filha deslizava ao lado dela, tão agarrada quanto uma rêmora firmemente fixada a um peixe maior.

O corredor era sombrio, exceto lá no fundo, por onde atravessava uma nesga de luz vinda do cômodo adiante.

As sombras pareciam fluir e refluir, mas esse movimento fantasmagórico era apenas a forte pulsação de Brian, sua visão palpitando no compasso do coração sobressaltado.

No meio do corredor estava um menino com a testa encostada na parede, os punhos cerrados sobre as têmporas. Devia ter uns seis anos de idade.

Ele emitia o mais tênue dos sons de infelicidade, como o ar que escapa, molécula por molécula, pelo gargalo de um balão apertado.

— Vai ficar tudo bem, Jimmy — disse Janet, mas quando ela pôs a mão no ombro do menino, ele se esquivou.

Arrastando a filha, ela seguiu até o fim do corredor e ao abrir a porta o estilete de luz tornou-se uma larga espada.

Entrando na cozinha atrás das duas mulheres e da menina, Brian podia quase ter acreditado que a fonte de luz vinha da golden retriever sentada alerta no canto, entre o fogão e a geladeira. O cão parecia brilhar.

Ela não era bem amarela nem tinha o tom acobreado de alguns retrievers, mas era radiante, coberta por muitos matizes de dourado. Seu pelo era farto, o peito mais escuro e a cabeça belamente formada.

Mais impressionante que sua aparência era a postura e atitude da cadela. Ela se sentava ereta, a cabeça erguida, a precaução exibida por uma leve elevação das orelhas pendentes e pelo movimento sôfrego de suas narinas.

Sem virar a cabeça, ela olhou para Amy e Brian, voltando em seguida a se concentrar em Carl.

O homem da casa, naquele momento, era algo menos que um homem. Ou talvez fosse apenas o que qualquer homem se torna quando é guiado por alguma mão que não a própria.

Sóbrio, é provável que tivesse um rosto amigável ou pelo menos um daqueles que, vistos aos milhares nas ruas das cidades, são uma máscara benigna de indiferença, com lábios apertados e olhos fixos num nada distante.

Agora, de pé ao lado da mesa da cozinha, seu rosto estava cheio de expressão, embora do tipo errado. Ele lançava seu olhar lacrimejante de bebida e sangue sob sobrancelhas tensas, como um touro que vê por todo lado o desafio de uma capa rubra. Queixo caído, lábios rachados, talvez devido à desidratação crônica que aflige os alcoólatras.

Carl Brockman virou-se para Brian. Naqueles olhos brilhava não a agressão negligente de um homem estupidificado pela bebida, mas o júbilo malévolo de um bruto acorrentado que por ela havia sido libertado.

— O que foi que você fez? — perguntou ele à mulher numa voz cheia de amargura.

— Nada, Carl. Só os chamei por causa da cachorra.

Sua expressão era um emaranhado de ameaças.

— Você deve estar querendo levar.

Janet fez que não.

— Você deve estar mesmo querendo levar, Jan. Fazendo isso, você sabe o que vai sobrar para você.

Como se estivesse constrangida por sua evidente submissão, Janet cobriu a boca cheia de sangue com uma das mãos.

Acocorando-se, Amy chamou a cachorra:

— Aqui, fofura. Vem cá, menina.

Sobre a mesa havia uma garrafa de tequila, um copo, um saleiro em forma de um cão scottish terrier branco e um prato com fatias de limão.

Erguendo a mão direita acima da cabeça, Carl mostrou uma barra de ferro, que segurava pelo lado da alavanca.

Quando ele bateu com força a ferramenta na mesa, as fatias de limão saltaram do prato. A garrafa de tequila balançou e o gelo chacoalhou no copo.

Janet se encolheu, a menininha sufocou um grito com o polegar. Brian sobressaltou-se, tenso, mas Amy simplesmente continuou tentando persuadir a retriever a vir até ela. A cachorra não se assustou nem estremeceu com a batida do ferro na madeira.

Com um golpe, Carl varreu tudo que havia na mesa para a outra extremidade da cozinha. A tequila se esparramou, a louça se espatifou e o cachorro de cerâmica espalhou sal pelo chão.

— Fora — exigiu Carl. — Fora da minha casa.

— A cachorra é um problema. Você não precisa de uma cachorra problemática. Nós vamos tirá-la das suas mãos — disse Amy.

— Quem diabos é você, aliás? Ela é minha cachorra, não sua. Eu sei como lidar com essa vadia.

A mesa não estava entre eles e Carl. Se ele desse uma guinada para a frente e golpeasse com a barra de ferro, eles só conseguiriam se esquivar se a tequila o tivesse deixado lento e canhestro.

Mas ele *não* parecia lento e canhestro. Parecia uma bala no cano do revólver, prestes a ser disparada no caso de um movimento em falso ou uma palavra errada.

Voltando seu olhar malévolo para a mulher, Carl repetiu:

— Eu sei como lidar com essa vadia.

— Só o que eu fiz — disse Janet docilmente — foi dar um banho na coitadinha.

— Ela não *precisava* de banho algum.

Defendendo sua atitude, mas sem discutir, Janet disse:

— Carl, meu bem, ela estava imunda, o pelo estava todo fosco.

— Ela é uma *cachorra*, sua imbecil. O lugar dela é no quintal.

— Eu sei, você tem razão. Você não a quer dentro de casa. Mas eu só estava... eu estava com medo, sabe, que ela ficasse com aquelas feridas que teve antes.

O tom conciliatório da mulher inflamou sua ira, ao invés de amainá-la.

— Nickie é *minha* cachorra. Eu a *comprei*. Eu a *possuo*. Ela é *minha*. — Ele apontou a barra de ferro para a mulher. — Eu sei o que é meu, e o que é meu fica comigo. Ninguém me diz o que fazer com nada que seja *meu*.

Quando Carl iniciou sua ladainha, Amy ergueu-se e ficou fitando-o, rígida, imóvel, com o olhar fixo.

Brian viu algo estranho no rosto dela, uma expressão que não soube denominar. Ela estava pasma, mas não era de medo.

— O que você está olhando? O que você está fazendo aqui, afinal, sua vadia imbecil? Já disse para dar o *fora* — disse Carl, agora apontando a barra de ferro para Amy.

Brian pôs as duas mãos numa cadeira. Não era exatamente uma arma, mas serviria para bloquear a barra de ferro.

— Senhor, eu pago pela cachorra — disse Amy.

— Você é surda?

— Eu a compro.

— Não está à venda.

— Mil dólares.

— Ela é minha.

— Mil e quinhentos.

— Amy? — exclamou Brian, que conhecia as finanças dela.

Carl transferiu o ferro da mão direita para a esquerda. Abriu e fechou a mão livre como se tivesse agarrado a ferramenta com tanta ferocidade que agora sentia os dedos dormentes.

— Quem é você? — perguntou a Brian.

— Sou o arquiteto dela.

— Mil e quinhentos — repetiu Amy. Embora a cozinha não estivesse muito quente, o rosto de Carl brilhava com uma fina película de transpiração oleosa. A camiseta estava úmida. Era o suor de um ébrio, o organismo lutando para purgar as toxinas.

— Não preciso do seu dinheiro.

— Sim, eu sei. Mas o senhor também não precisa do bicho. Ela não é a única cachorra do mundo. Mil e setecentos.

— Você é... doida?

— Sou sim. Mas uma doida do bem. Não sou nenhuma mulher-bomba nem coisa parecida.

— Mulher-bomba?

— Não tenho cadáveres enterrados no meu quintal. Bem, só um, mas é o de um canário, dentro de uma caixa de sapatos.

— Tem alguma coisa errada com você — disse Carl de modo estúpido.

— O nome dele era Leroy. Eu não queria um canário, muito menos um chamado Leroy. Uma amiga morreu, Leroy não tinha para onde ir e só o que lhe restava era uma gaiola miserável, então eu o acolhi e ele morou comigo e depois eu o enterrei, mas só quando ele morreu, porque, como já disse, não sou esse tipo de doida.

Sob as sobrancelhas, os olhos de Carl eram poços profundos com água turva brilhando no fundo escuro.

— Não goze da minha cara.

— Eu não faria isso, senhor. Não consigo. Fui criada por freiras. Não zombo de ninguém, não uso o nome de Deus em vão, não combino sapatos de verniz com saia e minha glândula de culpa é tão grande que pesa tanto quanto meu cérebro. Mil e oitocentos.

Ao trocar a barra de ferro da mão esquerda para a direita, Carl a segurou pela outra extremidade. Apontou o lado da alavanca, a extremidade afiada, para Amy, mas não disse nada.

Brian ficou na dúvida se o silêncio do espancador de mulheres era um bom ou um mau sinal. Mais de uma vez ele vira Amy amansar um cão que rosnava e acabar acariciando sua barriga; mas poderia apostar seu último centavo que Carl não se deitaria de costas com as quatro patas para cima.

— Dois mil — disse Amy. — É tudo o que eu tenho. Não posso subir mais a oferta.

Carl deu um passo em direção a ela.

— Para trás — preveniu Brian, erguendo a cadeira como se fosse um domador de leões, apesar de que um domador teria também um chicote.

— Fique tranquilo, Frank Lloyd Wright — disse Amy a Brian. — Este senhor e eu estamos começando a nos entender.

Carl estendeu o braço direito, descansando a ponta da alavanca na depressão entre as clavículas de Amy, a lâmina encostando na garganta dela.

Como se não estivesse ciente de ter uma arma letal pronta para perfurar seu esôfago, Amy continuou:

— Então... 2 mil. É difícil negociar com o senhor. Vou ficar sem filé-mignon por algum tempo, mas não me importo, sou mais um hambúrguer mesmo.

O espancador de mulheres era agora uma quimera, parte leão bravio, parte serpente enroscada. Tinha o olhar aguçado pelos cálculos sinistros, e, embora a língua não fosse bifurcada, ela escorregou entre os lábios para sentir o ar.

— Conheci um cara que quase morreu engasgado com um pedaço de carne. Como a manobra de Heimlich não resolveu, um médico cortou a garganta dele lá mesmo no restaurante e tirou de lá o motivo para o sufocamento — contou Amy.

Imóvel feito pedra, a cadela permanecia alerta e Brian cogitou a possibilidade de soltá-la da guia. Se a violência contida de Carl estivesse a ponto de irromper, Nickie certamente seria a primeira a sentir.

— Uma mulher sentada numa mesa ali perto — Amy continuou — ficou tão apavorada que desmaiou de cara na sopa de lagosta que comia. Acho que ninguém se afoga num prato de sopa, nesse caso pode até fazer bem para a pele, mas eu a ergui assim mesmo.

Carl lambeu os lábios rachados.

— Você deve achar que sou burro.

— Talvez o senhor seja ignorante — disse Amy. — Não o conheço bem o suficiente para dizer. Mas tenho certeza de que burro não é.

Brian se deu conta de que estava rangendo os dentes.

— Você me dá um cheque de 2 mil — disse Carl — e suspende o pagamento dez minutos depois de sair pela porta com a cachorra.

— Não pretendo lhe dar um cheque. — Ela tirou do bolso interno do casaco um maço de notas de 100 dólares dobradas e presas por uma borboleta azul e amarela para cabelos. — Pago em dinheiro.

Brian já não rangia os dentes. Estava boquiaberto.

Abaixando a barra de ferro, Carl disse:

— Com certeza há algo errado com você.

Ela abriu o prendedor, pegou as notas de 100 dólares e propôs:

— Negócio fechado?

Ele pôs a arma na mesa e contou o dinheiro com a deliberação de um homem cuja memória matemática tinha sido anuviada pela tequila.

Aliviado, Brian pôs a cadeira no chão.

Indo até a cachorra, Amy pegou de outro bolso uma coleira vermelha e uma guia enrolada.

— Foi bom fazer negócio com o senhor.

Enquanto Carl se ocupava de uma segunda contagem dos 2 mil, Amy puxou a guia de leve. A cachorra ficou logo de pé e saiu de mansinho da cozinha ao lado dela.

Com a menininha a reboque, Janet seguiu Amy e Nickie pelo corredor, e Brian foi atrás delas, volta e meia olhando para trás, pois em parte esperava que a ira de Carl retornasse, fazendo-o pegar novamente a barra de ferro.

Jimmy, o menino lamuriento, estava quieto agora. Saíra do corredor e estava na sala, de pé junto à janela, na posição de um prisioneiro postado diante das grades de sua cela.

Levando a cachorra, Amy foi até o menino. Parou ao seu lado e falou com ele.

Brian não conseguiu ouvir o que ela disse.

A porta da frente estava aberta, como ele a deixara. Com a cachorra num passo vivaz ao seu lado, Amy logo se juntou a ele na varanda.

— Você foi... incrível. Obrigada. Eu não queria que as crianças vissem... vissem aquilo acontecer de novo — disse Janet, parada na soleira.

Sua tez estava descorada sob a luz amarela da lâmpada de entrada e o branco dos seus olhos tinha um tom doentio. Ela aparentava ser mais velha e cansada do que realmente era.

— Você sabe, ele vai arranjar outro cachorro — disse Amy.

— Talvez eu consiga evitar isso.

— Talvez?

— Posso tentar.

— Você realmente falou a verdade quando abriu a porta?

Janet desviou o olhar de Amy, examinando o chão aos seus pés, e deu de ombros.

— Que você queria ser eu. "Ou ninguém, ou outra pessoa qualquer" — lembrou-lhe Amy.

Janet sacudiu a cabeça. Sua voz ficou tão baixinha que mais parecia um murmúrio.

— O que você fez lá dentro... o dinheiro foi o menos importante... o modo como você lidou com ele... eu nunca consigo fazer isso.

— Então faça o que conseguir. — Amy se aproximou de Janet e disse algo que Brian não conseguiu ouvir.

Escutando com atenção, Janet cobriu o lábio cortado e inchado com a mão direita.

Ao acabar de falar, Amy deu um passo para trás e Janet a fitou nos olhos mais uma vez. Elas se olharam fixamente, e, embora

Janet não tenha pronunciado uma palavra ou sequer gesticulado, Amy disse:

— Ótimo! Certo!

Janet entrou em casa com a filha.

Nickie parecia saber aonde ia, seguindo em frente com sua guia, levando-os da varanda rumo ao Expedition.

— Você sempre anda com 2 mil dólares no bolso? — Brian quis saber.

— Desde que, há três anos, eu só consegui salvar um cachorro porque tinha o dinheiro na mão para comprá-lo. Aquele primeiro me custou 322 pratas.

— Quer dizer que para resgatar um cachorro você às vezes tem de comprá-lo?

— Não com frequência, graças a Deus.

Sem nenhuma ordem ou incentivo, Nickie saltou para dentro do bagageiro.

— Muito bem — disse Amy, e o cão abanou a cauda emplumada.

— Isso que você fez foi loucura.

— É só dinheiro.

— Estou falando de deixá-lo pôr a barra de ferro na sua garganta.

— Ele não ia usá-la.

— Como é que você pode ter tanta certeza?

— Conheço o tipo. Basicamente, o cara é um frouxo.

— Não acho que ele seja frouxo.

— Bate em mulheres e cães.

— Você é mulher.

— Não sou o tipo dele. Acredite, querido, na hora do aperto, você acabaria com ele em um minuto.

— Difícil acabar com um cara depois de ele ter cravado uma barra de ferro no seu crânio.

— Seu crânio ficaria bem. A barra de ferro é que entortaria — disse ela, fechando a porta traseira.

— Vamos dar o fora daqui antes que ele decida que devia ter resistido até os *3 mil.*

— Não vamos embora — disse Amy, pegando o celular.

— O quê? Por que não?

— A diversão está só começando — respondeu, apertando três números.

— Não gosto dessa sua cara.

— Que cara?

— De imprudência.

— Imprudente cai bem em mim. Não fico bonitinha?

A telefonista do 911 atendeu.

— Estou ligando do celular. Tem um homem aqui batendo na mulher e no filhinho. Ele está bêbado — Amy disse, dando o endereço.

Com o nariz colado no vidro, na parte de trás da caminhonete, a golden retriever estava com a curiosidade incansável de um peixe no aquário que se choca contra as paredes de seu mundo.

Amy deu seu nome à telefonista.

— Ele já bateu nos dois antes. Receio que dessa vez vá deixá-los aleijados ou até matá-los.

A brisa soprou mais forte e a cabeleira dos eucaliptos sacudiu como se enxames alados se espiralassem pelas suas mechas.

Olhando para a casa, Brian pressentiu caos. Ele passara por uma experiência de caos muito difícil. Nascera durante um tornado.

— Sou uma amiga da família — mentiu Amy em resposta à pergunta da telefonista. — Venham depressa.

— Achei que você tinha acalmado ele — disse Brian quando Amy desligou.

— Não. A essa altura ele está achando que vendeu sua honra junto com a cachorra. Vai culpar Janet por isso. Vamos.

Ela começou a andar na direção da casa e Brian se apressou para acompanhá-la.

— Não é melhor deixar isso com a polícia?

— Talvez não cheguem a tempo.

As sombras imprecisas das folhas tremulavam na calçada prateada pela Lua, como se fossem milhares de besouros em busca de fendas protetoras.

— Mas numa situação dessas — disse ele —, não sabemos o que estamos fazendo.

— Estamos fazendo a coisa certa. Você não viu a cara do menino. O olho esquerdo dele está inchado. O pai o deixou com o nariz sangrando também.

Uma antiga raiva reacendeu em Brian.

— O que você pretende fazer com aquele filho da mãe?

— Isso depende dele — disse ela enquanto subia as escadas da varanda.

Janet deixara a porta da frente entreaberta. Do fundo da casa elevou-se a voz irada de Carl e sons de batidas, vidros se estilhaçando e o doce canto desesperado de uma criança.

No âmago de cada sistema ordenado, seja uma família ou uma fábrica, está o caos. Mas no redemoinho de cada caos há uma estranha ordem, esperando para ser encontrada.

Amy empurrou a porta. Eles entraram.

CAPÍTULO 2

SALEIROS E PIMENTEIROS DE PORCELANA EM FORMA DE casais de cães-pelos-de-arame sentados, cômicos beagles, goldens sorridentes, poodles empinados, pastores, spaniels, terriers, nobres galgos — estavam todos arrumados em fileiras ordenadas nas prateleiras por trás das portas abertas do armário, entre outros espalhados no balcão da cozinha.

Trêmula, rosto pálido banhado de lágrimas, Janet Brockman levava dois pastores do balcão para a mesa.

A barra de ferro girou no alto enquanto a mulher se esquivava, descendo no casal canino que ia para a mesa, por pouco não atingindo as mãos dela. Sal, pimenta e estilhaços de cerâmica saltaram do ponto de impacto.

O duplo estalido do ferro na madeira foi seguido pela ordem de Carl:

— Mais dois.

Observando do corredor escuro, Amy Redwing sentiu que a coleção devia ser valiosa para Janet, o único exemplo de ordem em sua vida desregrada. Naqueles pequenos cães de cerâmica, a mulher encontrava algum tipo de esperança.

Tudo indicava que Carl também sabia disso. Ele pretendia espatifar ambos — as estatuetas e o que restava de força na mulher.

Agarrada a um esfarrapado coelho de pelúcia cor-de-rosa, talvez um antigo brinquedo de algum cachorro, a menininha se abrigava junto à geladeira. Seus olhos brilhantes feito joias se concentravam numa paisagem mental.

Com voz fraquinha mas clara, ela cantava numa língua que Amy não reconhecia. A melodia melancólica parecia celta.

Era evidente que o menino, Jimmy, se refugiara em algum outro lugar.

Ciente de que o marido iria despedaçar seus dedos juntamente com o saleiro e o pimenteiro, Janet os recolheu assim que ouviu o som do ferro sendo arremetido, deixando cair na mesa um par de dálmatas.

Soltando um grito ao ter o pulso direito atingido, ela se agachou junto ao fogão, os braços cruzados no peito.

Quando a barra de ferro arranhou a mesa de carvalho, espalhando sal e pimenta, Carl golpeou também um dos dálmatas, jogando-o no rosto da mulher. A estatueta ricocheteou na testa dela, bateu na porta do forno e caiu desmembrada no chão.

Amy entrou na cozinha e Brian se adiantou a ela.

— Deixe-a em paz, Carl.

A cabeça do bêbado se virou numa ameaça reptiliana, os olhos frios cheios de uma crueldade tão antiga quanto o tempo.

Amy teve a sensação de que algo além do próprio homem habitava o interior de Brockman, como se ele tivesse aberto a porta para um visitante noturno que fizera de seu coração um lar.

— Agora ela é a *sua* mulher? — Carl perguntou a Brian. — Esta é a *sua* casa? Minha Teresa é *sua* filha agora?

A menina emitia sua doce canção, a voz pura como o ar e tão estranha como seus olhos, mas misteriosa em sua pureza e terna na estranheza.

— A casa é sua, Carl — disse Brian. — Tudo é seu. Então por que despedaçá-la?

Carl começou a falar, mas logo suspirou, enfastiado.

A onda de emoções vis parecia recuar, deixando seu rosto liso de expressões como areia banhada pelo mar.

Sem a raiva que mostrara antes, Carl falou:

— É que... do jeito que as coisas estão... não há nada melhor que despedaçá-las.

— Do jeito que as coisas estão. Ajude-me a entender o jeito que as coisas estão — disse Brian, dando um passo em direção à mesa que os separava.

Os olhos embaçados pareciam sonolentos, mas a mente reptiliana por trás deles podia estar rastejando, calculando os passos seguintes.

— Errado — disse Carl. — Está tudo errado.

— Tudo o quê?

Sua voz emergiu das profundezas da melancolia:

— A gente acorda no meio da noite, num breu total e tão silencioso que dá para pensar pelo menos uma vez na vida, e então a gente sente como tudo está errado, e que não tem como endireitar as coisas. Nunca vai ter.

Tão nítida e suave quanto a música de uma gaita Uilleann numa banda irlandesa, a voz suave de Teresa provocou um arrepio na nuca de Amy. O que quer que a letra da música quisesse dizer, transmitia uma sensação de saudade e perda.

Brockman olhou para a filha. Suas lágrimas repentinas devem ter sido causadas pela menina ou pela canção, ou por ele mesmo.

Ou a voz da criança tinha uma qualidade premonitória ou os instintos de Amy tinham se aguçado pela companhia de tantos cães, mas o fato é que de repente ela teve certeza de que a ira de Carl não se abrandara e que, oculta, apenas se fortalecia, para voltar ainda mais violenta.

Ela *sabia* que o ferro iria brandir sem aviso e atingiria a alquebrada mulher no rosto, partindo-a uma vez mais e para sempre, espatifando o crânio para dentro do cérebro vivo.

Como se a premonição fosse uma onda tão real quanto a luz, ela pareceu viajar de Amy para Brian. Exatamente quando ela tomava fôlego para gritar, ele se mexeu. Sem tempo de dar a volta, ele pulou para a cadeira e dali para cima da mesa.

Uma lágrima caiu na mão que segurava o ferro e os dedos apertaram a arma.

Os olhos de Janet se arregalaram, mas Carl afogara seu espírito. Ela ficou imóvel, sem fôlego, indefesa sob o sufocante peso do desespero.

Enquanto Brian se lançava ao confronto, Amy percebeu que Carl poderia arremessar a barra de ferro tanto na direção da criança quanto na da mulher. Ela foi até Teresa.

Em cima da mesa, Brian agarrou a arma que descia para golpear Janet e pulou sobre Brockman. Eles caíram estatelados no chão, sobre vidro quebrado, rodelas de limão e poças de tequila.

Amy deixara a porta da frente aberta, e de lá veio uma voz: "*Polícia.*" Tinham chegado sem sirene.

— Aqui atrás — chamou ela, abraçando Teresa enquanto a canção da menina passava de murmúrio a sussurro e de sussurro a silêncio.

Janet continuou paralisada, como se o golpe ainda pudesse vir, mas Brian se levantou de posse da barra de ferro.

O couro do cinto de guarnição rangendo, mãos no cabo das pistolas em seus coldres, dois policiais entraram na cozinha, homens fortes e alertas. Um deles ordenou que Brian soltasse a barra de ferro, que foi posta na mesa.

Carl Brockman pôs-se de pé com dificuldade. Sua mão esquerda estava sangrando por causa de uma lasca de vidro cravada. Antes rubro de raiva, seu rosto com vestígios de lágrimas empalidecera e a boca ficara mole, numa expressão de autopiedade.

— Ajude-me, Jan — ele implorou, estendendo-lhe a mão ensanguentada. — O que é que eu vou fazer agora? Meu bem, me ajude.

Janet deu um passo na direção dele, mas parou. Olhou de relance para Amy, depois para Teresa.

A menina abafava a canção com as mãos e mantinha os olhos fechados. Durante todo o desenrolar dos acontecimentos, seu rosto permaneceu inexpressivo, como se ela pudesse ficar alheia a todas as ameaças de violência e ao golpe da barra de ferro.

A única indicação de que a menina estava ligada à realidade era a força com que segurava a mão de Amy.

— Ele é meu marido — Janet contou à polícia. — Ele me bateu. — Ela pôs a mão na boca, mas logo a baixou. — Meu marido me bateu.

— Jan, por favor, não faça isso.

— Ele bateu no nosso menino. Fez o nariz dele sangrar. O nosso Jimmy.

Um dos policiais tirou a barra de ferro da mesa, deixou-a escorada num canto, fora de alcance, e instruiu Carl a se sentar numa das cadeiras.

Seguiu-se um interrogatório cheio de respostas inadequadas e pouco a pouco outro tipo de coisa espantosa: o reconhecimento de promessas não cumpridas e o custo amargo de votos não realizados.

Ao terminar seu depoimento, enquanto os outros conversavam com a polícia, Amy tirou Teresa da cozinha, saindo pelo corredor para procurar o menino. Ele podia estar em qualquer canto da casa, mas ela foi atraída para a porta aberta da frente.

A varanda cheirava à floração noturna do jasmim, entrelaçado nas ripas brancas de uma treliça. Antes ela não detectara o aroma.

A brisa se fora. Na placidez, os eucaliptos pairavam soturnos como criaturas de luto.

Próximos ao carro escuro da patrulha estacionado, no meio da rua banhada pelo luar, o menino e a cachorra pareciam brincar.

A porta traseira do Expedition estava aberta. Jimmy devia ter deixado Nickie sair.

Ao olhar com atenção, Amy percebeu que Jimmy não estava brincando com a retriever; estava tentando fugir. A cachorra obstruía seu caminho, impedindo-o de seguir, esforçando-se para conduzi-lo de volta à casa.

O menino caiu na calçada e ali ficou, deitado de lado, os joelhos dobrados em posição fetal.

A cachorra deitou-se ao lado dele, como quem monta guarda.

Acomodando Teresa num degrau da entrada, Amy falou:

— Não saia daqui, querida. Está bem? Não saia daqui.

A menina não respondeu, talvez por não ser capaz de uma resposta.

Amy correu para a rua, adentrando a noite tão silenciosa quanto uma igreja abandonada, sentindo o odor de incenso de eucalipto.

Nickie a observava aproximar-se do menino. Sob o luar, a golden parecia prateada e toda a luz daquela lâmpada lá em cima no céu parecia estar focada nela, deixando que o resto da noite fosse iluminado apenas pelo seu reflexo.

Ajoelhando-se ao lado de Jimmy, Amy ouviu seu choro. Colocou a mão no seu ombro, e ele não se esquivou.

Ela e a cachorra se olharam firmemente, o menino entre as duas.

A cara da retriever era nobre, sem a expressão cômica tão característica da raça. Nobre e solene.

Todas as outras casas continuavam no escuro e o silêncio das estrelas preenchia a noite, só perturbada pela discreta angústia do menino, que foi se aquietando conforme Amy lhe acariciava a cabeça.

— Nickie — sussurrou ela.

A cachorra não ergueu as orelhas nem empinou a cabeça, não respondendo de qualquer outra forma, mas ficou olhando para Amy.

Passado algum tempo, ela fez o menino se sentar.

— Ponha os braços em volta do meu pescoço, querido.

Jimmy era pequeno e ela o ergueu, carregando-o nos braços.

— Nunca mais, querido. Está tudo acabado.

A cachorra foi na frente até o carro, dando por fim uma corridinha e saltando pela porta traseira, ainda aberta.

Enquanto Amy deixava o menino no assento de trás, Nickie observava.

— Acabou — disse Amy, beijando o menino na testa. — Eu prometo, meu bem.

A promessa a surpreendeu e assustou. Esse menino não era dela e provavelmente suas vidas só se cruzariam naquele ponto. Ela não podia fazer pelo filho de uma estranha o que fazia pelos cães, às vezes nem estes conseguia salvar.

Contudo, escutou-se repetir:

— Eu prometo.

Fechou a porta e ficou parada por um instante atrás da caminhonete, sentido o calafrio da suave noite de setembro, observando Teresa nos degraus.

Com o luar, o concreto da entrada para a garagem parecia banhado em gelo e as folhas de eucalipto, em geada.

Amy recordou uma noite de inverno com sangue na neve e uma turbulência de gaivotas batendo as asas para voar do beiral do píer, asas brancas provocando um breve deslumbre conforme seguiam para o céu através do raio de luz passante do farol, como uma guarda honorável de anjos levando para casa uma alma sem pecados.

CAPÍTULO 3

A BRIAN MCCARTHY E ASSOCIADOS OCUPAVA OS ESCRITÓRIOS do andar térreo de um modesto prédio de dois andares na praia de Newport. Ele morava no andar de cima.

Amy freou no pequeno estacionamento ao lado do local. Deixando Janet, as duas crianças e a cachorra no carro, ela acompanhou Brian até a escadaria externa que levava ao apartamento.

No alto do longo lance de escadas brilhava uma lâmpada, mas ali embaixo a escuridão continuava a mesma.

— Você está cheirando a tequila — disse ela.

— Acho que ainda tenho uma fatia de limão dentro do sapato.

— Subir na mesa para pular nele... aquilo foi imprudente.

— Foi só para impressionar minha namorada.

— Funcionou.

— Eu bem que gostaria de lhe dar um beijo agora — disse ele.

— Contanto que a gente não gere tanto calor que acabe atraindo os ativistas contra o aquecimento global, vá em frente.

Ele olhou para o Expedition.

— Estão todos vendo.

— Depois do episódio com Carl, talvez seja bom que vejam pessoas se beijando.

Ele a beijou. Ela era boa nisso.

— Até a cachorra está olhando — disse ele.

— Ela deve estar pensando: se eu paguei 2 mil por ela, quanto devo ter pago por você.

— Pode pôr uma coleira em mim a qualquer momento.

— Vamos ficar só nos beijos por enquanto. — Ela o beijou de novo antes de voltar para o carro.

Depois de vê-la ir embora, ele subiu. O apartamento era espaçoso, com piso de mogno e paredes cor de creme.

A mobília minimalista contemporânea e a serena arte japonesa mais sugeriam os aposentos de um monge que os de um homem solteiro. Ele desnudara, reformara e mobiliara aqueles cômodos antes de conhecer Amy. Agora já não queria mais ser solteiro nem monge.

Depois de se livrar das roupas marinadas de tequila, ele tomou um banho. Talvez a água quente o deixasse com sono.

Ainda se sentindo tão desperto e de olhos abertos quanto uma coruja, ele vestiu uma calça jeans e uma camisa havaiana. Às 2h56 da madrugada estava pronto para começar o dia.

Com uma caneca de café recém-passado, ele se acomodou diante do computador no escritório. Precisava terminar um trabalho antes que a falta de sono derretesse o fio da sua concentração.

Dois e-mails o aguardavam. O remetente denominava-se *suinocultora*.

Vanessa. Ela não o procurava fazia mais de cinco meses. Ele achava que nunca mais iria saber dela.

Ficou olhando para a tela por um instante, relutante em deixá-la entrar em sua vida de novo. Se nunca mais lesse suas mensagens, se nunca mais as respondesse, era possível que conseguisse se ver livre dela a tempo.

No entanto, com ela se iria a esperança. Não haveria mais esperança. O preço de congelar Vanessa era muito alto.

Abriu o primeiro e-mail.

Piggy quer um filhote de cachorro. Olha que estupidez! Como é que uma porquinha vai tomar conta de um cachorrinho se o cachorrinho é mais esperto? Já conheci plantas domésticas mais espertas que a Piggy.

Brian fechou os olhos. Tarde demais. Ele se abrira para ela e agora ela estava viva de novo nos cômodos acesos de sua mente, não apenas nos cantos escuros da memória.

Como vai, Bry? Já contraiu câncer? Você só vai fazer 34 na semana que vem, mas tem gente morrendo cedo de câncer o tempo todo. Não é demais ter esperança nisso.

Após imprimir uma cópia da mensagem, ele arquivou o e-mail na pasta *Vanessa*. Segurou a caneca com as duas mãos para não derramar o café. Estava bom, mas aquilo já não satisfazia todas as suas necessidades.

Foi buscar uma garrafa de conhaque no aparador da sala de jantar. De volta ao escritório, acrescentou uma boa dose de Rémy Martin à caneca.

Brian não era de beber. Guardava o Rémy para as visitas. A visitante daquela noite não era bem-vinda e estava ali apenas em espírito.

Ele vagou pelo apartamento por algum tempo, bebendo seu café, esperando que o conhaque lhe acalmasse os nervos.

Amy estava certa. Carl Brockman era mesmo um frouxo. O bêbado fedia a tequila, mas mesmo a distância, Vanessa cheirava a enxofre.

Quando sentiu que estava pronto, Brian voltou ao computador e abriu o segundo e-mail.

Ei, Bry, esqueci de contar uma coisa engraçada.

Sem continuar lendo, ele apertou a tecla IMPRIMIR e depois arquivou o e-mail em *Vanessa*.

O silêncio tomou conta do apartamento, nenhum som vinha do escritório lá embaixo nem das escuras profundezas da rua.

Ele fechou os olhos. Mas só uma cegueira legítima o livraria da obrigação de ler a mensagem impressa.

Em julho passado, a porquinha ficou construindo castelos de areia na prainha que temos nesta nova casa, depois acabou com uma queimadura horrorosa, ficando igual a um presunto assado. Piggy não conseguiu dormir por noites a fio, chorava metade do tempo, começou a descascar e depois se coçava até ficar em carne viva. Era de se esperar cheiro de bacon frito, mas não chegou a tanto.

Brian nadava na superfície do passado, um abismo de memória abrindo-se embaixo dele.

Piggy está rósea e lisa novamente, mas há uma pinta em seu pescoço que parece estar em mutação. Talvez a insolação tenha provocado um melanoma. Eu o manterei informado.

Ele reuniu as duas impressões. Mais tarde as leria de novo para procurar pistas que acrescentassem à "prainha".

Na cozinha, Brian despejou o conteúdo da caneca na pia. Já não precisava de café e nem queria o conhaque.

A culpa é um cavalo incansável. O desgosto vira dor, e a dor é um cavaleiro persistente.

Abriu a geladeira, mas logo fechou. Conseguia comer tão pouco quanto conseguia dormir.

Voltando ao escritório, percebeu que trabalhar nos projetos de casas sob encomenda já não o atraía. Arquitetura é música congelada, como Goethe disse certa vez, mas agora ele estava surdo para ela.

Tirou um bloco de papel para desenho e um conjunto de lápis da gaveta da cozinha. Deixara esse tipo de material em cada cômodo do apartamento.

Sentou-se à mesa da cozinha e começou a fazer um esboço do prédio que Amy esperava que ele fosse projetar para ela: um lugar para os cães, um refúgio onde nenhuma mão se levantaria contra eles, onde o afeto desejado seria oferecido.

Ela possuía um terreno num morro onde grandes carvalhos desenhavam longas sombras que se estendiam pela pradaria no início da manhã, retraindo-se em direção ao topo conforme o tempo amadurecia, até chegar ao meio-dia. As ideias que ela possuía para o lugar o inspiravam.

Entretanto, depois de um tempo, Brian se flagrou transformando o esboço num retrato, de um refúgio para cães ao animal propriamente dito. Ele tinha talento para fazer retratos, mas nunca antes desenhara um cachorro.

Conforme seu lápis sussurrava pelo papel, uma sensação misteriosa o acometeu e algo estranho aconteceu.

CAPÍTULO 4

APÓS DEIXAR BRIAN EM CASA, AMY REDWING CHAMOU Lottie Augustine, sua vizinha, e explicou que estava levando três resgatados que não eram cães e precisavam de abrigo.

Lottie era voluntária na Golden Heart, a organização fundada por Amy. Algumas vezes no passado, ela se levantara de madrugada para ajudar numa emergência, sempre de bom humor.

Enfermeira aposentada e viúva fazia 15 anos, Lottie encontrava tanto significado em cuidar de animais quanto encontrara em ser uma boa esposa e enfermeira dedicada.

O percurso desde a casa de Brian até a de Lottie foi marcado pelo silêncio: a pequena Teresa dormia no banco de trás, o irmão caíra aninhado junto dela, e Janet, no banco do passageiro, parecia perdida, analisando as ruas desertas como se não fossem simples bairros desconhecidos, mas recantos de um país estrangeiro.

Amy não tolerava bem o silêncio quando estava na companhia dos outros. Às vezes, ela tinha a sensação de que o outro iria lhe fazer uma pergunta terrível, cuja resposta, se ela desse, a estraçalharia como uma janela atingida fortemente por uma pedra.

Portanto, ela puxava assunto, falando disso e daquilo, inclusive de Antoine, o cão motorista que guiava Marco lá nas distantes Filipinas. Mas as duas crianças aflitas e a mãe continuavam sem dar um pio.

Ao parar num sinal de trânsito, Janet ofereceu a Amy os 2 mil dólares que ela tinha dado a Carl.

— São seus — disse Amy.

— Não posso aceitar.

— Eu comprei a cachorra.

— Carl está preso agora.

— Logo vai pagar a fiança e sair.

— Mas ele não vai querer a cachorra.

— Claro, eu a comprei.

— Vai querer a mim... depois do que eu fiz.

— Ele não vai achá-la. Prometo.

— Não podemos cuidar de um cachorro agora.

— Não tem problema. Eu a comprei.

— Eu a daria para você de qualquer jeito.

— O negócio já está feito.

— É muito dinheiro — insistiu Janet.

— Nem tanto. Sempre mantenho o acordo.

Janet fechou a mão esquerda que segurava o dinheiro, a mão direita em torno da esquerda, e deixou as duas sobre o colo enquanto baixava a cabeça.

O sinal ficou verde e Amy atravessou o cruzamento deserto enquanto Janet dizia baixinho:

— Obrigada.

— Sem dúvida, querida, eu fiquei com a melhor parte do negócio — disse Amy, pensando na cachorra lá atrás.

Ela deu uma olhadinha pelo retrovisor e viu a golden olhando para a frente, no banco traseiro. Seus olhos se encontraram e depois Amy voltou a olhar para o caminho adiante.

— Há quanto tempo você tem a Nickie? — perguntou Amy.

— Pouco mais de quatro meses.

— Onde foi que a conseguiu?

— Carl não disse. Simplesmente a trouxe para casa.

Rumavam para o sul pela Coast Highway, a vegetação litorânea à direita e além dela o mar.

— Que idade ela tem?

— Carl disse que uns 2 anos.

— Então ela veio com o nome.

— Não. Ele não sabia o nome dela.

A água estava escura, o céu, negro, e a Lua, mesmo minguando, pincelava como uma pintora as cristas das ondas.

— Então quem a batizou?

— Tetê. Teresa. — A resposta de Janet deixou Amy surpresa.

A menina não falara naquela noite, tinha apenas cantado naquela voz cristalina e aguda, numa língua que poderia ser celta. Ela parecia estar desligada do mundo, como uma autista.

— Por que Nickie?

— Tetê disse que este sempre foi o nome dela.

— Sempre?

— É.

— Por alguma razão... achei que Teresa não falasse muito.

— Ela fala pouco. Às vezes fica sem falar por semanas, depois só diz umas poucas palavras.

No espelho, o olhar fixo do cão. No mar, a Lua que afundava. No céu, uma vasta abóboda intrincada de estrelas.

E no coração de Amy surgiu a sensação assombrosa, que ela relutava em aceitar, pois poderia não ser verdadeira, de que sua Nickie estava de volta.

CAPÍTULO 5

LUNA SÓ FAZ AMOR EM TOTAL ESCURIDÃO. ELA ACREDITA que, quando era mais jovem, a luz diminuiu para sempre a paixão em sua vida.

Portanto, o mais leve brilho em torno de uma persiana abaixada extingue todo o seu desejo.

Um único raio de sol que penetre pelas dobras das cortinas fechadas irá num instante recolher sua lascívia.

A luz invasora de outro cômodo, por baixo da porta, em torno de uma rachadura no batente, pelo buraco da fechadura, penetra nela como uma agulha, fazendo-a esquivar-se do toque do amante.

Quando está excitada, até mesmo os números luminosos de um relógio de cabeceira a esfriam.

A face brilhante de um relógio de pulso, a minilâmpada de um detector de fumaça, os olhos radiantes de um gato podem lhe arrancar um brado de frustração e drenar sua libido.

Harrow pensa nela como *Luna* porque a imagina solta na noite, a silhueta nua sobre uma linha serrana, uivando para a Lua. Ele não sabe que rótulo um psicólogo daria para aquele seu tipo especial de loucura, mas não tem dúvida de que ela é louca.

Nunca a chamou de Luna na frente dela. O instinto lhe diz que isso seria perigoso, talvez até fatal.

À luz do dia ou no escuro, ela pode passar por sã. Até consegue aparentar integridade de modo bem convincente. Sua beleza engana.

Buquês de hortênsias, especialmente as roxas, mas também as rosas e brancas, encantam os olhos, apesar de a planta ser mortalmente venenosa. Da mesma forma que os lírios-do-vale, os botões de sanguinária e as pétalas do jasmim-amarelo, em infusão ou misturadas na salada, podem matar em questão de dez minutos.

Luna ama a rosa negra mais do que qualquer outra flor, embora esta não seja venenosa.

Harrow a viu segurando essa rosa pelo talo espinhento de tal modo que a mão chegou a verter sangue.

Sua resistência para a dor, como a dele, é alta. Não que ela aprecie a picada da rosa, simplesmente não a sente.

Ela possui total controle sobre seu corpo e intelecto. Falta-lhe controle sobre suas emoções. Está, portanto, em desequilíbrio, e equilíbrio é uma exigência da sanidade.

Essa noite, num quarto sem janelas, aonde nenhum raio de luz pode chegar, onde o relógio luminoso está encerrado numa gaveta, eles não fazem amor, pois amor não tem nada a ver com sua parceria cada vez mais feroz.

Nenhuma mulher jamais excitou Harrow como essa. O que há nela é a fome suprema da viúva-negra, a paixão consumidora de uma fêmea de louva-a-deus que, durante o coito, mata e devora o parceiro.

Ele quase espera que uma noite Luna oculte uma faca entre o colchão e o estrado, ou em algum outro lugar próximo à cama. No escuro cegante, no penúltimo momento, ele a escutará sussurrando *querido* e sentirá um estilete repentino a navegar por suas costelas e estourar seu coração dilatado.

Como sempre, a expectativa do sexo revela-se mais excitante do que a experiência. No final, ele tem uma curiosa sensação de vazio, uma certeza de que a essência do ato novamente lhe escapou.

Exaustos, eles estão deitados na quietude do breu, tão silenciosos como se tivessem saído da vida para a escuridão exterior.

Luna não é muito dada às palavras e, quando tem algo a dizer, sempre fala francamente.

Na companhia dela, Harrow segue seu exemplo. Menos palavras significam menos riscos de que uma mera observação seja interpretada como insulto ou crítica.

Ela é sensível em relação a ser julgada. Conselhos, se não lhe agradam, podem ser recebidos como repreensão. Uma advertência bem-intencionada pode ser interpretada como crítica ofensiva.

Ali, no pós-sexo, Harrow não teme qualquer lâmina que ela possa ter enterrado na roupa de cama. Se um dia ela tentar matá-lo, será entre o movimento e o ato, no momento em que ela ascender ao gozo.

Agora, após o sexo, ele não quer dormir. Na maior parte do tempo, Luna dorme de dia e floresce à noite; e Harrow se reajustou para viver de acordo com o horário dela.

Apesar da hora tão adiantada, ela está deitada tesa feito uma vara na escuridão, como uma presença faminta pousada num galho, disfarçada de casca, esperando por um passante incauto.

— Vamos incendiar — diz ela, enfim.

— Incendiar o quê?

— Qualquer coisa que precise ser incendiada.

— Tá bom.

— Não ela, se é isso que você está pensando.

— Não estou pensando nada.

— Ela é para mais tarde.

— Certo — diz ele.

— Vamos ver o lugar.

— Onde?

— A gente vai saber.

— Como?

— Quando a gente o encontrar.

Ela se senta e seus dedos vão até o interruptor da luminária com a elegância certeira de uma cega que segue uma linha de Braile até a pontuação final.

Ao vê-la sob a luz suave, ele a quer novamente, mas ela nunca está à disposição. A satisfação dele depende da necessidade dela, e no momento só o que ela necessita é incendiar.

Durante toda a vida, Harrow foi um solitário, mesmo quando os outros contaram com ele como amigo ou familiar. Alheio ao mundo, sempre agiu estritamente por interesse próprio — até Luna.

O que ele tem com ela não é amizade nem familiaridade, e sim algo mais primitivo. Se apenas dois indivíduos pudessem constituir uma matilha, ele e Luna seriam lobos, só que lobos terríveis, já que os animais matam apenas para comer.

Ele se veste sem tirar os olhos dela, pois Luna faz do ato de se vestir algo não menos erótico do que um striptease. Mesmo os tecidos mais ordinários parecem escorregar feito seda ao longo de seus membros, e o fechar de cada botão é a promessa de uma futura revelação.

Os casacos estavam pendurados no cabide de parede: jaqueta de náilon para ele, de couro preto forrada de pele de carneiro para ela.

Lá fora, seu cabelo louro parece platinado sob o luar, e os olhos — verde-garrafa sob a luz — parecem ser de um cinza luminoso na noite incolor.

— Você dirige — diz ela, levando-o para a garagem ao lado.

— Tá bom.

Ao passar pela porta, ele acende a luz.

— Vamos precisar de gasolina — diz ela.

Harrow puxa de debaixo da bancada um latão vermelho de dois galões, onde guarda gasolina para o cortador de grama. A julgar por seu peso e pelo chacoalhar do conteúdo, tem menos de meio galão.

Os tanques do Lexus SUV e da Mercedes esporte foram cheios recentemente. Harrow põe um sifão no Lexus.

Luna fica observando-o sugar a mangueira, com as mãos nos bolsos.

Harrow cogita: se ele calcular mal a quantidade que precisa puxar, se derramar gasolina na boca, será que ela criará um isqueiro de butano e acenderá a névoa inflamável do seu hálito, botando fogo em seus lábios e sua língua?

Ele sente na boca os primeiros vapores corrosivos e não calcula mal, introduzindo a mangueira no latão aberto assim que a gasolina jorra.

Quando olha para cima, encontra os olhos dela. Ninguém diz nada. Eles estarão a salvo um do outro enquanto precisarem um do outro para a caçada. Ela tem sua presa, o objeto de seu ódio, e Harrow tem a dele, não meramente qualquer coisa que eles possam incendiar esta noite, mas outros e específicos alvos. Juntos eles podem atingir suas metas com mais facilidade e prazer do que se agissem separadamente e a sós.

Ele coloca o latão cheio no carro esporte, no bagageiro atrás dos dois únicos assentos. A alameda de asfalto preto, com um acostamento aqui e acolá, sobe e desce, fazendo curvas por um quilômetro e meio antes de chegar ao portão, que se abre quando Luna pressiona o botão do mesmo controle remoto com que momentos antes ela fez subir a porta da garagem.

— Esquerda — diz ela, e ele vira à esquerda, que é norte.

A noite já está pela metade, mas ainda cheia de promessas.

Ao leste os morros sobem; a oeste, descem.

Sob a luz do luar, a vegetação seca está tão platinada quanto o cabelo de Luna, como se os morros fossem travesseiros em que milhares de mulheres deitassem suas cabeças louras.

Eles estão num território esparsamente habitado, no momento nem um único prédio à vista.

— Como o mundo seria melhor — diz ela — se todos estivessem mortos.

CAPÍTULO 6

AMY REDWING MORAVA EM UM BANGALÔ MODESTO, MAS A casa de dois andares de Lottie Augustine, ao lado, tinha quartos sobrando para Janet e os filhos. As janelas irradiavam uma luz aconchegante quando Amy estacionou na entrada da garagem.

A ex-enfermeira saiu de casa para recebê-los e ajudar a carregar as malas feitas às pressas.

Esbelta, usando calça jeans e uma camisa masculina xadrez azul e amarela, com a parte de trás para fora da calça, o cabelo grisalho puxado num rabo, olhos azuis límpidos num rosto doce enrugado pelo amor ao sol, Lottie parecia tanto uma adolescente quanto uma aposentada. Na juventude, é provável que tenha sido uma alma antiga, assim como na idade avançada permaneceu um espírito jovem.

Deixando a cachorra no SUV, Amy carregou Teresa. A criança acordou quando elas subiam os degraus da entrada dos fundos.

Mesmo despertos, os olhos violeta pareciam cheios de sonhos.

Tocando o medalhão que Amy usava no pescoço, Teresa sussurrou: *"O vento."*

Carregando duas malas, seguida por Janet com uma bolsa e Jimmy a reboque, Lottie os levou para dentro da casa.

Logo depois da entrada da cozinha, ainda nos braços de Amy e mexendo no medalhão, Teresa sussurrou: *"Os sinos."*

Levada ao passado, Amy parou. Por um momento, a cozinha desapareceu como se fosse uma pálida visão de um momento em seu futuro.

Os olhos hipnotizadores da criança pareceram se ampliar como portais que transportassem pessoas para um outro mundo.

— O que foi que você disse? — perguntou a Teresa, embora tivesse ouvido as palavras com bastante clareza.

O vento. Os sinos.

A menina não piscou, não piscou, depois piscou e enfiou o polegar na boca.

As cores retornaram à cozinha esmaecida e Amy colocou Teresa sentada em uma das cadeiras.

Havia um prato com biscoitos caseiros. Aveia e passas. Gotas de chocolate. Creme de amendoim.

Uma leiteira cheia sobre o fogão e Lottie Augustine pronta para fazer um chocolate quente.

O tilintar de canecas sobre o balcão, o estalido de um pacote de chocolate em pó sendo aberto, o borbulhar do leite quase fervendo mexido com uma colher, o bater suave da colher na leiteira...

Os sons pareciam longínquos para Amy, como se surgissem num cômodo bem longe dali, e, ao ouvir seu nome, ela se deu conta de que Lottie falara mais de uma vez.

— Ah, desculpe. O que foi que você disse?

— Por que você e Janet não levam as malas lá para cima enquanto eu cuido das crianças? Você sabe o caminho.

— Está bem. Claro.

Lá em cima, dois quartos de hóspedes eram ligados por um banheiro. Um deles tinha duas camas de solteiro, ideal para as crianças.

— Se você deixar as duas portas para o banheiro abertas — disse Amy —, poderá ouvir se seus filhos chamarem.

No quarto em que havia uma só cama, Janet se sentou no braço de uma poltrona rechonchuda. Tinha a aparência cansada e desnorteada, como se tivesse andado 100 quilômetros sob algum encantamento e não soubesse onde estava nem por que viera.

— E agora?

— A polícia vai levar pelo menos um dia para decidir sobre as acusações. Depois Carl vai precisar pagar fiança.

— Ele virá procurar por você para me achar.

— A essa altura, você já não vai estar na casa da vizinha.

— Onde, então?

— Mais de 160 pessoas são voluntárias da Golden Heart. Algumas delas recebem os cães que chegam até encontrarmos um lar definitivo para eles.

— Lar definitivo?

— Antes de fazermos uma colocação permanente de um cachorro resgatado, nós o levamos a um veterinário para ter certeza de que ele está sadio e com todas as vacinas em dia.

— Uma vez ele estava fora e eu levei Nickie para tomar vacina. Ele ficou furioso com a despesa.

— Os pais adotivos avaliam o cão e fazem um relatório sobre a extensão de seu treinamento; se é amestrado, se lida bem com a guia...

— Nickie é amestrada. É a mais doce das criaturas.

— Se o cachorro não tiver problemas comportamentais sérios, encontramos o que esperamos ser seu lar definitivo. Alguns dos nossos voluntários têm espaço para mais que cães visitantes. Um deles receberá você e as crianças por algumas semanas, até vocês se refazerem.

— Por que fariam isso?

— A maioria das pessoas que resgatam goldens é uma classe à parte. Você vai ver.

Sobre o colo de Janet, suas mãos mexiam-se inquietas.

— Que confusão.

— Teria sido pior ficar com ele.

— Se fosse só eu, até poderia ter ficado. Mas não com as crianças. Chega. Eu fico... envergonhada de tê-lo deixado tratá-las assim.

— Teria que se envergonhar se tivesse ficado com ele. Mas agora não há nada do que se envergonhar. A não ser que você caia na lábia dele e volte.

— Isso não vai acontecer.

— Bom saber. Sempre há um caminho adiante. Mas não há volta.

Janet assentiu. Talvez tivesse entendido. Mais provável que não.

Para muita gente, o livre-arbítrio é uma licença para se rebelar não contra o que é injusto ou difícil na vida, mas contra o que é o melhor para elas e o verdadeiro.

— Talvez seja tarde demais para evitar o inchaço, mas seria bom você colocar gelo nesse lábio partido — disse Amy.

— Certo. Mas eu sempre me curei rápido. Eu precisava — disse Janet, levantando-se do braço da poltrona e indo em direção à porta.

— A sua filha, ela é autista? — perguntou Amy, pondo a mão no ombro da mulher e lá a deixando.

— Um médico disse que sim. Mas outros não concordam.

— O que eles dizem?

— Coisas diferentes. Várias deficiências de desenvolvimento, com nomes compridos e nenhuma esperança.

— Ela já fez algum tratamento?

— Nenhum que a tenha trazido para fora de si mesma. Mas Tetê é um tipo de prodígio também. Basta ela ouvir uma canção uma vez e consegue cantá-la ou tocá-la com perfeição numa flauta infantil que comprei para ela.

— Hoje mais cedo, ela estava cantando uma música celta?

— Lá em casa? Estava.

— Ela sabe a língua?

— Não, mas Maev Gallagher, nossa vizinha, adora música celta, toca o tempo todo. Às vezes ela serve de babá para Tetê.

— Então, basta ela ouvir uma canção e também consegue cantar a letra numa língua que não conhece.

— É meio sinistro às vezes — disse Janet. — Aquela voz melódica e aguda numa língua estrangeira.

Amy tirou a mão do ombro de Janet.

— Ela alguma vez...

— Alguma vez o quê?

— Ela já fez alguma outra coisa que você tenha considerado estranha?

— Tipo o quê? — Janet franziu o cenho.

Para explicar, Amy teria de abrir uma porta atrás da outra dentro de si mesma, chegando a lugares em seu coração que não queria visitar.

— Não sei. Não sei o que quis dizer com isso.

— Apesar dos problemas, Tetê é uma boa menina.

— Tenho certeza que sim. E é encantadora também. Tem olhos lindos.

CAPÍTULO 7

HARROW DIRIGE ENQUANTO A MERCEDES PRATEADA SE molda às curvas com a graça sinuosa do mercúrio líquido e Luna chia no banco ao lado.

Não importa quanto o sexo tenha sido bom para ela, Luna sempre sai furiosa da cama.

Nunca é Harrow a causa de sua raiva. Ela fica furiosa porque só consegue ter satisfação carnal num quarto totalmente desprovido de luz.

Ela se impôs essa condição de escuridão, mas não se culpa por isso. Imagina-se vítima e culpa outro, e não só outro, também o mundo.

Tendo seu desejo sido consumido pelo ato, ela fica vazia só até que o último estremecimento de prazer a tenha atravessado, depois se enche mais uma vez de amargura e ressentimento.

Sendo capaz de manter um controle impiedoso do corpo e do intelecto, seu emocional descontrolado consegue ficar oculto. O rosto permanece plácido, a voz, suave. Ela é sempre ágil, graciosa, sem trejeitos a revelar tensão em seu andar ou gestos.

Há ocasiões em que Harrow jura conseguir sentir o *cheiro* da fúria dela: um leve odor de ferro, como o que emana de uma rocha ferrosa chamuscada pelo implacável sol do deserto.

Só a luz consegue vaporizar essa raiva específica.

Se eles deitam juntos no quarto sem janelas durante o dia, ela quer ficar na luz logo depois. Às vezes vai lá fora apenas parcialmente vestida ou até nua.

Nesses dias, ela fica ali de pé, com a cara voltada para o céu, a boca aberta, como que convidando a luz a preenchê-la.

Embora seja loura natural, ela suporta bem o sol. Sua pele é bronzeada até mesmo nos vincos das articulações, e os pelos finos dos braços são alvos.

Contrastando com a pele, o branco de seus olhos é tão brilhante como a neve pura do Ártico, e as íris de cor verde-garrafa fascinam.

Na maior parte das vezes, ela e Harrow fazem amor sem amor à noite. Depois, nem as estrelas ou a Lua brilham o suficiente para fazer evaporar sua fúria destilada. Embora ela às vezes se refira a si mesma como uma valquíria, não possui asas para alçar voo até a luz lá em cima.

Uma fogueira na praia geralmente reduz sua ira a cinzas, mas nem sempre. Ocasionalmente ela precisa queimar mais do que nós de pinho, folhas secas e gravetos.

Embora Luna possa querer o mundo para satisfazer suas necessidades, a ideia de alguém perfeito para ser incendiado pode surgir no momento oportuno. Isso ocorreu mais de uma vez.

Numa noite em que uma fogueira não é suficiente e em que o destino não lhe envia alguém, ela precisa sair e encontrar o fogo de que necessita.

Harrow já a levou a uma distância de 200 quilômetros até que ela localizasse o que precisava ser incendiado. Às vezes ela não encontra nada antes do amanhecer, e então o sol é suficiente para ferver sua ira.

Esta noite, ele dirigiu quase 60 quilômetros por estradas sinuosas pelo campo até que ela disse:

— Lá. Vamos nessa.

Uma velha casa térrea de madeira, a única residência à vista, atrás de um gramado bem-cuidado. Nenhuma lâmpada ilumina as janelas.

Os faróis revelam duas fontes de água, três anões de jardim e um moinho em miniatura. Na varanda há duas cadeiras de balanço.

Harrow avança uns 400 metros até que, antes de uma ponte, chega a uma rua estreita de terra que se desvia do asfalto. Ele segue pela trilha poeirenta até a base da ponte e estaciona perto do rio, onde uma água negra indolente corre sob o luar.

Talvez essa pequena trilha sirva aos pescadores que jogam o anzol na encosta. Se este for o caso, não há ninguém ali agora. Essa é uma hora feita mais para incendiários que para pescadores.

A Mercedes não pode ser vista da estrada principal ali em cima. Embora seja pouco provável que passe algum motorista numa hora dessas, é bom ter precaução.

Harrow retira o galão de gasolina do bagageiro atrás dos bancos.

Não pergunta se ela se lembrou de trazer fósforos. Ela sempre os tem.

As cigarras fazem serenata umas para as outras e os sapos coaxam contentes cada vez que devoram uma delas.

Harrow cogita a possibilidade de cortar caminho até a casa, atravessando a pradaria e um bosque de carvalhos. Mas eles não tiram vantagem seguindo pela rota mais difícil.

A casa-alvo fica só a uns 400 metros. Ao longo da estrada há capim alto, arbustos e algumas árvores, sempre algum tipo de cobertura onde eles podem se refugiar caso enxerguem faróis ao longe ou ouçam o ronco afastado de um motor.

Eles saem da margem do rio rumo à estrada asfaltada.

A gasolina chacoalha no galão e a jaqueta de náilon produz ruídos sussurrantes ao encostar umas partes nas outras.

Luna não produz som algum. Ela caminha sem fazer qualquer ruído.

— Você imagina por quê? — pergunta ela.

— Por que o quê?

— O incêndio.

— Não.

— Nunca se pergunta? — insiste ela.

— Não. É o que você quer.

— Isso é suficiente para você?

— É.

As estrelas do início do outono são tão geladas quanto as do inverno, e ele tem a impressão de que agora o céu não está profundo como em todas as estações, mas morto, achatado e congelado.

— Sabe o que é o pior? — diz ela.

— Diga.

— O tédio.

— É.

— Faz você se voltar para o exterior.

— É.

— Mas em direção a quê?

— Diga — responde ele.

— Não há nada lá fora.

— Nada que você queira.

— Apenas nada — corrige ela.

A loucura dela fascina Harrow e ele nunca se sente entediado em sua companhia. No início, ele achava que em um ou dois meses se fartariam um do outro, mas já estavam juntos havia sete.

— É apavorante — diz ela.

— O quê?

— O tédio.

— É — ele concorda, com sinceridade.

— Apavorante.

— É preciso se manter ocupado.

Ele troca o galão pesado da mão direita para a esquerda.

— Enche o saco — diz ela.

— O quê?

— Ficar apavorada.

— Mantenha-se ocupada — repete ele.

— Tudo o que tenho sou eu mesma.

— E eu — relembra-lhe ele.

Ela não confirma que ele seja essencial para suas defesas contra o tédio.

Eles cobriram metade da distância até o chalé de madeira.

Uma luz piscante se move pelas estrelas, mas não passa de um avião, alto demais para ser ouvido, rumo a um porto exótico que poucos passageiros observadores descobrirão ser idêntico ao local de onde partiram.

CAPÍTULO 8

TENDO TIRADO O EXPEDITION DA ENTRADA DA GARAGEM de Lottie e dirigido para o seu próprio estacionamento coberto, Amy abriu a porta traseira e Nickie saltou na noite.

Amy se lembrou de quando saiu da residência dos Brockman e encontrou a porta traseira do SUV aberta, Jimmy tentando fugir e o cão diligente conduzindo-o de volta à casa.

Ele devia ter libertado Nickie na esperança de que pudessem fugir juntos. Depois de quatro meses aguentando Carl Brockman como dono, qualquer outro cachorro teria liderado o menino em fuga.

Quando Nickie desceu, Amy segurou a guia vermelha, mas o cão não tinha a mínima intenção de escapar. Dando a volta no veículo, ela guiou Amy até o pátio de trás. Sem nenhum dos típicos rituais dos cães, Nickie se agachou para urinar.

Como Amy tinha dois golden retrievers, Fred e Ethel, e como muitas vezes ficava com cachorros resgatados por pelo menos uma ou duas noites antes de levá-los para os lares adotivos, ela imaginou que Nickie fosse passar algum tempo farejando o pátio, fazendo o reconhecimento do local.

Em vez disso, após o xixi, a cachorra foi direto para a entrada dos fundos e subiu os degraus até a porta, que Amy abriu.

Tirou a guia da coleira, entrou em casa e acendeu as luzes.

Nem Fred nem Ethel estavam na cozinha. Deviam estar dormindo no quarto.

Da outra extremidade do bangalô veio o ruído de patas apressadas se aproximando sobre o tapete e, depois, pelo piso de madeira.

Fred e Ethel não latiram, pois eram treinados para ficar quietos na falta de um bom motivo, como um estranho na porta, e eram bons cães.

Saíam com ela na maioria das vezes. Quando os deixava em casa, eles sempre festejavam sua chegada com um entusiasmo que lhe animava o coração.

Ethel geralmente vinha na frente, animada e sorrindo, cabeça empinada, a cauda varrendo o batente da porta conforme chegava na sala.

Sua cor vermelho-dourada era mais escura que a de Nickie, mas bem nos limites de tom desejados para a raça. Ela tinha o pelo mais grosso do que o usual para um retriever e era gloriosamente peluda.

É provável que Fred seguisse Ethel. Sem ser dominante, geralmente retraído, ele ficava tão agitado ao ver Amy que não só abanava a cauda furiosamente, mas também sacudia todo o traseiro, cheio de um prazer irreprimível.

O doce Fred tinha uma bela cara larga e um focinho tão preto como Amy jamais vira, sem uma única mancha marrom que o prejudicasse.

Ao lado de Amy, Nickie estava alerta, orelhas em pé, o olhar fixo na porta aberta do corredor de onde vinha o estrondo abafado das patas.

Uma súbita diminuição na velocidade de aproximação sugeriu que Fred e Ethel haviam detectado a presença de um recém-chegado. Ela freou primeiro e Fred deu-lhe uma topada quando iam passando pelo vão da porta.

Em vez do usual encontro e cumprimentos, que inclui focinho no focinho, língua no focinho e uma cortês farejada nos traseiros, os pequenos Redwing se mantiveram parados a alguns passos de Nickie. Ficaram arfando, as caudas peludas se agitando, cabeças erguidas de curiosidade, olhos brilhando, possivelmente de surpresa.

Continuando a abanar a cauda, Nickie ergueu a cabeça, adotando uma posição amigável mas distante.

— Ethel, doçura, Fred, querido — disse Amy com voz tatibitate —, venham conhecer a nova irmãzinha.

Até dizer "nova irmãzinha" ela não sabia que tinha definitivamente decidido ficar com Nickie em vez de entregá-la para uma família da lista de adoção da Golden Heart.

Anteriormente, os dois cães teriam caído facilmente na voz doce da dona, mas dessa vez ignoraram Amy.

Agora Ethel fez algo que sempre fazia com um cão visitante, mas nunca antes de acabar com o ritual de encontro e cumprimento. Foi até a caixa aberta de brinquedos e bolas de tênis na despensa de livre entrada, escolheu um prêmio com cuidado, voltou com ele, deixando-o cair em frente à recém-chegada.

Escolhera um pato amarelo de pelúcia.

O recado que Ethel costumava dar com o empréstimo de um brinquedo a um visitante era o seguinte: *Eis aqui uma coisa que será só sua pelo tempo de sua visita, mas o resto pertence a mim e ao Fred, a não ser que a gente inclua você na brincadeira.*

Nickie analisou o pato por um instante, depois encarou Ethel.

Todos os protocolos estavam sendo revistos: Ethel fez uma segunda viagem até a caixa na despensa e voltou com um gorila de pelúcia, deixando-o cair ao lado do pato.

Enquanto isso, Fred dera a volta na cozinha para deixar a mesa entre ele e as duas fêmeas. Deitou-se de barriga, observando-as através dos pés cromados das cadeiras, a cauda varrendo o chão.

Se você realmente é um amante de cães e não alguém que só os vê como animais de estimação ou simples bichos, se é alguém que os vê como companhias amadas e, mais que isso, os vê talvez como seres um ou dois degraus abaixo da humanidade na escadaria das espécies, mesmo que não compartilhem o lado excepcional humano, mas também não separados de nós por um abismo, então você os observa de modo diferente do modo como os demais os observam, com respeito por sua dignidade inata, reconhecendo a capacidade que eles têm de conhecer a felicidade e de sofrer com melancolia, com a certeza de que eles percebem a tirania, mesmo que não entendam totalmente sua crueldade, que não são, como alguns especialistas cegos afirmam, inconscientes da própria mortalidade.

Se você os enxerga com essa percepção ampliada, a partir dessa perspectiva mais generosa, como Amy, verá uma notável complexidade na personalidade de cada cachorro, uma individualidade misteriosamente humana em seu refinamento, embora com nenhum dos piores defeitos humanos. É possível perceber uma inteligência e uma fundamental capacidade de raciocínio que às vezes chegam a tirar o fôlego.

E em certas ocasiões, quando não se está sendo nem um pouco sentimental, quando se está num espírito cético demais para atribuir aos cães qualquer qualidade humana que não possuem, ainda assim percebemos neles aquele anseio singular comum a todo coração humano, mesmo aos que declaram levar uma existência sem fé. Pois os cães veem o mistério no mundo, na gente, em si próprios e em todas as coisas, e em momentos-chave ficam especialmente alertas e mais curiosos do que o normal.

Amy reconheceu que aquele era um desses momentos. Ficou parada e quieta, sem dizer nada, esperou e observou, certa de que havia uma revelação prestes a acontecer que ela não esqueceria enquanto vivesse.

Depois de deixar o gorila de pelúcia ao lado do pato, Ethel fez uma terceira viagem à caixa de brinquedos na despensa.

Nickie deu uma espiada em Fred: ele observava, por trás de um bastião de pés de cadeiras.

Fred virou a cabeça para a esquerda, virou para a direita, depois rolou sobre a costas, as quatro patas para o ar, deixando a barriga à mostra numa expressão de total confiança.

Na despensa, Ethel mordeu brinquedos, deixou-os de lado, enfiou a cabeça mais lá no fundo e por fim voltou com um grande polvo de pelúcia vermelho e amarelo provido de oito tentáculos.

Era um brinquedo para puxar, sacudir e fazer barulho, tudo em apenas um. Era o favorito de Ethel, ao qual nem Fred tinha acesso.

Ethel deixou cair o polvo ao lado do gorila, e, após um momento de análise, Nickie o pegou com a boca. Fez barulho, sacudiu, mais barulho, e depois soltou.

Rolando de novo, Fred ficou de pé, espirrou e foi saindo de mansinho de trás da mesa.

Os três cachorros ficaram se olhando em expectativa.

Simultaneamente, a agitação das caudas diminuiu.

As orelhas se ergueram tanto quanto as bordas aveludadas de um golden conseguem se erguer.

Amy percebeu uma nova tensão na musculatura deles.

Com narinas sôfregas, focinho voltado para o chão, cabeça virando para a esquerda e para a direita, Nickie correu para o corredor. Ethel e Fred se precipitaram atrás dela.

A sós na cozinha, ciente de que algo incomum estava acontecendo, mas sem ideia do quê, Amy chamou:

— Crianças?

Ao cruzar o vão da porta, encontrou o corredor vazio.

Na frente da casa, alguém acendeu a luz da sala. Um intruso. Contudo, nenhum dos cães latiu.

CAPÍTULO 9

EMBORA BRIAN MCCARTHY FOSSE TALENTOSO PARA DESE-nhar retratos, não costumava ser rápido na execução.

A cabeça humana apresenta tantas sutilezas de forma, estrutura e proporção, tantas complexidades na relação entre uma feição e outra, que até mesmo Rembrandt, o maior retratista de todos os tempos, tinha dificuldade com sua arte e procurou refinar seu ofício até morrer.

A cabeça de um cão não representa para um artista um desafio menor do que a humana, talvez seja até maior. Muitos mestres deste ofício, que conseguiam representar com precisão qualquer homem ou mulher, foram derrotados em suas tentativas de desenhar cães com fidelidade.

Notavelmente, em sua primeira tentativa de retrato canino, sentado à mesa da cozinha, Brian encontrou a velocidade que lhe escapava ao desenhar a face humana. Decisões relativas a forma, estrutura, proporção e tom não requeriam as considerações ponderadas que ele geralmente fazia. Trabalhava com uma segurança desconhecida até então, tendo sua mão um novo encanto.

O desenho aparecia com tamanha e estranha facilidade, com tanta rapidez, que dava a impressão de que toda a imagem fora representada anteriormente e armazenada de modo mágico no lápis, do qual agora fluía com a suavidade de uma música gravada.

Durante seu namoro com Amy, seu coração se abrira a muitas coisas, principalmente à beleza dos cães e à satisfação que eles proporcionam, embora ainda não tivesse um. Não sabia se estava à altura da responsabilidade.

A princípio não se dera conta de que não estava meramente representando o ideal de um golden retriever, mas também o de um indivíduo específico. À medida que o rosto foi se definindo em detalhe, ele percebeu que de seu lápis surgira Nickie, resgatada tão pouco tempo antes.

Não tinha mais dificuldade de desenhar olhos do que outros detalhes da anatomia. Desta vez, porém, conseguira efeitos de traço, tom e gradação que não paravam de surpreendê-lo.

Os olhos precisam estar cheios de luz, para ter o aspecto real e misterioso que a luz evoca mesmo no olhar mais direto. Brian se concentrou com uma paixão inédita ao retratar essa luz, esse mistério, como se fosse um monge medieval representando a Virgem Maria no momento da Anunciação.

Ao terminar o desenho, ficou a admirá-lo por um longo tempo. A criação lhe animara o espírito de alguma forma. Os e-mails odiosos de Vanessa o tinham deixado envolto num manto de dor que agora lhe pesava menos.

Esperança e Nickie pareciam coisas intimamente entrelaçadas, e ele sentia não poder ter uma sem a outra. Não sabia exatamente o que aquilo queria dizer ou por que era assim.

Voltando para o escritório, escreveu um e-mail para Vanessa, ou melhor, a *suinocultora*. Leu e releu a mensagem várias vezes antes de enviar.

Estou à sua disposição. Não tenho poder algum sobre você e você tem todo poder sobre mim. Se um dia me deixar ter o que eu quero, será porque isso é do seu interesse, não porque eu tenha conseguido ou merecido.

Em trocas anteriores de e-mail, ele discutira com Vanessa ou tentara manipulá-la, embora nunca tão abertamente quanto ela fazia para afiar a culpa dele e colocar o dedo em sua ferida. Dessa vez, ele evitou todos os apelos à razão e todos os jogos de poder, só reconhecendo seu desamparo.

Brian não esperava uma resposta imediata nem sequer qualquer resposta; e mesmo que seu apelo só provocasse comentários causticantes, ele não retribuiria do mesmo modo. Ao longo dos anos, ela o humilhara, e depois o humilhara mais ainda, até que ele nutrisse tanta raiva por ela quando um marinheiro arrasado por milhares de viagens nutre ressentimento pelo mar furioso.

Na mesa da cozinha, ele virou uma nova folha do bloco de papel. Apontou os lápis.

Uma alegria inexplicável o acometera, uma percepção de que novas possibilidades estavam diante dele. Sentiu-se como se estivesse à beira de uma revelação que mudaria sua vida.

Começou a desenhar a cabeça do cão, dessa vez não virada para a esquerda com uma leve inclinação para cima, mas bem de frente.

Além disso, tinha intenção de representar a cara da linha da testa até a parte das faces, concentrando-se, assim, nos olhos e nas estruturas ao redor deles.

Ficou impressionado que a própria aparência da cachorra em sua memória fosse tão incrivelmente detalhada. Só a vira numa ocasião, não por muito tempo, e, contudo, em sua mente ela estava vívida como uma boa foto, um holograma.

Da mente para a mão, para o lápis e para a folha, o olhar da golden tomou forma em tons de cinza. Sob essa nova perspectiva e proximidade, os olhos eram enormes e profundos, cheios de luz e sombra.

Brian buscava algo, uma qualidade única que vira nesse cão, mas que sua consciência não reconhecera imediatamente. Seu subconsciente queria trazer à tona o que fora visto de relance, vê-lo representado para entender.

Uma tremenda expectativa o preencheu, mas sua mão permaneceu firme e rápida.

CAPÍTULO 10

APESAR DOS VÉUS DIFUSOS QUE O LUAR IMPÕE AOS OLHOS iludidos, dando à noite um ar levemente surreal, a altivez com que os donos mantêm essa propriedade está evidente por toda parte.

Os mourões e estacas da cerca são uma perfeição geométrica no branco que se ressalta no local sombrio. O gramado é tão perfeito quanto um campo de golfe, viçoso mas perfeitamente aparado.

O chalé é modesto, mas bonito, pintado de branco com uma barra escura de alguma cor não perceptível. A cornija entalhada com simplicidade realça os beirais e ecoa nas janelas em volta, sem dúvida modeladas pelo proprietário em suas horas vagas.

Pelas cadeiras de balanço presentes nas varandas da frente e dos fundos, nas fontes, no moinho em miniatura e nos anões de jardim, Harrow conclui que os residentes da casa estão próximos ou já passaram da idade da aposentadoria. O local dá a impressão de um ninho construído para um longo e merecido repouso.

Ele duvida de que um único degrau da entrada ou uma tábua do assoalho venha a ranger, mas não se arrisca a pisar. Derrama a gasolina na balaustrada, primeiro na varanda dos fundos, que dá para o campo e para os antigos carvalhos, e depois na da frente.

Uma fina linha de combustível liga as varandas pelo gramado, e com o restante do conteúdo do galão Harrow molha um pavio ao longo do caminho de entrada em direção ao portão aberto na cerca.

Enquanto Luna o espera na extremidade segura do pavio, ele volta à casa para acomodar o latão vazio na varanda. O ar parado fica pesado de vapores.

Ele não deixou pingar nada em si mesmo. Enquanto caminha, afastando-se da casa, põe as mãos em concha na frente do nariz e percebe que estão limpas.

Luna tira uma caixa de fósforos do bolso da jaqueta de couro. Ela só usa os de madeira.

Acende um fósforo, se inclina e incendeia o rastro molhado do caminho. As chamas rastejantes azul e laranja vão dançando enquanto se afastam dela, como se a noite mágica tivesse dado à luz uma procissão de fadinhas saltitantes.

Juntos, ela e Harrow caminham para o lado esquerdo da casa, onde conseguem ver as duas varandas. As únicas portas são a da frente e a de trás. Ao longo dessa parede há três janelas.

O fogo sobe alto pela frente da casa, fervilha entre as ripas da balaustrada e despacha mais fadinhas dançantes ao longo da linha de gasolina que liga as varandas.

Como sempre, após o início do incêndio, as chamas se espalham silenciosamente, alimentando-se da gasolina, sem precisar mastigar. O crepitar e estalar vêm logo depois, quando o fogo agarra a madeira com os dentes.

CAPÍTULO 11

— OLÁ? QUEM ESTÁ AÍ? — DISSE AMY, CHEGANDO AO VÃO da porta que dava para a sala.

Golden retrievers não são criados para serem cães de guarda e, levando-se em conta o tamanho de seus corações e sua irreprimível alegria de viver, é menos provável que fossem morder do que latir, e ainda menos que fossem latir em vez de lamber a mão que os cumprimentasse. Apesar do tamanho, eles acham que são cachorros de colo e, apesar de serem cães, acham que também são humanos, e quase todo humano que encontram é considerado um companheiro em potencial que pode, a qualquer momento, gritar "Vamos nessa!" e levá-los numa grande aventura.

Todavia, possuem dentes formidáveis e protegem a família e a casa.

Amy calculou que qualquer intruso capaz de entrar sem que três goldens adultos dessem um único latido não devia ser um inimigo, mas amigo, ou pelo menos inofensivo. Mesmo assim, ela se aproximou da sala com uma curiosidade que incluía certa medida de cautela.

Ao atender ao pedido de resgate de Janet Brockman, Amy não deixara Fred e Ethel no escuro. Uma luz em seu quarto e uma luminária de bronze na sala forneciam conforto aos cães.

Agora, a luz intensa do teto do corredor resplandecia. À sua frente, à direita, a sala estava mais iluminada do que ela deixara.

Quando passou pela porta aberta do quarto e entrou na sala, não encontrou qualquer intruso, apenas três cães contentes.

Como qualquer golden faria num novo ambiente, Nickie saíra explorando, perseguindo o mais interessante de todos os novos odores, avançando pelos caminhos sinuosos entre cadeiras e sofás, mapeando a paisagem, identificando os cantos mais aconchegantes.

Orgulhosos da própria casa, Fred e Ethel seguiam a recém-chegada, parando para observar tudo o que ela observava, como se compartilhar o bangalô com Nickie houvesse renovado o lugar aos olhos deles.

Farejando, mostrando os dentes, cheia de contentamento, cauda abanando, a nova menina e seu comitê de recepção passaram apressados por Amy.

Quando ela se virou para segui-los, os cães já tinham sumido pelo corredor e entrado no quarto. Um minuto antes, apenas o abajur iluminava aquele cômodo, mas agora a lâmpada do teto brilhava.

— Crianças?

Camas de cachorro fofas, ambas cobertas de pele de carneiro, encontravam-se em dois cantos do quarto.

Assim que Amy cruzou o vão da porta, Nickie bateu numa bola de tênis com o focinho e Fred correu para agarrá-la. Depois de Nickie examinar e refutar um coelhinho de pelúcia azul, Ethel o pegou.

No quarto e no banheiro também não havia qualquer intruso, e ao chegar ao escritório, seguindo o bando, Amy viu que ali, o quarto e último cômodo da casa, as luzes também estavam acesas.

Fred largou a bola, Ethel deixou o coelhinho de lado e Nickie decidiu não reclamar seu direito ao par de meias jogadas que ela pescara embaixo da escrivaninha.

Som de patas, estalido de unhas, rabos batendo contentes nos objetos apinhados, os cachorros voltaram ao corredor e depois à cozinha.

Intrigada, Amy foi até a única janela do escritório e encontrou-a trancada. Antes de sair do cômodo, ela desconfiou do interruptor e testou-o várias vezes, ligou, desligou, ligou, desligou, apagando e acendendo a luz do teto.

Parada no corredor, ficou escutando os cães sedentos a beber das tigelas na cozinha.

De volta ao quarto, verificou as duas janelas. Os trincos estavam fechados, assim como o do banheiro.

Espiou no armário. Nenhum bicho-papão.

O trinco da porta da frente estava fechado. A corrente de segurança continuava no lugar.

Todas as três janelas da sala eram seguras. Com a tampa da chaminé fechada, nenhum Papai Noel sinistro e antecipado poderia ter descido pela lareira para brincar com as lâmpadas.

Ela só deixou acesa a lâmpada de cabeceira e a de leitura da sala. No fim do corredor, parou e olhou para trás, mas nenhum gremlim estivera em ação.

Na cozinha, encontrou os três goldens deitados no chão, reunidos em torno da geladeira, cabeças erguidas e alertas. Eles olharam para ela, depois para a geladeira e para ela novamente.

— O quê? Estão achando que é hora do lanche... ou que vou encontrar uma cabeça cortada na gaveta da alface? — disse Amy.

CAPÍTULO 12

O FOGO GERA CORRENTES DE AR VACILANTES NA NOITE tranquila, breves desvios de vento quente que agitam o cabelo de Harrow mas se dissipam atrás dele.

As pessoas adormecidas dentro do chalé, se é que de fato há alguém na casa, são estranhas a Harrow. Nada fizeram a ele, como também nada fizeram *por ele*.

Nada significam para ele.

Não sabe o que significam para Luna. São estranhos a ela também, mas para ela significam alguma coisa. Representam mais que um mero remédio para o tédio. Ele cogita o que pode ser.

Embora curioso, não lhe perguntará. Acredita estar mais seguro se ela achar que ele a compreende perfeitamente e que são iguais.

As chamas tragam a varanda dos fundos e os sons da casa se consumindo começam a surgir da parte da frente.

As mãos de Luna estão nos bolsos da jaqueta de couro preta. Seu rosto se mantém inexpressivo. Não há mais nada em seus olhos além do reflexo do fogo.

Assim como ela, Harrow tem controle sobre o intelecto e o corpo, mas, ao contrário dela, também controla suas emoções. Esses são os três pilares da sanidade.

Tédio é um estado mental semelhante a uma emoção. A emoção à qual o tédio leva com mais frequência talvez seja o desespero.

Ela parece forte demais para ser seriamente desencorajada por qualquer coisa, mas combate o tédio com diversões tão imprudentes como esse incêndio, que revela seu temor de cair num poço inescapável de desespero.

Bordados de luz ígnea tremulam pelo gramado e por Luna, vestindo-a como uma noiva profana.

Uma luz se acende na janela do meio.

Alguém acordou.

As cortinas finas impedem uma visão clara, mas a julgar pelo brilho embaçado e pelas sombras amorfas, a fumaça já turva o quarto.

A casa é alicerçada por pilares. As chamas se retorceram de imediato no espaço abaixo, milhares de línguas ardentes adejando, sibilando vapores venenosos pelo piso acima.

Harrow imagina ouvir um grito abafado, talvez um nome, mas não tem certeza.

O instinto, imperfeito na espécie humana, levará os moradores brutalmente acordados para a porta da frente, depois para a dos fundos. Em ambas as saídas encontrarão uma densa parede de chamas.

A Lua parece recuar conforme a noite vai clareando. O fogo embrulha os cantos da casa.

— Podíamos ter ido em outra direção — diz Luna.

— É.

— Podíamos ter encontrado outra casa.

— Infinitas possibilidades — concorda ele.

— Não importa.

— Não.

— É tudo a mesma coisa.

Lá de dentro vem um grito, o clamor estridente de uma mulher; e agora, com certeza, ouve-se o brado de um homem.

— Eles achavam que eram diferentes — diz ela.

— Mas agora sabem.

— Achavam que as coisas tinham importância.

— O jeito como cuidavam da casa.

— A cornija entalhada.

— O moinho em miniatura.

Agora o tipo de grito muda: de gritos de pavor a berros de dor.

O fogo soturno lateja lá dentro, atrás das janelas. O local virou um objeto inflamável pronto para explodir.

Da mesma forma, as pessoas.

As cortinas finas desaparecem com uma chama rápida na janela do meio, como folhas de papel diáfanas passando veloz pelos dedos de um mágico.

Na frente da casa, a estrada solitária definha numa escuridão que talvez nem a aurora consiga aliviar.

Vidros se estilhaçam para o lado de fora e aparece uma figura atormentada na janela do meio, uma silhueta contra o pano de fundo do quarto em chamas. Um homem. Ele está chamando novamente, mas o chamado é um meio grito.

A voz da mulher já foi abafada.

A janela tipo guilhotina não permite uma saída fácil. O homem se debate para abrir o trinco e levantar a parte de baixo.

O fogo o agarra. Ele cai para trás, desabando na fornalha que antes era um quarto, sofrendo em silêncio.

— O que ele estava gritando? — pergunta Luna.

— Não sei.

— Estava gritando para nós?

— Ele não podia nos ver.

— Então para quem era?

— Não sei.

— Ele não tem vizinhos.

— É.

— Ninguém para ajudar.

— Ninguém.

O calor estoura uma janela. Bolhas de tinta queimando, pop, pop, pop. Os encaixes rangem conforme os pregos se soltam.

— Você está com fome? — pergunta ela.

— Eu comeria alguma coisa.

— Temos aquele presunto bom.

— Eu faço uns sanduíches.

— Com a mostarda de pimenta verde.

— Ótima mostarda.

Espirais de chamas evocam a ilusão de que a casa está girando à medida que queima, como um carrossel flamejante.

— Tantas cores no fogo — diz ela.

— Chego a ver até verde.

— É. Lá no canto. Verde.

Escadas de fumaça surgem na noite, mas nada sobe por elas, a não ser mais fumaça, vapores sobre vapores, fuligem sobre fuligem, cada vez mais alto no céu.

CAPÍTULO 13

FALTANDO SÓ UMAS DUAS HORAS PARA O CAFÉ DA MANHÃ e a caminhada matutina, Amy não permitiria que a gangue de três esmolasse biscoitos.

— Nada de cachorros gordos — advertiu. Costumava guardar na geladeira um saco de cenouras fatiadas para essas ocasiões.

Sentada no chão com os pequenos, ela deu rodelas crocantes de cenoura primeiro para Ethel, depois para Fred e então para Nickie. Eles trituraram a guloseima com entusiasmo e lamberam os beiços.

— Chega. Não queremos cocô laranja, não é?! — brincou ela, depois de ter dado seis pedaços para cada.

Pegou uma cama de cachorro no escritório, colocou-a no terceiro canto do quarto e encheu uma segunda tigela de água para deixar ao lado da outra.

Quando Amy já estava de pijama, os cachorros pareciam acomodados em seus cantos para o resto da noite.

Deixou os chinelos ao lado da cama, afofou os travesseiros, foi para baixo das cobertas... e descobriu que Nickie viera até ela. A golden tinha os dois chinelos na boca.

Isso devia ter sido um teste de disciplina ou um convite para brincar, embora não parecesse com nenhum dos dois. Mesmo com a boca nos chinelos, Nickie mantinha um olhar solene e intenso.

— Você quer se amontoar? — perguntou Amy.

Com a palavra *amontoar*, os outros cães ergueram as cabeças.

Na maioria das noites, Fred e Ethel dormiam contentes em seus cantos. Às vezes, não somente durante tempestades, preferiam tirar uma soneca aconchegados à mamãe.

Mesmo quando nervosos por causa dos trovões, nunca se aventuravam a subir na cama de casal de Amy sem permissão, que era dada com a ordem *"Amontoar!"*.

Nickie não conhecia essa palavra, mas Fred e Ethel se levantaram de seus leitos de pele de carneiro na expectativa de um convite formal, orelhas em pé, alertas.

Abatida pelos últimos acontecimentos, Amy precisava descansar; e essa não seria a primeira vez que o sono lhe chegaria mais fácil aninhada na segurança do seu bando.

— O.K., crianças, filhotes — disse ela. — Amontoar.

Ethel deu uma corridinha, saltou e Fred a seguiu. Na cama, avaliando o conforto do colchão, os cães deram voltas e mais voltas, como a engrenagem de um relógio, depois se enroscaram e se acomodaram com aparente satisfação.

Continuando na beira da cama, com os chinelos na boca, Nickie olhava com expectativa para sua dona.

— Me dá — disse Amy, e a golden obedeceu, desistindo do seu trunfo.

Amy deixou os chinelos no chão, ao lado da cama.

Nickie os pegou, oferecendo-os de novo.

— Você quer que eu vá a algum lugar? — perguntou Amy.

Os grandes olhos castanho-escuros da cadela eram tão expressivos quanto os de um ser humano. Amy gostava de muitas coisas na aparência dessa raça, mas de nada mais do que seus belos olhos.

— Você não precisa sair. Já fez xixi quando chegamos.

A beleza dos olhos de um retriever combina com sua inteligência evidente. Algumas vezes, como agora, os cães pareciam decididos a transmitir pensamentos complexos por um esforço de pura vontade, lutando para compensar sua impossibilidade de falar com o olhar direto e concentrado.

— Me dá — disse ela, e Nickie novamente obedeceu.

Confiante de que a repetição faria a cachorra entender que os chinelos deviam ficar onde ela os colocava, Amy se inclinou na beira da cama e os devolveu ao chão.

Imediatamente, Nickie os pegou e ofereceu-os mais uma vez.

— Se isso for uma crítica ao meu gosto — disse Amy —, você está enganada. Estes chinelos são lindos, e não vou jogá-los fora.

Com o queixo pousado nas patas, Ethel observava com interesse. Com o queixo na cabeça de Ethel, Fred observava de uma posição mais elevada.

Assim como as crianças, os cachorros precisam de disciplina e ficam mais seguros quando vivem de acordo com regras. Os cães mais felizes são os que têm donos bondosos, que de modo tranquilo mas firme exigem respeito.

Todavia, no treinamento de cães, assim como na guerra, ser cuidadoso é tão importante quanto ser corajoso.

Dessa vez, quando Amy tomou posse dos chinelos, ela os escondeu embaixo dos travesseiros.

Nickie encarou essa evolução com surpresa e depois arreganhou os dentes, talvez em triunfo.

— Nem por um segundo pense que vou ficar na extremidade canina da guia — disse ela, batendo no colchão atrás de si. — Venha, Nickie.

A retriever entendeu o comando ou o gesto e saltou por sobre Amy para a cama.

Fred tirou o queixo de cima da cabeça de Ethel e esta fechou os olhos. Como os outros tinham feito, Nickie se enroscou numa boa posição para dormir.

Todas aquelas colinas peludas e a doçura dos rostos fizeram Amy sorrir, suspirando como os animais ao se acomodarem para a noite.

Ela escovava cada cachorro por trinta minutos todas as manhãs, por mais dez minutos todas as noites e aspirava todo o chão uma vez por dia para garantir um bangalô livre de pelos. Nickie seria um acréscimo de trabalho, mas valeria cada minuto.

Ao apagar a luz, Amy sentiu-se leve, como se flutuasse no mar de sono que surgia, no qual começou a afundar sonhadoramente.

Foi fisgada por uma linha enrolada por um molinete nas praias da memória: *Preciso usar chinelos quando vou dormir para não caminhar descalça pelo bosque no meu sonho.*

Os olhos de Amy se abriam de escuridão em escuridão e por um instante ela não conseguiu respirar, como se o passado fosse uma enchente que a afogasse, inundando-lhe a garganta e os pulmões.

Não. A brincadeira com os chinelos não podia ter tido o propósito de lembrá-la daquela longínqua conversa sobre sonhar acordada no bosque.

O novo cão era simplesmente um cão, nada mais. Nas tempestades desse mundo, sempre se consegue achar um caminho adiante, mas não há volta a um tempo de paz nem a um tempo de tempestade.

Todos os cães têm um ar de mistério para um observador, uma vida interior mais profunda do que a ciência admite, mas seja qual for a verdadeira natureza de suas mentes ou o estado de suas almas, eles são limitados pela sabedoria de sua espécie, sendo cada um moldado pelas experiências de sua única vida.

Todavia, os chinelos agora embaixo dos travesseiros lembraram a Amy de outro par de chinelos, e as palavras recordadas soaram em sua mente: *Preciso usar chinelos quando vou dormir para não caminhar descalça pelo bosque no meu sonho.*

Ethel começara a roncar de leve. Fred era silencioso ao dormir, exceto quando sonhava estar perseguindo ou sendo perseguido.

Quanto mais Amy escutava a respiração ritmada de Nickie, mais suspeitava de que a cachorra estivesse acordada; e não só acordada, mas observando-a no escuro.

Embora o cansaço de Amy não tivesse abrandado, a possibilidade de dormir se afastou.

Por fim, incapaz de reprimir a curiosidade por mais tempo, ela estendeu a mão para onde a cachorra estava enroscada, na expectativa de que sua suspeita não se confirmasse, de que Nickie estivesse totalmente adormecida.

No entanto, no escuro, sua mão encontrou a cabeça robusta de fato erguida e voltada para ela, como se a cadela fosse uma sentinela de plantão.

Amy massageou-lhe a ponta da orelha esquerda com o polegar, enquanto os outros dedos esfregavam a parte traseira, no ponto em que encontrava o crânio. Se havia uma coisa que pudesse fazer um cão ronronar feito um gato, era isso, e Nickie se submeteu ao carinho com prazer palpável.

Depois de um tempo, a golden baixou a cabeça, descansando o queixo na barriga de Amy.

Preciso usar chinelos quando vou dormir para não caminhar descalça pelo bosque no meu sonho.

Em autodefesa, havia muito tempo que Amy erguera a ponte levadiça entre essas memórias e seu coração, mas agora elas cruzavam o fosso a nado.

Se é apenas o bosque de um sonho, por que o solo não seria macio?

É macio, mas é frio.

É um bosque de inverno, é?!

Hum. Muita neve.

Então tente sonhar com um bosque de verão.

Eu gosto da neve.

Então talvez seja melhor usar botas quando for dormir.

Talvez.

E meias grossas de lã e ceroulas.

Conforme o coração de Amy acelerava, ela tentou calar as vozes em sua mente. Mas o coração batia como um punho fechado na porta: a memória exigindo uma audiência.

Acariciou a cabeça peluda pousada em sua barriga e, para defender-se das suas terríveis memórias, pensou nos tantos cães que resgatara, cães maltratados e abandonados, centenas ao longo dos anos. Vítimas da indiferença e da crueldade humana, estavam física e emocionalmente feridos quando chegaram a ela, mas, na maioria das vezes, tinham sido recuperados, de corpo e mente, alegrados de novo, de volta à glória golden.

Ela vivia para os cachorros.

No escuro, ela murmurava versos de um poema de Robert Frost que a sustentaram em tempos difíceis: "O bosque é belo, sombrio e profundo. Mas tenho promessas a cumprir. E quilômetros a percorrer antes de dormir. E quilômetros a percorrer antes de dormir."

Com a cabeça pousada na barriga de Amy, Nickie pegou no sono.

Agora era Amy Redwing, não aquela cadela misteriosa, que estava de sentinela. Aos poucos seu coração foi se acalmando, freando, até tudo ficar quieto e escuro como deveria estar.

CAPÍTULO 14

O ALVORECER INVADIA AS JANELAS, PRESSIONANDO A ESCURIDÃO para baixo, para o oeste e para longe.

O ruído do tráfego começou a subir da rua, também os sons do comércio e de vez em quando uma voz longínqua.

O desenho de Nickie e mais dois estudos de memória de seus olhos descansavam sobre a mesa da cozinha. O segundo estudo incluía menos estrutura periférica da face que o primeiro.

Brian dera início a um terceiro estudo, este envolvendo apenas os olhos em suas órbitas profundas, o espaço entre eles, as sobrancelhas expressivas e as pestanas generosas.

Ele continuava encantado com a tarefa que se impusera. Além disso, continuava convencido de que vira algo no olhar da cachorra que era de grande importância, uma qualidade inefável que as palavras não poderiam descrever mas que seu talento inexplicavelmente acentuado, sua mão aparentemente *possuída* pelo desenho, conseguia trazer do subconsciente à memória e capturar em imagem, capturar e definir.

A irracionalidade dessa convicção não lhe escapava. Uma qualidade inefável é, pela própria natureza, aquela que não pode ser definida, apenas *sentida*.

Sua determinação em desenhar e redesenhar os olhos da cadela, até encontrar o que procurava, não era nada menos que uma compulsão. A concentração mental extrema e a intensidade emocional que ele trazia para a tarefa o deixaram perplexo, até preocupado, embora não o suficiente para fazê-lo soltar o lápis.

Na famosa obra de Rembrandt *Dama com um cravo*, a mulher não se comunica diretamente com a pessoa que a contempla, mas é retratada num devaneio que faz o espectador querer penetrar em seu estado e compreender seus motivos. O artista dá ao seu olho mais próximo um elevado contraste de cor, sugerindo uma mente por trás do olho que não é estranha ao sentimento profundo.

Brian não tinha a ilusão de que seu talento se aproximasse ao de Rembrandt. Mas a sutileza das sombras translúcidas e nas refrações luminosas nessa última versão dos olhos da cadela era tão superior à qualidade de qualquer coisa que desenhara antes, tanto em concepção quanto em execução, que ele se perguntou como podia ter criado aquilo.

Embora estivesse sozinho no apartamento, embora tivesse observado a série de lápis em sua mão produzindo a imagem, ele ficou cada vez mais convencido de que não possuía o gênio e a habilidade artística necessários para colocar no papel a dimensão impressionante ou o mistério luminoso que aqueles olhos acabados agora denunciavam.

Em seus 34 anos, jamais tivera nenhuma experiência sobrenatural, nem qualquer interesse. Como arquiteto, acreditava no traço e na luz, na forma e na função, na beleza das coisas construídas para durar.

Mas enquanto descartava seu mais recente desenho do bloco, não conseguia se desfazer da sensação fantástica de que o talento ali exibido não era seu.

Talvez fosse o que os psicólogos chamam *estado de fluidez*, ao que os atletas se referem como *estado alfa*, um momento de transcendência em que a mente não ergue barreiras de dúvida sobre si mesma e permite uma expressão de um talento mais plena do que fora possível anteriormente.

O problema com essa explicação era que ele não se sentia em controle absoluto, ao passo que num estado de fluidez a pessoa supostamente possui total domínio de suas habilidades.

À sua frente, a folha em branco do bloco insistia em requisitar toda a sua atenção.

Aproxime-se ainda mais dos olhos dessa vez, ele pensou. *Vá até onde conseguir dentro dos olhos.*

Mas antes ele precisava de uma pausa. Largou o lápis, porém em seguida o pegou de novo, sem sequer parar para esticar e flexionar os dedos, como se sua mão tivesse vontade própria.

Quase como se estivesse observando a distância, ele se testemunhou usando a navalha para apontar o lápis.

Após apontar diversos lápis, dando-lhes diferentes pontas, mais arredondadas, em forma de cinzel, e finalmente lhes dar acabamento num bloco de lixa, colocou de lado o último lápis e a navalha.

Empurrou a cadeira para trás, levantou-se e foi até a pia da cozinha para lavar o rosto com água fria.

Ao estender a mão para abrir a torneira, percebeu que estava segurando um lápis na mão direita.

Deu uma olhada para a mesa. O lápis que pensava ter deixado ao lado do bloco não estava lá.

Antes de Amy tê-lo chamado para ajudá-la na missão de resgate, ele só dormira por uma hora. O cansaço explicava seu atual estado mental, essas pequenas confusões.

Deixou o lápis na tábua de corte ao lado da pia e ficou olhando para ele um instante, como se esperasse vê-lo levantar e rabiscar seu caminho de volta até ele.

Após jogar no rosto dois punhados de água fria, ele se secou com toalhas de papel, bocejou, afagou a barba com uma das mãos e depois se espreguiçou com gosto.

Precisava de cafeína. Havia latas de Red Bull na geladeira, que ele deixava à mão para aqueles projetos com prazos tão apertados que o faziam ficar acordado a noite toda.

O lápis não estava em sua mão direita quando ele abriu a geladeira. Estava na esquerda.

— Cansaço, uma ova.

Pôs o lápis numa prateleira de vidro da geladeira, diante de um recipiente plástico cheio de sobras de macarrão ao pesto.

Depois de abrir uma lata de Red Bull e tomar um bom gole, ele fechou a geladeira sem pegar o lápis. Viu-o claramente na prateleira em frente ao pote de macarrão enquanto a porta se fechava.

Ao retornar à mesa e largar o Red Bull, deu-se conta de ter um lápis no bolso da camisa.

Tinha de ser outro lápis que não o da geladeira. Devia estar no seu bolso desde que se levantara para lavar o rosto.

Contou os lápis da mesa. Deviam faltar dois: o que estava no seu bolso e o da geladeira. Mas só faltava um.

Descrente, voltou à geladeira. O lápis que deixara na prateleira em frente ao pote não estava mais lá.

Esconde-esconde.

Novamente sentado à mesa, Brian pegou o lápis do bolso. Com floreios e movendo-se numa agilidade de ilusionista, seus dedos manipulavam o instrumento com o domínio exigido.

Não planejara conscientemente brincar com o lápis daquela forma. Seus dedos pareciam expressar a memória de uma prática diligente de uma vida anterior em que fora mágico.

A ponta tocou o papel e o grafite parecia deslizar quase tão rápido quanto tinta, derramando os enigmas de fluxo luminoso e véus translúcidos dos olhos caninos que viam longe.

Cada vez pensava menos no que ia desenhar, até que já não pensava. Independentemente dele, sua mão inspirada rapidamente dava forma a sombras e sugeria luz.

Sentiu o pelo se arrepiar na nuca, mas não ficou com medo ou apreensão. Um tranquilo estado de assombro o acometera.

Como suspeitara, e agora não tinha qualquer dúvida, não podia declarar-se o artista daquela obra. Ele era um instrumento, assim como o lápis que segurava. O artista continuava desconhecido.

CAPÍTULO 15

ÀS 7H30, APÓS UMAS POUCAS HORAS DE SONO, AMY ACORDOU, tomou banho, vestiu-se, serviu três tigelas de ração e levou seus filhotes para a caminhada matinal.

Três cachorros grandes podiam ser um teste para o controle e o equilíbrio de Amy. Felizmente, Nickie parecia ter sido bem treinada. Cada vez que Amy largava as guias para colocar o cocô no saco plástico, Nickie atendia ao comando de *senta e fica quieta* com a mesma segurança que Fred e Ethel.

O calor agradável da manhã recebia como um carinho o frescor de uma brisa leve, e as ricas folhas das palmeiras-imperiais lançavam sombras que pareciam imitar as caudas peludas dos goldens.

Tendo dormido além da conta, Amy escovou os três cães em apenas uma hora. Eles ficavam tão receptivos quanto pessoas num spa. Levou mais tempo com Nickie do que com os outros dois, mas não encontrou nenhum carrapato.

Às 9h40, os quatro já estavam a bordo do Expedition, rumo a Laguna Beach para uma aventura.

Primeiro pararam no Dr. Sarkissian, um dos veterinários que cuidavam dos cães resgatados com desconto, até que fossem colocados em lares definitivos.

Após um exame, Harry Sarkissian deu a Nickie uma série completa de vacinas. Receitou medicação para o controle de pulgas, carrapatos e dirofilariose, os vermes do coração. O resultado de um exame de sangue ficaria pronto em dois dias.

— Mas não há nada de errado com essa garota — previu ele. — Ela é uma belezura.

Amy voltou com Nickie para o Expedition, onde tinha deixado Fred e Ethel brevemente amuados. Eles sabiam que uma consulta ao veterinário sempre incluía um biscoito. Além disso, podiam sentir o cheiro da guloseima no hálito da irmã.

Renata Hammersmith morava no campo, onde bolsões de pradaria para criação de cavalos ainda sobreviviam à marcha implacável dos subúrbios do sul da Califórnia.

Ela usava botas, jeans e camisas xadrez com tanta propriedade que era fácil para Amy acreditar que a mulher dormia com traje semelhante, sendo impossível imaginá-la de pijama ou penhoar.

Circundada por uma cerca branca, sua propriedade de 1,2 hectare uma vez exibira cavalos pastando num prado que seria o pátio da frente.

Os cavalos se tornaram um luxo quando Jerry, marido de Renata, ficou inválido. Seu amado Ford Mustang 1967 fora atingido de frente por uma picape.

Paralisado da cintura para baixo, Jerry também perdera o baço, um rim e grande parte do cólon.

— Mas ainda estou cheio de merda — assegurava aos amigos.

Não perdera o senso de humor.

Embriagado, desempregado e sem seguro, o motorista da picape se safara da colisão com dois dentes quebrados, um arranhão e nenhum remorso.

Seis anos antes, os Hammersmith venderam a construtora de Jerry, aplicaram o dinheiro, cortaram os gastos e ficaram torcendo que o dinheiro rendesse pelo resto de suas vidas. Agora tinham 52 anos.

Como Renata não podia cuidar de Jerry e manter um emprego, temia ter de vender a terra um dia. Sempre vivera com muito espaço, e a ideia de ter vizinhos de parede lhe dava calafrios.

Amy passou pela casa do sítio, onde uma florida clematite vermelha adornava o teto da varanda e os pilares de sustentação. Ligara do celular para Renata no caminho e soubera que ela estava com os cães fantasmas no pátio de exercícios.

O estábulo, convertido em canil, era contíguo a um gramado cercado. Um imenso carvalho californiano sombreava metade da grama.

Seis golden retrievers estavam sentados ou deitados em diferentes pontos do grande pátio, a maioria à sombra. Renata estava sentada sobre uma coberta no centro do espaço, com um sétimo cão ao lado.

Enquanto abria a porta traseira do utilitário para deixar seus filhotes saírem, Amy olhou para trás, para o caminho que fizera pela estrada rural.

Na outra extremidade da estrada, do outro lado da entrada para a propriedade dos Hammersmith, estava estacionado, sob a sombra arroxeada dos jacarandás, o Land Rover que a seguira a manhã toda.

Quando ela abriu o portão para o pátio, Fred e Ethel levaram Nickie diretamente até Renata, para receberem o afeto que sabiam estar lá e para cumprimentar Hugo, o golden ao seu lado.

Quando Amy chegou em meio ao lento fervilhar dos quatro cães a socializar, Renata lhe entregou o binóculo que ela lhe pedira ao telefone.

Amy pegou o binóculo, voltou a olhar na direção dos distantes jacarandás e ajustou o foco, aproximando o Land Rover.

As árvores salpicavam o para-brisa com moedas de luz e sombra, conspirando para obscurecer o rosto do homem, se é que era um homem, sentado atrás do volante.

— É o espancador de mulheres? — perguntou Renata.

— Não dá para saber. É provável que não. Acho que não teria conseguido sair da cadeia com essa rapidez.

Amy se sentou na coberta e deixou o binóculo de lado.

De suas posições separadas no pátio, os seis cães fantasmas observavam com interesse. Nenhum deles se adiantou para conhecer e cumprimentar Nickie.

— Como vão indo? — perguntou Amy.

— Melhor. Devagar e sempre. Se não é o espancador de mulheres, é quem, então?

— Talvez eu tenha um admirador secreto.

— Alguém tem lhe enviado bombons e flores anonimamente?

— Admiradores secretos não fazem mais isso, Renata. Hoje em dia, eles sequestram, estupram e matam você com ferramentas elétricas.

— Que alegrias a revolução nos trouxe.

CAPÍTULO 16

VERNON LESLEY ESTACIONOU SEU CHEVY DE CAÇAMBA enferrujada a duas quadras do bangalô de Amy.

O carro estava velho e a lataria necessitava de reparos. Ele dera um jeito no estofamento com fita adesiva. Como o carro não ficava bem limpo, nunca se preocupava em lavá-lo.

Por muito tempo ele se envergonhara do Chevy, mas isso acabara no ano anterior, porque, em sua outra vida, ele agora possuía um carro esporte equivalente a 150 mil dólares, que fazia uma Ferrari parecer sucata de ferro-velho.

Nem se preocupava em trancar o carro. Ninguém iria querer roubá-lo nem levar qualquer coisa de seu interior.

Confiante de que não atrairia nenhuma atenção, foi direto para a casa de Redwing e, ousadamente, deu a volta até a entrada dos fundos.

Tinha 39 anos, 1,73 metro, ombros redondos e uma barriga proeminente. Ralos cabelos castanho-claros. Olhos castanhos cor de chá fraco. O que mais distinguia suas feições era a ausência de queixo.

As pessoas não olhavam apenas por sobre ele ou de relance; olhavam *através* dele.

Em seu tipo de trabalho, a invisibilidade era uma vantagem. Era detetive particular.

A casa de Redwing tinha uma fechadura respeitável na porta dos fundos, não aquela porcaria em que muita gente confiava, mas Vern a abriu em menos de um minuto.

A cozinha branca e amarela formava um espaço alegre. Apenas um ano antes, Vern teria invejado Amy pela casinha aconchegante.

Agora, em sua nova vida, ele possuía uma casa bela e moderna sobre um penhasco, com vista para o mar. Já não invejava mais ninguém.

O Departamento de Motores e Veículos e a Secretaria da Fazenda acreditavam que Vernon Lesley morava no apartamento de um quarto num bairro decadente em Santa Ana. Não faziam ideia de que, sob o nome Von Longwood, ele desfrutava de uma vida bem melhor.

Von Longwood jamais pedira ao departamento de trânsito uma licença de motorista e nunca pagara um centavo de impostos. Não deixara impressões digitais para as autoridades rastreá-lo.

Depois de baixar todas as persianas da cozinha, Vern subiu numa cadeira para fazer uma busca nos armários de cima. Aos poucos foi descendo até as portas de baixo e as gavetas.

Tomou o cuidado de deixar tudo no lugar onde encontrara. Seu cliente não queria que Amy Redwing soubesse que sua casa fora vasculhada.

Geralmente, ao fazer uma busca ilegal, Vern gostava de usar o toalete, usá-lo bastante, e não dar descarga. Considerava esta sua assinatura, assim como o Zorro riscava um Z com sua espada.

Sem nenhuma outra indicação de que a casa fora violada, o proprietário acharia que ele próprio tinha deixado o vaso emporcalhado.

Desta vez, Vern não pretendia deixar seu cartão de visita. Mesmo que Redwing estivesse disposta a achar que se esquecera de dar a descarga, a reação de pelo menos um dos cachorros podia deixá-la desconfiada.

Ele não gostava de cães, principalmente porque nunca encontrara um que gostasse dele. As pessoas olhavam através de Vern, mas os cachorros lhe lançavam olhares duros, convidando-o a lhes examinar os dentes.

Na escola secundária fora abençoado com um rato de nome Cheesy. Um bom rato dava um excelente animal de estimação, afeiçoado e gracioso. Ele e Cheesy tinham compartilhado muitos bons momentos, inúmeras confidências. Que recordações.

Ao lado da cozinha havia um lavabo. Vern resistiu à tentação.

Não encontrou nada de interesse no banheiro, a não ser o próprio reflexo no espelho. Parou e sorriu para si mesmo.

Durante a maior parte da vida, não se sentira atraído por espelhos. Na verdade, os evitava.

Agora, contudo, diante do espelho, ele não via Vernon Lesley. Via aquele trapaceiro adorável, Von Longwood, que tinha uma cabeça cheia de cabelos e olhos azuis.

Novamente na cozinha, vasculhou entre pizzas, pacotes de vegetais e potes de sorvete no congelador. Na despensa, verificou o conteúdo de cada caixa que Redwing abrira para ter certeza de que continha o que o exterior anunciava.

Quando alguém queria esconder mementos de outra vida, costumava ocultar a evidência em locais que, para um investigador inexperiente, poderiam parecer depósitos improváveis. Portanto, ele quis ter certeza de que o pacote de biscoitos realmente continha biscoitos e de que nenhum pote de sorvete de chocolate ou de morango contivesse um tesouro de antigas cartas de amor.

Não eram exatamente cartas de amor que ele procurava. Era evidente que em sua outra vida Amy Redwing não tivera sorte no amor nem sido feliz.

Já Vern, assim como Von Longwood, chegara a fazer sexo quatro vezes num único dia, e seu fabuloso carro esporte podia *voar*, assim como ele próprio.

CAPÍTULO 17

RENATA SE REFERIA AOS CÃES COMO FANTASMAS PORQUE ainda eram meras sombras dos cães que deviam ter sido. Haviam sido reprodutores num canil de criação, abrigados de modo desumano, alimentados inadequadamente e tratados de forma cruel.

As fêmeas tinham reproduzido em seu primeiro cio, geralmente aos seis meses, e depois duas vezes por ano. Após dois ou três anos, se o estresse da situação as impedisse de entrar no cio novamente, elas seriam mortas a tiro ou abandonadas num abrigo municipal.

O canil passara por uma batida policial e fora fechado. Onze fêmeas e quatro machos reprodutores foram confiscados. Muito doentes e assustados para se adequarem à adoção, esses cães encaravam a eutanásia iminente.

A Golden Heart resgatara todos os 15, levando-os para o sítio dos Hammersmith, conhecido na organização como o Sítio da Última Chance.

Dois machos e três fêmeas estavam em condições físicas tão deploráveis que morreram em uma semana, depois de receberem o primeiro atendimento veterinário de suas vidas. Alguns deles tinham tanto pavor dos seres humanos que até um toque reconfortante os fazia urinar ou vomitar de medo.

As cinzas deles estavam guardadas em urnas na casa, cada uma com seus nomes gravados.

Renata e Jerry os batizaram porque, em canis de reprodução, cães procriadores só têm números. Nenhum homem *nem* cão deve morrer sem nome.

Infestados de carrapatos, cheios de vermes e pulgas, malnutridos, tiveram que raspar o pelo, ser medicados e, em alguns casos, pacientemente alimentados com a mão.

O anúncio dos criadores para vender os filhotes dizia "criados em fazenda, por uma família amorosa".

Nos meses seguintes, apesar dos esforços heroicos para curar os cães restantes, quatro deles estavam em condições tão intratáveis que, para acabar com seu sofrimento, foram sacrificados.

Tinham tanto medo dos seres humanos que continuavam cautelosos quando alguém se aproximava para tocá-los, mesmo estando desesperados por um conforto. Na hora final de cada cachorro, os voluntários da Golden Heart o acariciavam, murmurando palavras de amor, e o seguravam como a vida dele pedira, em misericórdia, entregando-o de volta a Deus.

O resgate de um cão muitas vezes é um trabalho prazeroso e outras tantas, assustador.

Todos os seis sobreviventes eram fêmeas: as cachorras agora deitadas no pátio de exercícios a diferentes distâncias de Renata e Amy.

No canil, tinham vivido em apertadas gaiolas de arame, sem se exercitar nem brincar. No Sítio da Última Chance, esse pátio cercado parecia uma vastidão ameaçadora. A princípio tinham preferido ficar nos canis.

Retirados das gaiolas imundas do canil de reprodução, tinham medo de pessoas; de voz alta; de gentileza, pois nunca a conheceram; de carros, porque nunca andaram em um; de escadas, porque nunca subiram uma; de água e sabão, porque nunca tinham sido banhados; de secadores e toalhas; de música; e dos primeiros brinquedos que ganharam.

Quatro meses depois, essas sobreviventes já estavam bem socializadas, mas ainda não prontas para serem adotadas. Precisavam ser menos tímidas para conviver com uma família definitiva. Ainda estavam se acostumando com cortadores de grama e máquinas de lavar, ainda aprendendo a confiar em escorregadios pisos de ladrilho e madeira, em escadas.

Agora, tendo cumprimentado Hugo, o golden de Renata, Fred e Ethel saltaram rumo ao pátio, prontos para se divertir, e Hugo foi com eles. Aproximaram-se das antigas reprodutoras. Trocaram arcos de brinquedo, iniciaram perseguições. Renata espalhara brinquedos de puxar pela grama, que foram arrancados com júbilo, um cachorro desafiando o outro para ficar com o prêmio.

Nickie não entrou na brincadeira de imediato, mas observou com interesse a única das seis garotas sobreviventes que relutava em participar. Finalmente, Nickie puxou um dos brinquedos ao lado de Renata e trotou pelo pátio em direção à moça tímida do baile.

— Aquela é a Honey — disse Renata, nomeando a mais retraída do grupo.

Honey devia ter dois anos e meio quando foi resgatada. Suas unhas nunca tinham sido aparadas no canil e ela nunca as desgastara com exercícios, de modo que cresceram curvadas para baixo das patas a ponto de quase impossibilitá-la de andar. Os músculos das pernas também estavam um tanto atrofiados.

Agora as patas estavam curadas, os músculos, mais fortes, mas mesmo que a ideia de brincar a intrigasse, ela era sempre a última a entrar — se entrasse.

Parada ao lado de Honey, Nickie a provocava balançando o brinquedo. Sem sucesso, começou a sacudi-lo vigorosamente.

— A sua Nickie é um rouxinol — disse Renata.

A maioria dos cães é sensível à doença e à depressão das pessoas e de outros cães, mas poucos são especialmente determinados a acalentar os necessitados. Amy os chamava de rouxinóis, por causa de Florence Nightingale, sobrenome que significa rouxinol.

— Ela é especial — disse Amy.

— Não faz nem um dia que você a tem.

— Não precisou fazer nem uma hora e eu já sabia.

Em menos de um minuto Nickie tinha atraído Honey para uma perseguição e depois para um divertido tombo.

Amy levantou-se com o binóculo outra vez e deu uma olhada nas sombras sob os jacarandás na outra extremidade da estrada.

— Ele saiu do carro para você conseguir enxergá-lo? — perguntou Renata.

— Não. Ainda está atrás do volante.

— Talvez seja um sacana de um dos canis que você conseguiu fechar.

— Talvez.

— Se ele se meter a entrar nesta propriedade, eu mando chumbo nele.

— Você costumava dizer que se um desses sacanas um dia viesse por aqui, você o castraria.

— O chumbo é só para deixá-lo cooperativo. Depois vem a castração.

CAPÍTULO 18

NÃO HAVIA NADA NA SALA QUE INTERESSASSE A VERNON Lesley, mas atrás do armário do quarto ele encontrou duas caixas de sapatos cheias de fotos.

Seu cliente lhe entregara uma lista de itens relacionados à outra vida de Amy Redwing que ela talvez não tivesse destruído quando se livrou do passado, trocou de nome e se mudou para o sul da Califórnia. Fotos estavam no topo da lista.

A caixa continha principalmente fotografias e cartões de memória da câmera digital de onde algumas delas tinham sido copiadas. A foto mais recente era de quase nove anos antes.

Vern sentou-se na beira da cama de Redwing e pacientemente examinou os numerosos envelopes de fotos para ver se continham algum material pornográfico. Seu cliente não lhe pedira para fazer uma inspeção tão meticulosa; mas por acaso Amy era uma mulher bonita e Vern era curioso.

Infelizmente, nenhuma das fotos era erótica ou exótica. Ele nunca vira uma coleção de fotografias tão sem graça.

Embora não conhecesse a história de Redwing, parecia que a sua vida atual era tão entediante quanto a antiga.

Na outra vida de Vern, assim como Von Longwood, ele andava por aí numa motocicleta radicalmente customizada, um verdadeiro avião, e era mestre de tae kwon do com uniforme e tudo, e de modo geral vivia em grande estilo. Não entendia por que alguém iria querer outra vida que fosse tão monótona quanto a primeira.

Até a aparência de Redwing nesta vida era semelhante à da vida anterior. Seu cabelo estava mais longo agora; antes usava um tipo de maquiagem que não usa mais; vestia-se com mais estilo naquela época. Esta era toda a extensão da sua mudança.

Continuava morena, embora pudesse ficar mais sexy loura. E a julgar pelas provas que Vern tinha em mãos, não aumentara os seios, o que talvez devesse ter feito.

Enquanto Vernon Lesley tinha 1,73 metro de altura, Von Longwood media 1,98 metro. Vern andava curvado, com seus ombros arredondados e sua barriga, mas Von tinha bíceps que rivalizavam com os de Schwarzenegger quando ainda era um astro dos filmes de ação e não governador.

Von tinha tatuagens, um brinco com uma miniatura de caveira pendurada, um peito musculoso, em vez de tetas, e *asas*. Eram enormes, macias, asas de penas, mas tão fortes que quando Von queria voar *ninguém* conseguia mantê-lo no chão.

A outra vida de Vernon Lesley acontecia no Second Life, o site que oferece um mundo virtual vívido habitado por avatares como Von Longwood.

Algumas pessoas zombavam desse tipo de brincadeira, mas eram ignorantes. Os mundos virtuais eram muito mais *imagina-*

tivos que o mundo real, mais exóticos, mais coloridos, e estavam ficando mais convincentes em seus detalhes a cada semana. Aquilo era o futuro.

Vern se divertia mais na outra vida do que na real, tinha mais e melhores amigos, além de experiências mais memoráveis. Era mais livre como Von Longwood do que jamais poderia ser como Vernon Lesley. Nunca fora criativo em sua primeira vida, mas na segunda projetara e construíra um clube noturno e chegara até a comprar uma ilha, que pretendia habitar com criaturas fantásticas inventadas por ele mesmo.

Nada daquilo, nenhum momento como aquele, sentado no quarto de uma estranha, vasculhando caixas de fotografias sem graça, na esperança de encontrar uma de nudez.

Tirou do bolso interno da jaqueta um saco branco de plástico, abrindo-o. Pôs todas as fotos no saco e colocou as caixas de sapato vazias atrás do armário, deixando-as exatamente onde as encontrara.

Pelo que podia ver, a única diferença significativa entre as duas vidas de Redwing fora o acréscimo de cães nesta. Não vira nenhum vira-lata nas fotos.

Na gaveta de uma das mesas de cabeceira, ele encontrou uma pistola SIG P245 carregada. Ocorreu-lhe ser essa uma arma perfeitamente manipulável por uma mulher que não tinha o benefício do equilíbrio fornecido por seios aumentados cirurgicamente. Devolveu a arma à gaveta.

Não se surpreendeu de encontrar uma pistola carregada. Nos dias de hoje, se Vern fosse mulher e morasse sozinha, ele dormiria com uma espingarda.

Saindo do quarto, ele foi até o escritório. Acabou encontrando um envelope de papel pardo preso com fita na parte de baixo de uma das gavetas da escrivaninha.

Com cuidado, descolou a fita adesiva que selava o envelope, tirou o clipe e abriu a aba. Sua extinta esperança de descobrir algum material pornográfico caseiro ressuscitara.

Em vez disso, encontrou documentos relacionados à troca de nome da mulher. Bem, isso era o mundo real, então não dava para esperar muita emoção.

Na vida anterior ela também fora *Amy*, mas trocara o sobrenome *Cogland* por *Redwing*. Isso Vern aprovou. *Redwing* era um nome maneiro, legal até para um avatar do Second Life.

Ela conseguira uma nova carteira de identidade com aquele nome, um passaporte e uma carteira de motorista do estado de Connecticut, que sem dúvida usara para obter uma licença na Califórnia depois de ter atravessado o país de mudança.

Acompanhando os documentos, havia uma cópia da ordem judicial que arquivava os processos legais, retirando-os do registro público.

Intrigado, Vern leu os documentos legais com mais atenção do que da primeira vez. Desconfiava que o nome *Cogland* pudesse despertar uma série de memórias, mas não.

Se Redwing tivesse aparecido nos noticiários durante sua vida como Cogland, Vern não saberia mesmo, nem teria lido qualquer coisa a respeito. Nunca se interessara pelo noticiário.

Antes do Second Life, ele passava a maior parte do tempo livre jogando on line em grupos do tipo Dungeons and Dragons. Matara uma vasta coleção de monstros e nenhum calabouço o segurara por muito tempo.

Vern pôs todos aqueles papéis no saco plástico, junto com as fotos e os cartões de memória da câmera digital.

Talvez Redwing apalpasse embaixo da gaveta da escrivaninha ocasionalmente para se certificar de que o material escondido continuava no seu lugar.

Então ele pegou várias folhas de papel da impressora, dobrou-as e inseriu no envelope para criar o volume aproximado dos documentos originais.

Com o clipe de metal fechou a aba. Pegou o rolo de fita adesiva da escrivaninha, selou o clipe exatamente como estava antes e depois grudou o envelope sob a gaveta, onde o encontrara.

Restara apenas a tira de fita velha. Fez uma bolinha com ela e largou-a dentro do saco plástico branco.

Embora Vernon tivesse examinado o lavabo junto à cozinha, ainda não explorara o banheiro conjugado ao quarto. Estava preocupado que num momento de imprudente bravata ele ficasse tentado a deixar sua assinatura tradicional.

Era um profissional, tinha um trabalho a concluir e precisava do dinheiro para sua ilha de criaturas fantásticas.

No banheiro, a tampa do vaso estava aberta. Na mesma hora, ele a baixou.

Tirou a tampa do reservatório de água do vaso sanitário. Às vezes as pessoas lacravam as coisas dentro de um saco plástico e o submergiam no reservatório. Não Redwing.

Se ele olhasse de esguelha ao se virar para o espelho acima da pia, poderia ver Von Longwood. Vern sorriu e disse:

— Tá bonito, cara.

CAPÍTULO 19

POUCO ANTES DAS 9 HORAS, NA QUINTA-FEIRA, BRIAN OUVIU seus três funcionários chegando para trabalhar nos escritórios abaixo do seu apartamento.

Mais cedo ele deixara uma mensagem de voz para Gretchen, sua assistente, pedindo que ela adiasse seus compromissos daquele dia para a semana seguinte. Disse que fora tomado pela inspiração, que ficaria em casa desenhando e não queria ser interrompido.

A inspiração tinha feito mais do que isso. Uma musa especialmente persistente — insistente, incandescente — o arrebatara, deixara-o cheio de empolgação e ele trabalhava em estado de encantamento.

Ele nunca levara a sério relatos supostamente verdadeiros a respeito do sobrenatural; agora, todavia, Brian sentia que estava canalizando um talento maior do que o seu próprio. Se o que sentia era verdadeiro, então a presença que trabalhava através dele era benigna, pois poucas vezes na vida se sentira tão feliz.

Embora tivesse apoiado o bloco de papel sobre uma tábua inclinada, seus dedos deveriam ter ficado doloridos e a mão, dormente. Ele estava ali havia pelo menos cinco horas, numa concentração crescente.

Como se as leis da física e da fisiologia tivessem sido suspensas, ele não sentia nenhuma rigidez na mão, nem a mais leve dor. Quanto mais desenhava, mais fluidas ficavam as imagens no papel.

Os olhos do cachorro... Brian parou de desenhar as estruturas faciais periféricas, rendendo-se ao fascínio das curvas cintilantes das pálpebras, do canto interno ao externo, o misterioso jogo de luz sobre a córnea e no seu interior, da íris, do cristalino e da pupila.

Em cada novo desenho, a qualidade da luz era diferente da representada anteriormente, era recebida pelos olhos em ângulos diferentes, de modo oblíquo e direto.

Olhos cada vez maiores, em par, preenchendo toda a folha, fluíam de seu lápis.

Depois ele começou a desenhar um olho por folha, ampliando a escala para um estudo mais detalhado dos padrões de brilho intraocultar.

Ao olhar para o relógio, ficou impressionado ao constatar que se passara uma hora e meia desde que ouvira os funcionários chegando lá embaixo. Mesmo assim, não largara o lápis.

Embora o perímetro elíptico de um olho ainda enquadrasse o tema, embora ainda se pudesse discernir a íris e a pupila, enigmas de luz e sombra começaram a dominar cada composição a tal ponto que os desenhos tornaram-se quase abstratos.

Logo Brian estava visualizando hieróglifos naqueles padrões suaves, apesar de complexos, símbolos estranhos cheios de significados quando vistos de canto de olho. Eles sumiam numa névoa acinzentada ou se difundiam numa neblina luminosa quando ele tentava olhá-los diretamente.

Mesmo que lhe escapasse o significado, ele estava cada vez mais convencido de que não importava a fonte daquelas imagens, se eram oriundas de sua intuição ou obra de uma presença fantasmagórica que guiava sua mão; elas continham uma verdade oculta e o levavam na direção de uma revelação arrasadora.

Ele tirou outra folha, deixando-a de lado. Já usara, pelo menos, um terço do bloco. Os desenhos se empilhavam sobre a mesa.

Só depois de suas mãos terem trabalhado por um tempo numa nova folha foi que ele se deu conta de estar sendo levado a uma exploração ainda mais profunda do olhar hipnotizador do cão. Em vez de meramente retratar a beleza dos olhos caninos crepusculares, e mesmo assim luminosos como aparentavam exteriormente, o lápis ativo de Brian o levou para o *interior* daquela arquitetura de sombra e reflexos de luz, não à substância do globo ocular propriamente dito, mas ao interior da urdidura e trama da sombra e luz da córnea, da íris, da pupila, do cristalino.

Esta era uma visão que ele, como artista, jamais teria concebido. O olho como objeto reconhecível sumiu da folha, deixando apenas os raios luminosos que o penetravam e as sombras acompanhantes conforme seguiam seu curso pelas camadas de processamento da visão. O desenho se tornou inteiramente abstrato, no entanto dolorosamente mais belo, numinoso. Aqui havia um gênio em ação e Brian sabia que não era ele.

Passara por um estado alterado de consciência, por um transe encantador.

Por vezes, ele podia jurar ter visto a ponta do lápis atravessar o papel sem furá-lo, traçando seu grafite *além* da folha, como se construísse uma imagem para baixo, cada vez mais embaixo, através de um número infinito de superfícies.

Qualquer bom artista consegue criar a ilusão de três dimensões; mas conforme esses padrões de múltiplas pétalas iam sendo refinados, floresciam em sua direção e simultaneamente o convidavam a mergulhar neles. Seu lápis parecia ser uma chave para dimensões além da terceira.

Os hieróglifos que antes ele entrevira no desenho voltaram a fulgurar em sua imaginação, para não dizer de fato, mais vivos que anteriormente. Então, à medida que o desenho parecia florescer em sua direção, ele percebeu um segredo no centro, um assombro difuso que, afinal, podia estar além do entendimento, que talvez nunca fosse desenhado de modo adequado, mas mesmo assim seu lápis continuava trabalhando.

Um som tão terrível precipitou-se sobre o cômodo que Brian soltou o lápis e caiu de joelhos, derrubando a cadeira.

Não era um som simples, mas diversos ruídos simultâneos: silvo, zunido, estalidos abafados, farfalhada e um baque surdo, uma forte palpitação e um rufar, *bambambambam*. Alto, mas sem ser estridente. Não pesado como o estrondo de um trovão, mas como a vibração subsequente.

Ele teve a sensação de ter sido envolvido pelo som — como se em um grande cobertor —, envolvido e sacudido, envolvido e sacudido.

Ondas de concussão zuniram em seus ouvidos, fizeram seus dentes tiritar, viajaram pela concavidade de seus ossos.

O silêncio repentino o surpreendeu. A ressonância alarmante dera a impressão de que aumentaria gradativamente, perdurando até que tudo em volta fosse sacudido e destruído, como um terremoto emitindo sua voz grave das profundezas da terra rachada, mas só durou três ou quatro segundos.

Por um momento ele ficou paralisado, com um nó na garganta, esperando que o fenômeno se repetisse.

Após meio minuto de silêncio na cozinha, Brian foi até a janela e olhou para fora, em parte esperando enxergar uma coluna de fumaça se elevando a distância, evidência de uma explosão. O céu estava limpo.

A atração pela imagem inacabada na folha de papel continuava poderosa. Sua percepção de uma revelação pendente retornou.

Ele ergueu a cadeira do chão e se acomodou à mesa novamente. Pegou o lápis.

Enquanto sua mão se movia e a ponta do lápis sussurrava em contato com o papel, detalhando a imagem abstrata, o som retornou, mas dessa vez não era alto. Com um farfalhar e um bater de asas, algo se aproximava por trás dele na cozinha.

CAPÍTULO 20

DEPOIS DE BRINCAR, OS CACHORROS BEBERICARAM ALEgremente dos grandes potes de água alinhados fora do canil, à sombra do enorme carvalho.

Uma ordem de *venham* levou Fred, Ethel, Nickie e Hugo de volta para a toalha onde Amy e Renata estavam sentadas.

Os seis cães reprodutores se acomodaram no gramado a certa distância, como estavam antes de brincar. Sua confiança em outros cães era implícita, mas ainda temiam as pessoas, mesmo aquelas que os tinham resgatado.

Passado um tempo, Renata abriu um saco de biscoitos sem trigo e ofereceu a Ethel e Hugo, enquanto Amy premiava Nickie e Fred.

A perspectiva de biscoitos pôs os seis cães fantasmas de pé. Aproximaram-se com hesitação, sacudindo a cauda.

Os filhotes de Amy a deixaram orgulhosa ao se afastarem espontaneamente — embora com certa relutância — para deixar que os recém-chegados ganhassem a guloseima.

Dóceis, as cadelas reprodutoras pegaram os biscoitos delicadamente dos dedos de Amy. Ela não sentiu o contato de um dente sequer e nenhum dos seis tentou abocanhar o saco das guloseimas.

— Alguma das reprodutoras já mordeu você? — perguntou Amy a Renata.

— Não. Elas chegaram aqui cheias de feridas, algumas meio cegas devido a infecções oculares não tratadas, passaram a vida em gaiolas pouco maiores que elas, nunca souberam que um ser humano poderia não ser um cretino ganancioso, nunca receberam um toque de carinho nem qualquer gentileza. Deveriam nos atacar. Mas suas bocas são as mais suaves, não são?! Os corações mais bondosos.

Certas noites Amy tem insônia, não conseguindo parar de pensar sobre o inferno que é a vida de alguns cães, e sente raiva e desamparo.

A maioria dos canis de reprodução tinha dez ou vinte cães reprodutores, mas alguns dos grandes mantinham mil ou mais em condições cruéis. Esses animais não viviam verdadeiramente, apenas existiam e em perpétuo desespero.

Suas crias tinham esperança de uma vida real, mas as reprodutoras, não. Além disso, como os donos dos canis não tinham interesse em manter a qualidade e melhorar a genética da raça, muitos filhotes acabariam tendo doenças e problemas articulares que lhes encurtariam a vida.

Pet shops responsáveis têm programas de adoção para cães abandonados e não vendem filhotes.

Outras lojas, comerciantes pela internet e anunciantes de jornal que afirmam possuir filhotes oriundos de pequenos canis e de famílias carinhosas geralmente vendem animais gerados por cães vítimas de crueldade.

Um registro do Kennel Club garante que um cachorro é de raça pura, não que foi gerado com humanidade. Todos os anos, centenas de milhares de produtos de canis, gerados e paridos por cães que vivem em condições desesperadoras, são vendidos com os "papéis adequados".

Amy fazia palestras em escolas, em centros para idosos, para qualquer audiência possível: *Aceitem um cachorro resgatado. Ou comprem de um canil de reputação, recomendado pelo clube afiliado a cada raça. Vá a abrigos de animais. A cada ano, 4 milhões de cães abandonados morrem por falta de um lar.* Quatro milhões. *Dê amor a um cão de rua e você será recompensado dez vezes mais. Dê dinheiro aos barões dos canis e estará perpetuando um grande horror.*

Suas audiências eram sempre atentas. Aplaudiam. Talvez ela atingisse alguns deles.

Ela nunca teve a ilusão de que estava mudando o mundo. Isso não era possível. Para ela, tanta indiferença das pessoas ao sofrimento dos cães era prova de que o mundo estava em decadência e de que um dia haveria — teria de haver — o juízo final. Tudo que podia fazer era tentar resgatar da miséria e morte prematura algumas centenas de cães por ano.

Quando ela e Renata acabaram de distribuir as guloseimas, três cachorras reprodutoras se retiraram, tímidas, após alguns minutos de carinho. Duas ficaram mais um pouco e uma — Canela — acomodou-se ao lado de Renata como se dissesse *Certo, vou arriscar, vou confiar nisso.*

— A Canela vai ajudar a salvar sua alma — disse Renata.

Amy acreditava que os cães tinham uma missão espiritual. A oportunidade de amar um cão e de tratá-lo com bondade era a chance de redenção para um coração humano perdido e egoísta. Eles são impotentes e inocentes e é certamente o modo como tratamos os mais humildes que determina o destino de nossas almas.

Canela virou-se e olhou para Amy. Ela tinha os olhos de uma redentora.

A geometria do juízo é circular. O ódio é uma serpente que se vira para consumir a si mesma pela cauda, um círculo que diminui até certo ponto, depois vira nada. O orgulho é essa serpente, além da inveja e da ganância. Amor, no entanto, é um arco, uma roda, que rola para sempre. Somos resgatados por aqueles que resgatamos. Os que foram salvos tornam-se os salvadores de seus salvadores.

Quando Amy saiu do Sítio da Última Chance com seus três cães, girou o volante lentamente para a estrada, dirigindo devagar para conseguir ver o número da placa do Land Rover.

Conforme ela rumava para oeste, o outro veículo saiu da sombra dos jacarandás e a seguiu. Talvez o motorista achasse que ela fosse ingênua a ponto de não perceber a "sombra". Ou talvez não se importasse de ela saber que estava sendo seguida.

CAPÍTULO 21

A FARFALHA, O SILVO E O *BAMBAMBAMBAM* SURGIRAM ATRÁS de Brian, mais baixo do que da primeira vez, de um modo quase furtivo. Ele se virou para olhar, mas continuava sozinho na cozinha.

Quando o som se repetiu, ele olhou para o teto, imaginando se o vento não podia estar causando algum problema no telhado. Mas a janela revelava uma manhã tão tranquila como a de um mundo sem ar.

Conforme trabalhava obcecadamente no centro do desenho atual do olho do cão, ele quebrou a ponta de um lápis. E outra vez. Depois mais outra.

Enquanto afiava os lápis, apenas o ruído seco do raspar da navalha pontuava a quietude em expectativa.

Em alto volume, o som não identificado parecera terrível não por ter-lhe incutido medo — o que ocorrera, um pouco —, mas porque sugeria uma energia imensa e com poder de submetê-lo.

Por ter nascido durante um tornado, Brian nutria um respeito considerável pelo caos que a natureza gerava e pela súbita ordem — chamemos de destino — que geralmente se revelava ao findar o caos aparente. Esse estranho som composto de muitas partes trazia em si uma qualidade caótica; mas ali ele sentiu seu destino.

Lápis apontados, ele retornou ao desenho.

Pouco depois, quando o som ocorreu mais uma vez, ele teve quase certeza de que viera de cima. Talvez do sótão.

Entretanto, o desenho restabelecera seu poder hipnótico e mais uma vez ele sentiu que havia uma revelação iminente. Descobrir a origem do som era tarefa menos urgente do que completar o padrão de camadas sobrepostas de luz e sombra no centro da imagem.

Ele se inclinou para a frente. O desenho parecia se abrir para preencher seu campo de visão.

Após trabalhar por alguns minutos, uma sombra passou pela folha. Embora sem forma e rápida, provocou-lhe um sobressalto semelhante ao que tivera ao ouvir o primeiro som, o mais alto.

Como uma das janelas estava com a cortina fechada, a cozinha estaria escura sem a luz do teto acesa.

Uma mariposa podia ter passado pela lâmpada do teto, projetando uma sombra de tamanho ampliado. Nada além de uma mariposa poderia ter feito aquela investida de modo tão silencioso.

Brian olhou em volta, dando uma busca pelo cômodo. Se o inseto tivesse pousado em qualquer canto, ele não estava conseguindo localizar.

À direita, em sua visão periférica, ele percebeu outra sombra fragmentada na parede. Ou achou ter percebido. Virou a cabeça, ergueu os olhos, não viu nada...

...e então teve a visão fugaz de uma sombra ardilosa disparando pelo piso. Ou pensou ter.

Sua atenção desceu para o desenho inacabado. Suas mãos tremiam demais para que ele pudesse fazer bom uso do lápis.

Alerta, Brian ficou de pé no centro do cômodo. Nenhuma sombra voou, mas o som estranho vinha, débil, de algum outro ponto do apartamento.

Após hesitar por um instante, ele saiu da cozinha.

Levou um susto com o próprio reflexo num espelho do corredor. Seu rosto estava pálido, exceto pelos olhos injetados.

No final do corredor, parou sob o alçapão que dava para o sótão. Precisaria de uma escada para alcançar a abertura.

Quanto mais olhava para o alçapão, mais se convencia de que havia algo de tocaia ali em cima, ou de ponta-cabeça, pendurado num caibro, escutando.

A exaustão estimulara sua imaginação, mesmo embotando-lhe a mente. A razão o abandonara. Nada além de pó o esperava no sótão — pó e aranhas.

Nas últimas 36 horas, ele dormira apenas uma. Todo aquele tempo desenhando compulsivamente o havia consumido ainda mais.

No quarto, sem tirar a roupa, ele se esticou na cama desarrumada, de onde o telefonema de Amy o despertara cerca de 12 horas antes.

As persianas estavam fechadas. Um leque de luz cinzenta vinda do corredor entrava pela porta aberta.

Seus olhos estavam quentes e ásperos, mas ele os manteve abertos. No teto, nenhuma das sombras de mariposa se mexia.

A voz cristalina da menina cantando em celta se elevou em sua memória.

Os olhos dela, um tom violeta de azul.

Os olhos de Carl Brockman como canos de espingarda.

A palavra *suinocultora* na tela do computador.

Desesperado de sono, Brian temia fechar os olhos. Estava com a ideia maluca de que a Morte esperava para levá-lo consigo enquanto dormisse. Em sonhos uma presença alada desceria sobre ele, cobriria sua boca com a dela e sugaria seu sopro de vida

CAPÍTULO 22

APÓS MAIS DE CINCO HORAS DE SONO, HARROW ACORDA depois do meio-dia, não no quarto sem janela onde eles fazem sexo, mas no quarto principal da casa de tijolos amarelos.

As cortinas estão fechadas, mas ele sente que Luna se fora. Sua presença teria dado uma qualidade inequívoca à escuridão, porque seu humor, aquele de uma tempestade sempre prestes a cair, acrescenta uma quantidade significativa de milibares à pressão atmosférica natural.

Na cozinha, ele passa um café forte. Pela janela ele a vê no pátio, um oásis de grama verde num deserto de rochas.

Ele vai lá fora levando sua caneca de café fumegante. O dia está quente para fim de setembro.

A casa de tijolos amarelos fica em meio a uma paisagem de granito bege. Pedras arredondadas parecem articulações de gigantes punhos fechados, prensados contra o perímetro do pátio de tijolos banhado pelo sol.

Harrow cruza as lajes rachadas de pedras polidas pelas intempéries até o pátio. Com o passar do tempo, o vento soprou terra para dentro de um profundo declive oval no granito e mais tarde o semeou.

Um pinheiro Montezuma de 2,5 metros se ergue no centro do gramado oval, seus grandes galhos espalhados filtrando o sol do meio-dia pelos tufos de longas agulhas pendentes.

Entre sombras emplumadas e penachos de luz, Luna se senta sobre uma toalha, consciente do poder de sua presença. Mesmo nessa paisagem espetacular, ela é o foco principal. Atrai o olhar dele de modo tão irresistível como a gravidade empurra uma pedra poço abaixo, para o escuro esmagador.

Ela está só de calcinhas pretas e com um simples mas caro colar de diamantes que Harrow lhe deu. Ela é madura e macia, com a pele bronzeada de sol e o ar confiante de um gato. Salpicada pela sombra e pela luz dourada, Luna lembra um leopardo em repouso, logo após a caça, alimentado e contente.

Os homens lhe dão tanto há tanto tempo que ela espera receber presentes do mesmo modo que espera o ar cada vez que inspira: como um direito natural. Aceita qualquer oferta, não importa quão extravagante, sem mais agradecimentos do que quando abre a torneira e obtém água.

Ao seu lado está uma caixa preta laqueada forrada de veludo vermelho, onde ela guarda uma série de esmaltes, tesouras, lixas de papel e metal, além de outros instrumentos para o cuidado das unhas.

Embora nunca vá à manicure, suas unhas têm uma apresentação impecável, apesar de mais curtas e pontudas do que está na moda atualmente. Ela fica feliz gastando horas nessa tarefa.

Seu medo do tédio a deixa introvertida. Para ela, as outras pessoas parecem tão planas como os atores numa tela de TV, e ela é incapaz de imaginar que possuam dimensão como ela. O mundo externo é cinza e vazio, mas seu mundo interior é rico.

Harrow se senta na grama, a poucos centímetros da toalha, pois ela não encoraja aproximação nesses momentos. Ele bebe o café enquanto a observa pintando as unhas dos pés e imagina o que se passa em sua mente quando está em tal devaneio.

Ele não se surpreenderia de saber que nenhum pensamento consciente a perturba, que ela está em transe.

Num esforço para compreendê-la, ele descobriu um estado chamado automatismo. É uma situação na qual o comportamento não é controlado pela mente consciente e pode ou não se aplicar a ela.

Geralmente, o automatismo dura uns poucos minutos. Mas como em todas as coisas, há eventos atípicos, e Luna nada mais é que atípica.

Quando tomada pelo automatismo, talvez consiga ficar horas concentrada nas unhas dos pés, sem se dar conta do que está fazendo. Mais tarde, ela não se lembraria de ter aparado, lixado e pintado.

É possível que ela matasse um homem durante esse período sem nunca saber que cometera tal violência, sem reter a memória do assassinato.

Ele gostaria de observá-la num ato de homicídio automático. Sua beleza seria terrível, de tirar o fôlego: os olhos ausentes e as feições inexpressivas enquanto brandia o punhal.

Ele duvida de que Luna tenha matado em tal estado ou que vá fazê-lo, pois assassinato, especialmente por fogo, é a única coisa que o mundo exterior pode lhe oferecer para afugentar seu tédio com segurança. Quando pode, ela não precisa matar em transe, mata sem remorso e com profunda satisfação, em plena consciência.

É comum ela passar boa parte do dia se arrumando. Está sempre fascinada por si mesma, e seu corpo é sua melhor defesa contra o tédio.

Às vezes passa uma tarde inteira lavando o cabelo dourado, aplicando uma série de cremes à base de substâncias naturais, escovando-o ao sol para secar e fazendo longas massagens no couro cabeludo e no pescoço.

Apesar de inquieto por natureza, Harrow consegue observá-la por horas enquanto ela se arruma. Sua beleza sem defeitos o tranquiliza, sua calma sem fim, sua perfeita autoabsorção. Ela inspira nele uma curiosa sensação de esperança, embora ele ainda não tenha conseguido identificar o *que* espera.

Geralmente Luna se arruma em silêncio, e Harrow não tem certeza se ela está ciente da sua presença. Dessa vez, após um tempo, ela diz:

— Você soube dele?

— Não.

— Estou cheia deste lugar.

— Não vamos ficar por muito mais tempo.

— É bom que ele ligue logo.

— Ele vai ligar.

— Estou cheia desse barulho.

— Que barulho? — pergunta ele.

— Do mar quebrando na praia.

— A maioria das pessoas gosta.

— Me faz pensar — diz ela.

— Sobre o quê?

— Tudo.

Ele fica quieto.

— Não quero pensar — diz ela.

— Sobre o quê?

— Sobre nada.

— Quando isso acabar, iremos para o deserto.

— Melhor que seja logo.

— Só areia e sol, nada de arrebentação.

Com pinceladas propositadamente lentas, ela pinta as unhas dos pés de roxo.

Conforme a Terra vai lentamente se afastando do Sol, as sombras emplumadas do pinheiro esticam suas asas em direção à casa.

Além do pátio, fora da vista abaixo das lajes de granito inclinadas, as ondas batem na praia.

A oeste, um mar azul, quase cinza-chumbo, parece duro, frio. Nele, a luz solar, como ouro derretido, se funde em escamas de aço cintilantes que se agitam para a frente como esteiras de metal de tanques blindados.

— Tive um sonho — diz ela após alguns instantes.

Harrow espera.

— Havia um cachorro

— Que cachorro?

— Um golden retriever.

— Só podia ser, né?

— Não gostei dos olhos dele.

— O que havia com eles?

Ela fica quieta.

— Se você o encontrar, mate-o — diz ela depois.

— O quê? O cachorro?

— É.

— Foi num sonho.

— Mas é real também.

— Não é uma raça perigosa.

— Este é.

— Se você diz.
— Mate-o assim que o encontrar.
— Tá certo.
— Bem matado.
— Tá certo.
— Sem piedade.

CAPÍTULO 23

UMA BRISA FRACA VARRIA AS ONDAS DE CAPIM DOURADO prado acima até o topo do morro, e as sombras alongadas do carvalho se ondulavam.

O doce aroma do verde, a luminosidade que caía do ar e a majestade dos carvalhos eram o mais próximo que Amy esperava chegar do céu no lado de cá da morte.

A Golden Heart ganhara esses 5 hectares do espólio de Julia Papadakis, que adotara muitos golden retrievers entre o resgate e a casa definitiva.

A única herdeira viva de Julia, uma sobrinha chamada Linnea, insatisfeita com a herança de 30 milhões de dólares, contestara o testamento, procurando acrescentar aquele valioso pedaço de terra aos seus bens. Linnea dispunha de milhões para os honorários dos advogados, enquanto o contra-ataque de Amy tinha orçamento limitado.

Agora, mesmo após anos de existência, a Golden Heart não possuía outro escritório além do gabinete de Amy e nenhuma instalação para o cuidado dos cães além das casas dos voluntários. Quando ela trazia mais cães do que podiam ser acolhidos pelos sócios, ela precisava colocá-los nos canis dos hospitais veterinários que lhe davam desconto.

Amy relutava em internar um único resgatado. Mesmo se não chegassem espancados ou infestados por carrapatos, ainda que fossem cães saudáveis, estavam ansiosos e necessitados de mais afeto do que os funcionários de qualquer canil comum podiam oferecer.

Ali, naquele morro, naquele prado, com determinação e ajuda de Deus, ela iria supervisionar a construção de uma instalação onde a Golden Heart poderia receber novos resgatados, avaliá-los, banhá-los e prepará-los para os novos lares. Canis grandes, aquecidos e com ar-condicionado, com roupa de cama limpa, seriam providenciados em pouco tempo para aqueles cães que não pudessem logo ser colocados num lar definitivo ou adotados. Haveria uma clínica simples, um "salão de beleza", um pátio cercado, uma sala de treinamento para os dias de chuva...

Mas até que o processo da herança fosse bem-sucedido no tribunal, apenas os filhotes de Amy podiam aproveitar esse prado ensolarado e a sombra do carvalho. Agora Fred e Ethel saltavam pelo capim alto, perseguindo um ao outro, seduzidos para esse e aquele caminho pelo odor de coelhos e esquilos.

Nickie permanecia ao lado da dona.

Amy saíra do asfalto e dirigira o Expedition pela estrada de terra, estacionando no cume do morro, enquanto o Land Rover havia parado no acostamento da rodovia.

Ignorando claramente os odores selvagens e a perspectiva de brincar, Nickie continuava concentrada no veículo lá embaixo.

Embora Amy tivesse trazido o binóculo de Renata, não se preocupou em usá-lo. O motorista permanecia dentro do Rover, e, a essa distância, mesmo com as poderosas lentes de aumento, ela não conseguiria ver seu rosto.

Ela conjeturou a possibilidade de Linnea Papadakis tê-la colocado sob vigilância.

Apesar da injunção que impedia a Golden Heart de construir na terra até que a impugnação de Linnea ao testamento da tia fosse julgada, Amy tinha autorização para visitar a propriedade. Ela não fazia ideia do que Linnea esperava ganhar vigiando-a.

Do fundo da garganta, Nickie soltou um rosnado.

CAPÍTULO 24

AO TERMINAR A BUSCA EM CADA CANTO DA CASA DE REDwing, Vernon Lesley parou na cozinha e fez uma ligação para Bobby Onions de seu celular.

— Você ainda está com ela?

— Gostaria de estar sobre ela — disse Onions.

— Deixa de ser chato.

— Ela está aqui neste campo.

— Que campo?

Onions tinha um sistema de navegação de última geração que mostrava a latitude e a longitude exatas de seu Land Rover, em graus e minutos, na tela do computador do veículo. Ele leu essas coordenadas para Vern.

— Pelos meus conhecimentos — disse Vern, aborrecido —, isso poderia ser no Camboja.

— Não haveria a mínima possibilidade de ser no Camboja. Você não entende bulhufas de latitude e longitude. Como espera avançar em seu ofício sem saber o fundamental?

— Não preciso saber latitude e longitude para ser Sherlock.

— Sherlock — disse Onions com desdém. — Então você ainda chama geladeira de *frigidaire*? É um novo século, Vern. Hoje em dia estamos numa profissão paramilitar.

— Investigação particular não é uma profissão paramilitar.

— O mundo fica mais perigoso a cada semana. As pessoas precisam de investigadores particulares, de guarda-costas, de seguranças, de polícia particular, e somos tudo isso. Policiais são paramilitares.

— Não somos policiais — retrucou Vern.

— Você tem sua filosofia da profissão e eu tenho a minha — disse Bobby Onions. — A questão é: ainda estou com ela e sei as coordenadas *exatas*. Se eu tivesse que atingi-la com um míssil, ela estaria frita.

— Um míssil? Ela é só uma mulher.

— Osama bin Laden é só um homem. Se conseguissem as coordenadas exatas de onde ele está, lançariam um míssil sobre ele.

— Você não passa de um detetive particular. Não tem nenhuma autoridade para ordenar o lançamento de um míssil.

— Só estou dizendo que, se tivesse, poderia, porque tenho as coordenadas exatas.

Desejando secretamente encontrar outro detetive para qualquer futuro trabalho em equipe, Vern disse:

— Bom pra você.

— De todo jeito, ela está no topo desse morro, no sol, não na sombra da árvore, uma bela silhueta contra o céu. A coisa mais fácil do mundo de acertar com uma SIG 550 Sniper.

— Não me diga que você a está observando pela luneta de um rifle — Vern se sobressaltou.

— Não. É claro que não. Só estou comentando.

— Você tem uma SIG 550 Sniper? — perguntou Vern.

— Artilharia básica, Vern. Nunca se sabe quando surge uma necessidade.

— Onde está seu rifle agora, Bobby?

— Não esquenta. Está embrulhado numa coberta lá atrás do Rover.

— Não somos matadores de aluguel, Bobby.

— Eu sei disso. Eu sei, Vern. Sei melhor do que você o que somos. Relaxe.

— Ninguém a quer morta.

— Não há ninguém que alguém não queira morto, Vern. Aposto que uma centena de pessoas não se importaria de vê-lo morto.

— Quantos, você acha, não se importariam de vê-lo morto, Bobby?

— Provavelmente uns mil — disse Bobby Onions, demonstrando algo que parecia ser uma ponta de orgulho.

— Você não precisava fazer mais nada além de observá-la enquanto eu dava uma busca na casa e me avisar se ela voltasse para cá.

— Foi só o que eu fiz, Vern. Ela está lá em cima, no morro com os cachorros, a silhueta contra o céu.

— Acabei aqui. Vou sair assim que desligar. Então você não precisa mais segui-la.

— Não me importo de ficar observando. De todo modo, estou no horário de trabalho com você até o encontro com a carteira.

— Carteira? Que carteira?

— É assim que chamo o cliente: carteira.

— Eu o chamo de cliente.

— Não me surpreende, Vern. Como você chama o objeto de uma vigilância, como essa mulher?

— Chamo de objeto — disse Vern. — O alvo, o pássaro.

— Isso tudo é tão antigo — disse Bobby, desdenhando. — Hoje em dia, o alvo é chamado de macaco.

— Por quê? — conjeturou Vern.

— Porque já passamos do Período Jurássico, Vern.

— Você tem 24 anos. Eu só tenho 39.

— Quinze anos, Vern. A atualidade é a Era do Gelo. Os tempos mudam rapidamente. Você ainda quer se encontrar às 14h30, antes de irmos ver a carteira?

— É. Duas e meia.

— Mesmo pico de antes?

— Pico?

— Ponto de encontro, Vern. Lugar de encontro. Saca?

— É. Mesmo pico de antes. Duas e meia. Ei, Bobby.

— Hã?

— Se um cara é um *mala*, como é que a gente o chama hoje em dia?

— Pelo que eu saiba, é assim mesmo.

— É. Acho que *mala* é uma palavra atemporal. Vejo você às 14h30.

Vern desligou e olhou em volta da alegre cozinha amarela e branca. Ele preferia não ter que ir embora. Amy Cogland, aliás, Amy Redwing, tinha uma boa vida ali.

Depois de trancar o bangalô, Vern voltou para seu Chevy de caçamba enferrujada, levando consigo o saco plástico branco com os itens que confiscara durante a busca. Sentiu-se velho, atarracado e melancólico.

Enquanto se afastava do bairro de Redwing, pensou em Von Longwood e no carro esporte voador do Second Life, e seu humor começou a melhorar.

CAPÍTULO 25

MEIA DÚZIA DE GAIVOTAS DESPENCA DO CÉU, GRASNANDO e se empoleirando nos galhos mais altos do pinheiro Montezuma para em seguida silenciar e, parecendo detectar simultaneamente um perigo, saem voando como se fossem uma só, com um violento tamborilar de asas.

Perturbada pelas gaivotas ou se soltando por coincidência, uma pinha de uns 25 centímetros vem abaixo ruidosamente, atravessando os galhos e pousando na toalha ao lado de Luna.

Ela não reage aos repentinos e estridentes gritos das gaivotas, nem ao retumbar das asas ou à queda da pinha pesada. Com o pincel de manicure, espalha o esmalte roxo na unha do dedo do pé.

— Odeio as gaivotas — diz ela depois.

— Logo estaremos indo para o deserto — promete Harrow.

— Para um lugar bem quente.

— Palm Desert ou Rancho Mirage.

— Sem ondas quebrando.

— Sem gaivotas — diz ele.

— Só o silencioso calor do sol.

— E a areia iluminada pelo luar à noite — diz ele.

— Espero que o céu seja branco.

— O céu do deserto, você quer dizer?

— Às vezes é quase branco.

— Isso é mais em agosto — diz ele.

— Branco feito neve. Eu já vi.

— Em grandes altitudes, como Santa Fé.

— Branco feito neve.

— Se é assim que você quer, vai ser.

— Iremos de fogo em fogo.

Ele não entende, então espera.

Ela acaba de pintar a última unha dos pés. Retorna o pincel ao vidro de esmalte roxo.

Joga a cabeça para deixar os cabelos atrás dos ombros e os seios nus balançam.

Lá adiante, no mar escamoso, um navio se dirige para o norte. Outro navega na direção sul.

Quando um passar pelo outro, talvez os navios se anulem e deixem de existir.

Esse não é o tipo de pensamento que ele teria antes de se envolver com Luna.

No fim, todos os navios afundam ou são desmontados para sucata. Com o tempo, qualquer coisa que era alguma coisa se torna nada. A existência não tem outro fim além de cessar de existir.

Então, por que a existência de uma dada coisa — navio ou pessoa — não pode acabar a qualquer momento, sem causa ou razão?

— Vamos queimá-los todos — diz ela.
— Se é isso o que você quer.
— Amanhã à noite.
— Se chegarem aqui a tempo.
— Chegarão. Queimá-los até os ossos.
— Tá certo.
— Queimá-los, depois rumo ao deserto. De fogo em fogo.
— Quando você diz queimá-los *todos*...
— É. Ela também.
— Eu achava que já devia estar na hora.
— Já se passaram dez anos além da hora.
— Quando o incêndio acabar... — ele começa a falar.

Luna encontra seus olhos.

— ...quem vai embora daqui e como? — completa.
— Eu — diz ela. — E você. Juntos.

Ele acha que ela fala sério. Vai ser cauteloso, de qualquer modo.

— O céu branco pressionando contra a areia branca plana — diz ela. — Todo aquele calor.

Ele a observa um pouco enquanto ela sopra as unhas molhadas. Depois pergunta:

— Você já deu comida para ela?
— É desperdício de comida agora.
— Podemos precisar dela em boa forma.
— Por quê?
— Ele vai querer vê-la.
— Para atraí-lo para dentro?
— É.
— Então vamos lhe dar comida.

Ele começa a se levantar.

— Quando minhas unhas estiverem secas — diz ela.

Harrow novamente se acomoda na grama, observando-a soprar os dedos.

Depois ele olha para o mar, que agora está tão prateado pelo sol que parece ser quase branco.

Não consegue localizar nenhum dos navios, nem o que ia para o norte nem o que ia para o sul. Talvez estejam ocultos pelo reflexo solar.

CAPÍTULO 26

O LAND ROVER FOI EMBORA ENQUANTO AMY E OS FILHOTES aproveitavam o prado. Mais tarde, quando Amy foi até um abrigo no sul do município para um compromisso, ninguém a seguiu.

— O que era aquilo? — perguntou aos cães, mas eles não faziam ideia.

No abrigo, ela deixou os filhotes trancados no Expedition, com uma fresta aberta nos quatro vidros para o ar circular.

Nenhum dos três expressou o mínimo desejo de acompanhá-la. Sabiam que tipo de lugar era aquele. Fred, Ethel e Nickie se sujeitaram a esperar.

Sua contadora, Danielle Chiboku, também voluntária da Golden Heart, esperava-a na lúgubre recepção.

— Você pagou 2 mil por aquele resgate ontem à noite? — foi a primeira pergunta de Dani.

— É, mais ou menos, se você quiser encarar desse modo, acho que eu poderia dizer que sim.

— O que vou fazer com você? — perguntou Dani.

— Ih, mamãe, acho que você vai ter de me mandar para a escola militar se quiser me endireitar.

— Se eu fosse sua mãe, você saberia o valor de um dólar.

— Você só tem cinco anos a mais que eu. Não poderia ser minha mãe. Podia ser minha *madrasta*, se casasse com o meu pai.

— Amy!

— Mas como eu nunca soube quem é meu pai, não poderei apresentá-lo a você. De qualquer forma, os 2 mil não eram da Golden Heart. Eram meus.

— Sim, e todos os anos em que a organização não consegue levantar doações suficientes para cobrir o trabalho, você compensa a diferença.

— Sempre espero que o Batman, como Bruce Wayne, me assine um cheque, mas nunca acontece.

— Se você continuar assim, em cinco anos estará falida.

— Você é minha contadora. Não pode deixar isso acontecer. Consiga um investimento que me dê um retorno de 200 por cento.

— Estou falando sério, Amy. Cinco anos.

— Cinco anos é uma eternidade. Qualquer coisa pode acontecer em cinco anos. Os cachorros precisam de mim agora. Eu já lhe falei o quanto você se parece com a Audrey Hepburn?

— Não tente mudar de assunto. Audrey Hepburn não era meio japonesa e meio norueguesa.

— Conte, como foi que os seus pais se encontraram? Trabalhando num barco baleeiro? Óleo de baleia, âmbar-gris e amor à primeira vista? Ei, o Mookie já se encontrou com Janet Brockman?

Mukai Chiboku, Mookie para os amigos, era marido de Dani e advogado da Golden Heart.

— Ele vai fazer o divórcio *pro bono* — disse Dani. — As crianças o deixaram consternado.

Especializado em direito imobiliário, Mookie tinha escritórios num edifício simples de dois andares em Corona del Mar. Poucos transeuntes imaginariam que ele tinha seis clientes, cujas posses somadas passam de 1 bilhão de dólares.

Os cães eram bem-vindos em seu escritório. Ele ia para o trabalho todos os dias acompanhado de seu golden, Baiko, que fora assim batizado por causa de um mestre de hakai, e sempre cumprimentava Fred e Ethel dizendo "Olá, doçuras!".

— Você está preparada?

— Não.

— Nem eu.

Os funcionários do abrigo as conheciam bem. Amy e Dani iam até lá pelo menos uma vez por semana.

O responsável pelo controle de animais, Luther Osteen, levou-as da recepção, passando pelos escritórios, até os canis nos fundos do prédio.

Uma série de pequenas mas limpas jaulas de concreto se enfileiravam e todas elas continham cães. Animais maiores ficavam sozinhos num espaço. Às vezes, cachorros menores compartilhavam uma mesma jaula.

Alguns estavam tão deprimidos que ficavam deitados olhando para o nada e nem levantavam a cabeça. Alguns pareciam desesperançados, mas outros abanavam a cauda e pareciam hesitantemente confiantes.

Uma vez ou outra um cachorro latia, mas a maioria dos internos ficava quieta, como se soubesse que seu destino — adoção ou morte — dependia em parte da própria conduta.

A maioria era de cães vira-latas. Cerca de um quarto parecia ser de raça pura. Todos eram lindos, cada um à sua maneira, e o tempo corria contra eles.

Como a quantidade de cães abandonados e que sofriam maus-tratos excedia em muito os recursos de todos os grupos de resgate, cada organização precisava se limitar a uma única raça.

O abrigo se esforçava para colocar os de raça mista, os vira-latas. Mesmo assim, milhares tinham que passar por eutanásia todos os anos.

Amy queria parar em todas as jaulas, afagar e acariciar cada cachorro, mas aguçar suas esperanças seria cruel, e deixá-los para trás após ter se familiarizado a deixaria arrasada.

Luther Osteen tinha dois cães para elas avaliarem, sendo o primeiro uma golden pura de nome Mandy. Era uma cachorra dócil, de nove anos, tendo a cara quase toda branca devido à idade.

Os donos de Mandy tinham se aposentado. Queriam passar alguns anos viajando pela Europa e Mandy já não se encaixava em seu estilo de vida.

— Está com um pouco de artrite — disse Luther —, e os dentes não foram muito bem-cuidados, mas ela ainda tem alguns bons anos pela frente. É difícil para a gente conseguir um lar para uma cachorra mais velha como ela. É provável que ela tenha retribuído dez vezes o amor que recebeu ao longo dos anos, então o certo seria ela ter a chance de estar com alguém que lhe proporcionasse algo melhor.

— Nós vamos levá-la — disse Dani.

O segundo órfão era um macho, parte golden, parte alguma outra raça não facilmente reconhecível, talvez um pastor australiano. Andava solto por um parque industrial, usando uma coleira sem identificação.

— Parece que foi abandonado por lá — disse Luther. — Devia estar sozinho havia umas duas semanas, tão magro que está.

O cão sem nome estava parado na porta da casinhola, pressionando o focinho preto contra a brecha da grade de arame.

— Que idade você acha que ele tem? — perguntou Dani.

— Calculo que tenha 3 ou 4 anos. Nenhuma doença aparente.

— Vacinado? — perguntou Amy.

— Não. Mas você o leva e pagamos pelas vacinas. Ele está com alguns carrapatos, mas não muitos.

Encontrar lares definitivos para centenas de raças puras já era difícil. Para os mistos era ainda mais complicado.

Ele não parava de mexer a cauda. As orelhas estavam levantadas. Os olhos castanhos imploravam.

— O rapaz é domesticado — disse Luther — e reconhece alguns comandos básicos, como *senta* e *desce*.

Sendo meio amestrado, facilitava a colocação. Então, aliviada, Amy disse:

— Vamos levá-lo também.

— Podem ir tratar da papelada — disse Luther. — Eu os levo em seguida.

Retornando pelo corredor do canil, entre as fileiras de jaulas, Dani pegou Amy pela mão. Sempre fazia isso. Seus olhos estavam marejados, o que Amy detectou antes que sua própria visão ficasse embaçada.

Passar por todos aqueles cães, sabendo que a maioria seria sacrificada, sempre era difícil. Mas a volta, deixá-los entregues ao seu destino, era brutal.

Às vezes Amy perdia a esperança na humanidade, e era sempre pior nos dias em que visitava o abrigo municipal.

Alguns retribuem lealdade com infidelidade e não pensam em suas últimas horas, quando talvez tenham que pedir a alguém que lhes dê a misericórdia que negaram àqueles que neles confiaram.

CAPÍTULO 27

HARROW PREPARA UM SANDUÍCHE DE PRESUNTO E QUEIJO, acrescenta dois picles ao prato e o coloca numa bandeja juntamente a uma salada de batata comprada pronta. Além disso, vão dois sacos de batata frita e um pacote pequeno de biscoitos. Ela gosta de Root Beer, então ele põe duas latas geladas na bandeja.

Assim que acaba, Luna entra na cozinha. Ela vestiu uma calça preta e um blusão da mesma cor. Ainda está usando o colar de diamantes que ele lhe deu, mas o bracelete, também de diamantes, é presente de algum homem antes dele.

— Eu teria feito isso — diz ela, olhando para a bandeja cheia.

— Eu quis poupar você.

— Sempre fazendo coisas para mim. — Seu olhar verde é tão afiado quanto uma garrafa quebrada.

Ele conhece esse campo minado muito bem. Já o atravessou ao lado de Luna muitas vezes.

— Eu gosto — diz ele.
— De fazer coisas para mim?
— É.
— E para ela?
— Para ela o quê? — pergunta ele.
— Você dá a ela o que ela gosta.
— É o que temos. — Ele deu de ombros.
— Foi o que você comprou.
— Da próxima vez me dá uma lista.
— Aí você vai comprar o que eu quero que ela coma?
— Claro.
Ela tira a tampa do recipiente da salada de batata e cheira.
— Você tem pena dela, não tem? — pergunta ela.
— Não.
— Não?
— Por que deveria ter?
— Não deveria. — Ela cospe na salada.
Ele fica quieto.
Ela cospe na salada novamente.
Olha para ele, lendo sua reação.
Diferentemente dela, ele tem não só o corpo e o intelecto sob controle, mas também suas emoções. Encontra os olhos dela sem vacilar.
— Guarde sua solidariedade para mim — diz ela.
— Não sinto nada por ela.
— Nem mesmo nojo?
— Ela é uma coisa, só isso — diz ele.
Luna não consegue manter o olhar fixo. Finalmente, ela segura o recipiente da salada e diz:
— Você também.
Sem hesitar, ele cospe no pote.

Ela sorri para ele.

Ele prefere não retribuir o sorriso. Ela o tomaria como escárnio.

Ela cospe na salada uma terceira vez, volta a tampar o recipiente e o coloca na bandeja.

— Talvez eu o deixe acender o fósforo — diz ela.

Ele não está seguro do que responder, então fica quieto.

— Amanhã à noite — diz ela.

— Você vai querer fazer isso?

— Você não?

— Vou se for o que você quer.

— O que *você* quer? — pergunta ela.

— Você.

— Por quê?

— O que mais há?

— Tédio — diz ela.

— É.

Ela pega a bandeja.

— Eu levo pra você — diz ele.

— Não. Você vai na frente e abre a porta.

Ele a precede pela casa.

— Vamos nos divertir um pouquinho agora — diz ela atrás dele.

CAPÍTULO 28

DE TRÁS DO EXPEDITION DE AMY, FRED, ETHEL E NICKIE observavam, solenes, enquanto Mandy e o cão sem nome subiam no SUV de Dani Chiboku.

Algumas nuvens haviam se formado. Embora no nível do solo o ar estivesse tão imóvel quanto roupas velhas no armário, nas altitudes mantos brancos se arremessaram pelo céu, vagando rumo ao leste, esfarrapando-se para oeste.

Tendo os cachorros seguros a bordo, Dani fechou a porta de trás e disse:

— Sério, Amy. Cinco anos.

— Algo vai acontecer. Vamos levantar fundos maiores e melhores. Estou pedindo doações por toda parte.

— Mas o número de cães que precisam ser resgatados continua a subir em proporção direta à quantidade de dinheiro que você gera.

— Até agora sim, mas não é uma *lei* econômica. As necessidades e os recursos vão acabar se equilibrando. As pessoas não podem simplesmente continuar jogando fora tantos cães.

— Olhe à sua volta, menina. O mundo nunca foi tão cruel. Vai piorar.

— Não. Já o vi pior.

Amy raramente falava do seu passado, e quando falava, era sempre com discrição. Às vezes ela cogitava se os amigos a aceitavam como uma pessoa meramente reservada ou se desconfiavam de que ela tivesse segredos.

O evidente interesse nos olhos de Dani e a curiosidade que marcou cada feição do seu rosto tiraram sua dúvida.

Como Amy não deixou escapar mais nada, Dani disse:

— Você deveria começar a pensar em arranjar um emprego.

— Este é o meu emprego. Os cachorros.

— Pode ser uma paixão. Pode até ser uma vocação. Mas, querida, não é um emprego. *Um emprego lhe paga.*

— Não sei fazer mais nada, Dani. Só faço isso há uns dez anos. Não sou empregável.

— Não acredito nisso. Você é esperta, é dinâmica...

— Sou uma garotinha rica mimada vivendo de herança.

— Você não é mais rica, se é que já foi, e não sabe o que é ser mimada. — Dani fez que não. — Amo você como a uma irmã, Amy.

— Eu também — concordou Amy.

— Talvez um dia você se abra comigo como uma irmã faria.

— Sinto muito, mas o que você vê é o que existe. Não há nada a abrir. — Ela beijou Dani na face. — Não sou um livro, só um panfleto.

— Tá bom. Certo — disse Dani, temperando suas palavras com sarcasmo.

— Diga a Mookie que agradeço por ele pegar o caso de Janet Brockman.

— O que há com a menininha? — questionou Dani enquanto abria a porta do SUV.

— Teresa? Não sei. Ela pode ser algum tipo de autista ou só estar traumatizada com... o modo como as coisas eram em casa.

— Mookie disse que aconteceu uma coisa estranha no escritório.

Amy levou a mão ao medalhão em sua garganta. O pingente exibia um camafeu entalhado em pedra-sabão, mas em vez do clássico perfil de uma mulher, o tema era um golden retriever. Ela nunca usara nem possuíra outra joia.

— A menina foi direto ao Baiko — disse Dani —, sentou-se no chão com ele e o acariciou.

Na noite anterior, quando Amy carregava a criança adormecida para dentro da casa de Lottie Augustine, Teresa tinha segurado seu medalhão.

— Depois, quando saiu do escritório, ela disse a Mookie: "Não tem mais câncer."

O vento, Teresa dissera baixinho, dedilhando o medalhão. *O vento... os sinos.*

— Mookie não tinha mencionado que Baiko acabara de passar por uma quimioterapia. Não falou uma palavra sobre câncer.

— Talvez Lottie tenha contado a ela — sugeriu Amy.

— Não é muito provável, é?

Vinte anos atrás, Lottie perdera seu único filho para o câncer. Cinco anos depois, seu marido morreu do mesmo mal. Como se o *câncer* fosse o verdadeiro e secreto nome do demônio, que o conjuraria numa nuvem de enxofre mesmo que sussurrado, Lottie nunca falou da doença.

— A menina falou para Mookie: "Não tem mais câncer e não vai voltar."

O vento... os sinos.

— Amy?

— É uma menina estranha — disse Amy.

— Mookie diz que os olhos dela são perturbadores.

— Eu os achei lindos.

— Eu não a vi.

— Lindos, mas sofridos — disse Amy.

— Esperemos que ela esteja certa.

— Sobre o quê?

— O câncer de Baiko.

— Desconfio que esteja — disse Amy. — Tenho certeza de que está.

Ela ficou junto à porta de seu Expedition observando Dani Chiboku se afastar com os dois últimos resgatados.

O dia continuava ensolarado, mas ela já não conseguia sentir seu calor.

Uma sombra varreu o reflexo do sol de cima do carro.

Quando Amy olhou para cima, o pequeno bando de nuvens correndo para o leste parecia alto demais para lançar aquela sombra.

Uma mudança se aproximava. Ela não fazia ideia do que era, mas sentia que não seria uma mudança para melhor.

Não gostava de mudanças. Queria a continuidade e a paz que a acompanhava: o dia virando noite, a noite virando dia, cachorros salvos e transferidos para lares amorosos e mais cachorros salvos.

Uma mudança se aproximava e ela estava com medo.

CAPÍTULO 29

O CLIENTE OS ESPERAVA A LESTE DO LAGO ELSINOR, ONDE O impiedoso deserto encontrara seu par nos implacáveis construtores de condomínios.

Bobby Onions levou Vern ao local do encontro em seu belo Land Rover, pois de forma alguma ele andaria no Chevy de Vernon Lesley, que chamava de "rodas merdas, fracassomóvel".

Vern se segurou para não mencionar que toda vez que ele precisava de ajuda, Bobby estava disponível, o que sugeria não haver uma fila de clientes na porta da Investigações Onions.

Inexplicavelmente, o tráfego na estrada estava tranquilo. Qualquer que fosse a razão, Vern sabia que não era devido à Abdução, por que os salvos tivessem sido levados direto ao céu.

A Sra. Bonnaventura, que vivia numa espelunca de apartamento ao lado da espelunca de Vern, acreditava na iminência da Abdução. Presa em casa devido ao enfisema, ela mantinha duas coisas sempre próximas: um tanque de oxigênio sobre rodas, que ela inalava por meio de uma cânula, e uma malinha, que deixara pronta para a hora da ascensão milagrosa.

Na mala havia uma Bíblia, uma muda de roupas íntimas, fotos dos entes queridos falecidos, familiares e amigos, a quem a Sra. Bonnaventura pretendia rastrear sem demora quando alcançasse o Paraíso, e balas de hortelã para o hálito.

Ela sabia que não necessitaria do tanque de oxigênio no céu, onde recuperaria a juventude. Também não sabia explicar a Vern por que pusera na mala a roupa íntima e as balas de hortelã. Dissera: "Só não quero me arriscar, seria muito embaraçoso."

Quando falava sobre o encontro com Deus, a Sra. Bonnaventura ficava radiante. A perspectiva de cumprimentá-Lo a encantava.

Vern não acreditava na Abdução e era neutro quanto à existência de Deus. Mas de uma coisa tinha certeza: se Deus existisse, encontrá-Lo após a morte seria tão apavorante que provavelmente a pessoa morreria uma segunda vez de puro pavor.

Mesmo alguém como a Sra. Bonnaventura, que tivera uma vida praticamente irrepreensível, ao ser levada à impressionante presença do Criador do universo infinito e também da borboleta, descobriria 10 mil novos significados amedrontadores na palavra *humildade*.

A Sra. Bonnaventura dizia que Deus era puro amor, como se essa qualidade do Senhor tornasse o encontro um evento menos opressivo, algo como, mas até melhor, encontrar a Oprah Winfrey.

Vern calculava que se Deus existisse, um Deus de puro amor, então com certeza devia haver um Purgatório, pois era preciso passar por um local de purificação antes de ousar ir lá em cima para o Abraço Supremo. Até mesmo uma mulher doce como a Sra. Bonnaventura, diretamente abduzida desta vida para a presença de Deus, explodiria de modo tão violento quanto a antimatéria encontrando a matéria, como naquele antigo episódio de *Jornada nas estrelas*.

Interrompendo as lucubrações teológicas de Vern, dirigindo o Rover com uma só mão e coçando a nuca com a outra, Bobby Onions disse:

— Então, qual é a história da pegada?

— Pegada?

— A mulher.

— Que mulher? — questionou Vern.

— Que mulher poderia ser? — respondeu Bobby, impaciente. — Redwing.

— Você disse que chama de macaco a pessoa que está investigando.

— Isso é um homem *ou* uma mulher. Além disso, não estou mais investigando ela.

— Então por que a chama de pegada?

— Quando uma mulher tem tudo no lugar, para a gente pegar de jeito, ela é fogosa. Uma pegada é uma mulher sexy.

— E um cara sexy, como você chama? — perguntou Vern.

— Não acho nenhum cara sexy. — Bobby franziu o cenho, pôs as duas mãos no volante e se endireitou no assento. — Você não acha caras sexy, acha?

— Não. Claro que não. Não diga bobagem.

— Então, que negócio é esse do Von Longwood? — perguntou Bobby.

— O que você quer dizer? Ele é o meu avatar. No Second Life.

— Não sei nada a respeito.

— Já falei. Você é surdo?

— Você vive falando sobre isso.

— E você vive surdo. Ele é um avatar, uma versão minha em desenho animado, só que com outra identidade. Ele é eu, eu sou ele.

Dobrando numa rampa de saída, Bobby franziu as sobrancelhas em reação ao reflexo do deserto e disse:

— Parece coisa de pervertido.

— Não tem nada de pervertido. Basicamente, é um jogo de *role-playing*.

— Ouvi falar desses dois caras gays, um vestido de enfermeira e o outro de nazista, aí eles se pegam.

— Não é esse tipo de *role-playing*. É legal. Entre na internet, dê uma olhada no Second Life, instrua-se.

— Não preciso da internet. Eu já tenho uma vida e ela está completa. Não preciso de uma vida de brincadeira.

— Vire na próxima rua à esquerda — disse Vern, fervendo de irritação.

Um choupal e feixes de espirradeira floresciam ao longo do leito de um arroio seco, mas nos morros de rocha e areia nada crescia, além de algarobeiras murchas, artemísia e moitas de capim.

— Quanto custa o seu fabuloso carro voador? — perguntou Bobby, com um sorriso afetado.

Embora soubesse que ele estava fazendo troça, Vern não resistiu a contar com certo orgulho:

— Cento e cinquenta mil lindens.

— O que é um linden?

— É o dinheiro que a gente compra para gastar no Second Life. Linden Lab, a empresa que criou o Second Life.

— Isso é quanto em dinheiro real?

— Seiscentos contos.

— Você pagou 600 contos por um carro de desenho animado? Não é de admirar que você dirija um fracassomóvel na vida real.

Vern quase disse *Minha segunda vida é minha vida real*, mas sabia que um filisteu como Bobby nunca entenderia.

— Então, quem é o seu verdadeiro eu, Bobby Onions ou Barney Smallburg? — provocou Vern.

As rodas da direita derraparam no acostamento de cascalho, mas logo retomaram o curso do asfalto.

— Seu filho da puta — disse Barney-Bobby. — Andou me *investigando.*

— Antes de contratar qualquer um para me dar apoio num trabalho, tenho de saber quem ele é. Você trocou de nome dois anos antes de conseguir sua licença de INVESTIGADOR PARTICULAR, sua IP. Sei disso desde o primeiro caso em que trabalhamos juntos.

— Numa profissão paramilitar — disse Barney-Bobby —, a imagem é importante.

— Talvez você tenha razão. *Barney Smallburg* não soa como um cara que tenha colhões.

— Comparando com *Vernon Lesley*, soa totalmente fodão.

— Daqui a uns 800 metros você vai dobrar à direita.

Cactos nanicos mostravam as garrinhas de vida numa encosta de areia e xisto, suas sombras espigadas rastejando para o leste conforme o sol ocidental buscava o oceano distante.

— Vou dizer uma coisa — falou Barney-Bobby —: nunca conte a ninguém que eu troquei de nome e eu paro de te perturbar com esse Von Longwood.

— Tudo bem. É justo.

— Você é da velha escola, eu sou da nova — disse Bobby —, mas tenho o maior respeito por você, Vern.

Aquilo era mentira, mas Vern não ligou. O que as pessoas pensavam dele em sua primeira vida já não lhe importava mais. Agora ele tinha seu refúgio, e asas.

— Então, qual é a história com a pegada? — perguntou Bobby.

— Ela teve outra vida antes da atual. Esconde-se sob o nome *Redwing*.

— Escondendo-se de quem?

— Não sei. Mas eles a encontraram e me contrataram para procurar por todas as provas que ela tinha daquela vida e entregar a eles.

— Que provas?

— Documentos, fotos.

— Por que tirar dela?

— Você faz muitas perguntas — disse Vern.

— Você, eu, todo bom investigador precisa ser curioso.

— Só o que me interessa é que hoje é um bom dia de pagamento.

Como Vern indicara, Bobby virou à direita numa estrada de asfalto tão malconservada que as ervas daninhas brotavam pelas rachaduras do pavimento.

— Você está com um ferro? — perguntou Bobby Onions. — Não parece estar.

Dando uma olhada para sua camisa e sua calça, Vern comentou:

— Sempre compro essa droga de poliéster que não amassa. Simplesmente penduro a roupa e não preciso passar a ferro. Mas o que você tem a ver com isso, ora?

Bobby suspirou:

— "Você está com um ferro" significa estar carregando ferro. Você está armado?

— Você não está num filme, Bobby. Já viu algum investigador particular levar tiro de um cliente na vida real?

— Sempre pode acontecer.

— Pelo que você saiba, *alguma* vez aconteceu?

— Só é necessária uma vez para você morrer. — Bobby deu uma batidinha no lado esquerdo da sua jaqueta. — Tô carregando um verdadeiro rojão.

— Eu não queria perguntar — disse Vern — porque achei que você podia estar com algum tumor gigante ou coisa parecida.

— Besteira. Não aparece. Está num coldre customizado e pedi para um alfaiate dar um jeito na jaqueta.

A estrada chegou ao topo de uma subida. Uma grande planície se abriu diante deles. Em primeiro plano, a uns quatrocentos metros de distância, havia uma série de construções metálicas de diferentes tamanhos, como depósitos, algumas bem grandes, seu aço nervurado tão esmerilhado pela areia e pelo tempo que o sol não conseguia fazê-lo brilhar, só provocando um suave lustro cinzento.

— Que lugar é esse? — perguntou Bobby, soltando o acelerador.

— Uma antiga área militar. Está abandonada agora. Depósitos de armamento lá à esquerda. Escritórios, abrigos de manutenção. Esse solo é tão plano e duro que eles nem precisaram pavimentar.

Atrás dos abrigos havia um Cessna bimotor.

As ervas secas da rodovia rachada sussurraram sob o chassi à medida que o Land Rover ia diminuindo a marcha, tique... tique... tique... como o ponteiro de borracha de uma roleta perdendo velocidade.

Um homem saiu pela porta aberta de uma das construções metálicas.

— Deve ser ele — disse Vernon Lesley.

CAPÍTULO 30

HARROW ABRE O TRINCO, SAI DO CAMINHO E DEIXA LUNA passar com a bandeja, seguindo-a pela soleira.

As persianas externas foram aferrolhadas nas três janelas. Como estão mal encaixadas e rachadas devido à idade, alguns raios de sol conseguem passar pela esquadria e penetrar no cômodo. Uma lâmina de luz dourada corta a sombra em duas. Outro estilete de luz perfura um vaso de vidro transparente, e as bordas chanfradas só conduzem a porção vermelha do espectro, dando a impressão de que está decorado com espinhos ensanguentados.

A maior parte da luz provém da luminária de bronze sobre uma grande escrivaninha, diante da qual a criança está sentada.

Ela usa um de seus dois uniformes: tênis, calça cinza e um casaco de moletom. Em clima muito quente, pode trocar o casaco por uma camiseta.

Atenta à sua costura, ela não olha para cima nem um vez sequer.

Luna põe a bandeja sobre a escrivaninha.

Embora só tenha dez anos, a criança possui uma aura de maturidade e tem um tipo de paciência que a maioria das crianças não tem.

Ela enfeitou a bainha de um vestidinho branco com bordados, um simples e elegante desenho de folhas e rosas. Agora está vestindo a boneca para a qual o vestido fora feito.

Sua língua grossa é vista entre os dentes, não apenas indicando a intensidade de sua concentração, mas também evidenciando sua diferença. Na cadeira ao lado da escrivaninha está outra boneca vestida com um traje criado pela criança. Luna põe essa boneca no chão e se senta na cadeira, observando a filha.

A jovem costureira tem dedos curtos e grossos, e suas mãos não são ágeis com a agulha. Mesmo assim ela cria belos bordados e, com o vestido da boneca, realiza tudo o que pretende.

Tendo aprendido os protocolos desses encontros, Harrow se senta no braço de uma poltrona, próximo o bastante para observar os mais sutis detalhes, mas a uma distância respeitosa.

— Como vai indo? — pergunta Luna.

— Bem — diz a costureira.

— Não vai perguntar como eu vou indo?

Ainda concentrada no vestido, a criança se pronuncia:

— Claro. Como vai indo?

Sua voz é densa, mas não é difícil de entender, pois embora sua língua seja grossa, não é fissurada, como a de muitas outras de sua condição.

— É uma bela boneca — diz Luna.

— Eu gosto dela.

— Tem uma boca bonita.

— Gosto dos olhos dela.

— Se pudesse falar, teria uma voz bonita.

— Eu a chamo de Monique.

— Onde ouviu esse nome?

— Na TV.

— Você sabe soletrar Monique?

— Não muito bem.

— Não sabe, hein?

— Não — admite a criança.

— Tudo bem.

Sob a luz artificial, assim como sob qualquer luz, as feições da menina têm os contornos moles e pesados típicos do retardo mental.

— Se o nome dela fosse Jane — diz Luna —, você também não conseguiria soletrar, não é?

— Talvez eu pudesse aprender.

O traço inclinado das sobrancelhas, as dobras das pálpebras, as orelhas baixas, a cabeça pequena desproporcional ao corpo, eram todos sinais da síndrome de Down.

— Você acha que poderia aprender? — pergunta Luna.

— Um pouco, acho que sim.

— A ler e escrever.

— Talvez.

Após algumas semanas, Harrow aprendeu a ver uma suavidade no rosto da menina, uma doçura que a fazia parecer menos alienada do que lhe parecera no início.

— Como você aprenderia?

— Na escola.

— Ah, baby — diz Luna, com tristeza falsa.

— Eu me esforçaria muito.

— Mas eles não querem você.

— Eu seria boazinha.

— Boazinha mas burra, baby.

A criança ficou quieta.

— Eles não querem burros.

Na época em que ela e a mãe entraram na vida de Harrow, a criança aparentava ter chorado muitas lágrimas. Agora seus olhos secaram.

— É injusto, não é? — diz Luna.

— É.

— Você não pediu para ser burra.

Ultimamente, Harrow vê no rosto infeliz da criança uma qualidade que não é beleza, mas próxima. A palavra que melhor define essa qualidade lhe escapa, então ele a chama de o Aspecto.

— Ninguém pede para ser burra e feia.

Sem cessar, a criança debrua o vestido da boneca, desenhando com linha branca o tecido branco, fazendo uma série de pontos precisos e idênticos que leva à mente de Harrow a palavra *pureza*, embora ele não saiba por quê.

Ele volta a atenção para o rosto da menina, mas a palavra que captaria a essência do Aspecto não é *pureza.*

— Hora de comer — diz Luna.

— Daqui a pouco — retruca a criança.

— Não, baby. Agora.

Harrow fica intrigado com o relacionamento entre mãe e filha, pois ali estão as respostas com que ele poderia desemaranhar os nós apertados da loucura de Luna.

Num tom que deixa entrever a frieza revestida por sua voz suave, ela chama a filha pelo único nome que já lhe deu:

— Piggy, é hora de comer.

Relutante, a criança deixa a boneca de lado, larga agulha, linha e puxa a bandeja para diante de si.

Pela primeira vez desde que entraram no cômodo, Luna olha para Harrow. Sente-se no seu olhar verde algo mais intenso do que mero triunfo, algo mais agudo que júbilo selvagem e uma satisfação muito mais fria do que Harrow jamais viu em outros olhos.

Quando ela está nua, cavalgando-o no quarto sem janelas, este talvez seja exatamente o olhar com que ela o favorece na escuridão absoluta.

Ele encontra seu olhar, confiante de que ela não lerá nele qualquer atitude que irá aborrecê-la ou ofendê-la.

Vício e *virtude* são palavras vazias. Sua filosofia bem ponderada o levou a negar a autoridade de tais palavras sobre ele; a insanidade dela a levou à mesma rejeição de todos os valores, pois, no caos da existência, a loucura é um caminho legítimo para a iluminação.

As atitudes são tomadas ou não, incorre-se em consequências ou não, e nenhum significado pode ser encontrado em ambas.

Luna o acusou de ter pena.

Mas ele não tem pena da criança. Fica apenas intrigado com sua perseverança, com os instrumentos que arranja para suportar o sofrimento.

Piggy, que significa porquinha, levanta a fatia de pão superior do sanduíche e deixa-a de lado. Examina os dois lados da folha de alface e põe em cima da fatia de pão.

Sorrindo, Luna pega a boneca que colocou no chão quando se sentou na cadeira ao lado da escrivaninha.

Solenemente, Piggy examina o tomate, o presunto, o queijo e a fatia inferior de pão, desmontando seu sanduíche e refazendo-o de baixo para cima.

Às vezes sanduíches podem conter coisas inesperadas. Um parafuso enferrujado que corta a gengiva. Uma minhoca viva. Uma barata morta.

A criança não sabe que foi Harrow quem fez essa delícia de presunto e queijo. Deve presumir que foi a mãe. Não encontrando nada de errado, Piggy pega o sanduíche com as duas mãos e dá uma mordida.

Fingindo não ter nenhum interesse na refeição da filha, Luna examina a boneca belamente vestida que pegou do chão.

Apesar de suas limitações intelectuais, Piggy é, num grau modesto, uma autodidata eficaz. Tem talento para artes e aprendeu sozinha a desenhar e a compor colagens bem interessantes com figuras que recorta de revistas.

Entre os ofícios que aprendeu sozinha estão a costura e o bordado. Quando eles se mudaram para esse lugar, Piggy encontrou um elaborado conjunto de costura e centenas de carretéis de linha deixados pelos proprietários anteriores. Por meio de um doloroso processo de tentativa e erro, pelo que Harrow supõe poder se chamar de intuição simplória, ela desenvolveu essa habilidade com que preenche as horas solitárias.

Luna escolhe uma tesourinha com pontas estreitas e afiadas entre o amontoado de instrumentos de costura sobre a escrivaninha e a utiliza para cortar os fios do bordado acabado do vestido da boneca. Trabalha nos dois lados do pano e logo forma uma pequena pilha de restos de linhas coloridas que ela soltou do traje.

Sabiamente, Piggy não faz comentários sobre a destruição do seu trabalho, nem sequer dá qualquer sinal de estar vendo o que a mãe faz.

— Bom, o sanduíche? — pergunta Luna.

— Bom — diz Piggy.

Se Luna realmente pretende tocar fogo em sua filha amanhã à noite, esta é uma de suas últimas oportunidades de atormentar a criança. Ela não vai desperdiçá-la.

— Coma um pouco da salada de batata — diz ela.

Piggy emite um som sem palavras de concordância, mas em vez de abrir a tampa do recipiente, dá outra mordida no sanduíche.

Levando em consideração todos os lugares em que Harrow poderia estar se tivesse feito outras escolhas, ele tem sorte de estar ali, agora, para isso. No passado, ele achava que só o dinheiro importava, mas desde então descobriu que o dinheiro só importa porque pode comprar poder, e poder só importa se for exercido com imaginação e sem consciência.

Mais do que qualquer outra pessoa que tenha conhecido, Luna compreende o poder, suas possibilidades, sua beleza e a arte com a qual ele pode ser empregado para que os efeitos mais satisfatórios sejam alcançados.

— A salada de batata está ótima, Piggy — diz ela.

Como o mundo gira e o mundo muda, a lâmina de luz solar que entra pela persiana já se moveu do vaso de vidro chanfrado, mas ainda inspira um motivo de espinhos carmim nos chanfros.

— Piggy?

Pela primeira vez, Harrow percebe que os prismas no vaso separam as ondas de azul e amarelo da luz solar, refletindo-as no teto. Acima da menina, uma luminosidade de aurora tremeluz no gesso.

Luna olha para a filha com uma intensidade feroz. Suas veias estão saltadas nas têmporas.

Amanhã à noite, o fogo, mas agora, fogos de artifício.

CAPÍTULO 31

QUANDO VIU O HOMEM SAIR DO BARRACÃO QUONSET, UM abrigo militar, uma figura bem pequena a uns 400 metros de distância, Bobby Onions tirou o pé do acelerador, deixando o Rover deslizar.

— Quem é o cara? — perguntou.

— Ele diz ser Eliot Rosewater — disse Vern.

— Você acha que não é o nome dele?

— Acho.

— O que diz no cheque?

— Ele paga em dinheiro.

O Land Rover sacudia devagar enquanto passava por uma série de buracos.

Quando Bobby olhou pelo retrovisor, Vern sabia o que ele iria ver. Tinham andado pouco mais de 400 metros desde a estrada, mas dava a impressão de ter sido um longo percurso.

Na reta adiante, a larga planície começava a se transformar em morros uns 8 quilômetros após as construções. A leste, a terra ia sumindo numa névoa de pó, e a oeste, derretia no Sol poente.

— Por que o encontro tinha de ser neste lugar abandonado por Deus? — perguntou Bobby.

— O deserto tem lá sua beleza — disse Vern.

— Qual é a sua agora? Está fazendo cafetinagem para a junta comercial do município?

— Anda, Bobby, dá uma acelerada. O cara está esperando.

A terra era de cor insípida como concreto, e a maior parte da vegetação ressecada pelo Sol eriçava-se cinzenta, exceto pelas corajosas fileiras de artemísia roxa.

— Muito ermo — disse Bobby.

— Dá para relaxar? Ele não quer se arriscar a ser visto comigo. Andei cometendo alguns delitos a mando dele hoje, lembra? E como não quero perder minha licença, prefiro ser discreto.

Nessas últimas horas do dia, o Sol do deserto continuava a bater no ar ressecado tão forte como ao meio-dia. A algarobeira torcida e mirrada lembrava uma escultura de ferro batido, e os perfis arqueados das construções metálicas tinham quinas afiadas o bastante para cortar o céu.

— Além disso — explicou Vern —, ele não vai deixar o avião abandonado aqui só pra que a gente possa se encontrar num confortável café. Já fiz negócio com ele. Tudo certo.

— Quando foi?

— Faz oito meses. Dei uma busca no apê do arquiteto.

— Que arquiteto?

— Isso já é mais do que você precisa saber.

— E daquela vez o pico foi aqui?

— É, o ponto de encontro foi aqui.

— Você não trabalhou comigo. Quem te deu apoio?

Vern suspirou.

— Se você quer saber, foi o Dirk Cutter.

— Pelo amor de Deus, Vern, ele é totalmente desprovido de cérebro. Quer dizer que você prefere trabalhar com Dirk Cutter a trabalhar comigo?

— Pelo menos esse é o verdadeiro nome dele. Escolhi Dirk porque ele tinha um utilitário. Na época você não tinha o Rover.

— Tá certo. Eu ainda estava com aquela geringonça de Honda.

— E o meu Chevy não encararia este terreno. Por falar nisso, como é que você consegue bancar um Rover?

Bobby sorriu e deu uma piscada.

— Uma dama agradecida.

— Não quero saber disso — disse Vern, estremecendo.

— Te conto no caminho para casa — prometeu Bobby, apertando um pouco o acelerador. — Então, por que o arquiteto?

— Você nunca cala a boca, né? Nunca fica quieto.

— Sou um investigador. Gosto de cavar. Sou todo curiosidade.

Vern cedeu:

— O arquiteto tem um caso com a pegada. O cara queria saber tudo sobre ele por causa do namoro com ela.

— A pegada de hoje? — perguntou Bobby.

— Que outra pegada eu conheço?

— Ele quer saber sobre o arquiteto porque o dito-cujo está pegando a pegada, então oito meses depois ele manda você fazer um trabalho na casa da pegada. O que é isso? — comenta Bobby, diminuindo a marcha.

— Não sei.

— Muito interessante, não é?

— Nem tanto — diz Vern.

— Você poderia perguntar a ele.

— Se ele não me disse antes, não tenho nada a ver com isso. A gente não pergunta a razão ao cliente.

— Sai da Idade da Pedra, Vern. Ele é *a carteira*.

— O cliente, a carteira... não importa. Não pergunto se ele não falar primeiro.

— De onde ele veio?

— Não sei. Não ligo.

— É bem misterioso mesmo, né?

— Nem tanto — disse Vern. — E não vá *você* perguntar nada também. Senão ele não vai mais fazer negócio comigo.

— Ele deve pagar bem.

— Dedução brilhante. Não vou arrombar uma residência a troco de nada.

— O avião está muito distante pra se ler o número da licença.

— Esqueça o avião. Você está me deixando doido.

Enquanto estaciona perto do abrigo, Bobby diz:

— Ei, ele é um ninguém.

— Paga como alguém.

— Quero dizer, é inofensivo. É um careca de cara redonda como você.

— A dama é uma idiota.

— Que dama?

— A agradecida por trás do Rover.

Bobby chegou a dar uma olhada pelo retrovisor como se realmente esperasse ver uma mulher atrás deles e depois disse:

— Ah! É. Bem, ela não é uma idiota, mas também não é das mais espertas.

Levando o saco de plástico branco que continha tudo que confiscara na casa de Redwing, Vernon Lesley saiu caminhando.

— Sr. Rosewater, espero não tê-lo deixado esperando.

— Não, não, Sr. Lesley. Gosto do deserto. O ar é revigorante.

O ar estava quente, tão seco que fazia rachar os lábios em trinta segundos, contaminado por um odor alcalino e com um exótico pólen do deserto que fazia arder os olhos de Vern.

Ele não nascera para o ar livre. Tampouco gostava de ficar trancado em casa. Só queria acabar com aquilo, ir para casa e entrar no Second Life, onde não havia tarântulas nem escorpiões.

Esquecera de dizer a Bobby Onions que ficasse no Rover, e agora o investigador caminhava de nariz empinado para se reunir a eles.

Eliot Rosewater teve o bom-senso de fingir que Bobby não estava lá.

— Encontrou o que eu esperava, Sr. Lesley?

— Sim, e talvez um pouco mais do que o senhor esperava — disse Vern, entregando o saco plástico.

— Esplêndido — disse Rosewater, pegando o saco plástico. — Ela faria qualquer coisa para ocultar as provas do passado.

— Ninguém teria usado um pente tão fino quanto eu naquele bangalô, Sr. Rosewater. Não deixei nada para trás.

— Você tem certeza?

— Dou valor ao seu pedido, senhor. Tenho absoluta certeza.

Bobby começava a dizer algo que sem dúvida seria insensato, quando sua cabeça explodiu.

Talvez Vern tenha ouvido um som saindo de dentro do prédio mais próximo ou tido um vislumbre de movimento na escuridão além da porta aberta, pois na fração de segundo antes que o crânio de Bobby se estilhaçasse, Vern levou a mão para trás, por baixo da camisa, e agarrou a arma que estava enfiada em seu coldre.

Enquanto o borrifo de sangue ainda pairava no ar, ele se agachou e disparou três tiros pela porta aberta.

Rosewater se jogou no chão e saiu rolando, como se tivesse alguma experiência com esse tipo de coisa.

Vern queria correr até ele, dominá-lo e estourar seus miolos, mas não tinha certeza de ter atingido o atirador no prédio, e se vacilasse, viraria alvo fácil.

O motor do Land Rover fora desligado. Provavelmente, Bobby não deixara a chave na ignição.

Por um milésimo de segundo, Vern pensou em correr entre os prédios, mas aqueles caras conheciam a planta melhor que ele e não havia muita probabilidade de ele se dar bem num possível jogo de gato e rato.

Então decidiu correr para oeste, na direção do Sol poente, pois com o reflexo ele seria um alvo mais difícil de atingir.

A planície não oferecia lugar algum onde se esconder, mas Vern era mais rápido do que parecia. Talvez 15 anos mais moço e 15 quilos mais leve que Rosewater, ele acreditava que conseguiria correr mais.

Se o atirador não tivesse sido ferido e o perseguisse, Vern podia estar em perigo, mas ele não olhou para trás, pois queria ter esperança.

Correu com a maior velocidade que já alcançara na vida, o coração lhe saindo pela boca, e depois ainda exigiu mais de si mesmo. No ar estático, criou seu próprio vento. Sem perceber, ergueu os braços, tentando se elevar um pouco.

Mas Vern Lesley não tinha asas. Von Longwood tinha, no Second Life, onde também possuía um carro voador e onde, às vezes, fazia sexo quatro vezes por dia.

Com a esperança abalada, olhou para trás e viu um homem se aproximando dele. Seu perseguidor parecia jovem como Bobby Onions, só que maior e mais esperto.

Von Longwood não aturava desaforo de ninguém, e se Vern tinha que sucumbir, preferia fazê-lo ao estilo de Von. Parou, girou e descarregou todas as balas restantes de sua arma.

O perseguidor não se esquivou, enfrentando a saraivada de tiros como se *ele* fosse o verdadeiro Von Longwood.

Agora, a única esperança de Vern era a Abdução, ascender diretamente para o céu, sem levar cuecas nem pastilhas de hortelã, mas isso também não aconteceu. Uma bala irrompeu em suas tripas, outra passou de raspão, e na terceira ele partiu para o esquecimento.

CAPÍTULO 32

DEPOIS DE SUBIR AS ESCADAS E PASSAR PELA PORTA, OS cães fizeram o que cães costumam fazer: imediatamente excursionaram pelo apartamento, reconhecendo o território, obtendo só com o faro mais informações do que os seres humanos conseguem com os cinco sentidos.

Brian não se surpreendeu de ver que Nickie, embora sendo a mais nova do bando, já tinha assumido a liderança.

Seguindo os cachorros pela porta, Amy questionou:

— Qual é o problema?

Quando Brian ligara, ele não havia sido muito coerente.

— Venha comigo. À cozinha. Quero lhe mostrar uma coisa — disse ele.

— Seu cabelo está *realmente* horrível. Até parece que você dormiu no meio de um furacão — disse Amy, apressando-se atrás dele.

— Eu fiquei desenhando. Horas e horas desenhando. Estava exausto. Deitei. Peguei no sono. Tive um sonho.

Na cozinha, ele a agarrou pelos ombros e olhou bem nos olhos dela.

— Você me conhece. Sabe quem eu sou.

— Você é o Brian McCarthy. Arquiteto.

— Exatamente.

— Isso é um teste para ver se estou com Alzheimer?

— O.K. Escute. Eu sou prático? Sou prudente? Criterioso? Crédulo?

— Sim. Sim. Sim. Não.

— Sou esperto? Um cara inteligente?

— Esperto. Inteligente. Um cara. Três a três.

— Sou sóbrio, certo? Sou racional, certo? Não sou dado a superstições malucas, sou?

— Certo. Certo. Não.

— Nunca acredito em coisas tipo Antoine.

Claramente intrigada, ela pergunta:

— Que Antoine?

— Antoine — disse ele, impaciente. — Antoine, o cachorro cego que dirige nas Filipinas.

— Antoine não é cego.

— Você disse que ele era.

— *Marco* é cego, não o cachorro.

— Seja como for, não interessa.

— Interessa a Antoine e Marco.

— A questão é: sou cético.

— Marco dirige. Antoine o guia.

— Vê? Isso é loucura. Cães não falam.

— É uma coisa mediúnica.

Ele respirou fundo.

— Você é assim com todo mundo?

— Assim como?

— De levar à loucura.

— Não com todo mundo. Mais com você.

Ele franziu o cenho.

— Você acabou de me dizer uma coisa importante?

— O que acha?

— Acho que sim. O que foi?

— Você é um arquiteto esperto, inteligente, sóbrio, racional, criterioso e muito lindinho. Imagine só.

A cabeça dele estava em rotação tão alta que não dava para digerir o significado das palavras dela. Ele simplesmente a beijou.

— Tem muita coisa acontecendo — disse ele. — Vamos nos concentrar. Venha cá. Olhe isso.

Ele a levou até a mesa da cozinha, onde estavam empilhados todos os desenhos, na ordem em que ele os executara.

— É a Nickie — disse ela, sorrindo diante do primeiro desenho.

— É isso que você vê?

— Não é? Está igualzinha a Nickie.

— Mas é *só* isso que você vê?

— O que mais você queria que eu visse?

— Não sei.

— Querido, não sou crítica de arte.

— Há algo nos olhos dela.

— Algo como o quê?

— Algo...

Quando Brian tirou o desenho de cima, mostrando o segundo, Amy constatou:

— Um close-up.

— Cada vez mais próximo. — Ele continuou passando os desenhos.

— Quando fez isso?

— Depois de você me deixar aqui.

— Fez todos esses desenhos desde então? É possível?

— Não. Não é.

Ela tirou os olhos dos desenhos e virou-se para Brian.

— Não é possível — disse ele. — Não essa quantidade de desenhos, com todos esses detalhes, em tão poucas horas.

— O que você está querendo me dizer?

— Eu adoraria saber.

Coisas extraordinárias tinham acontecido, estavam acontecendo, mas lhe faltava uma estrutura de referências para articular adequadamente o que tinha vivenciado ou sentido em relação a tudo aquilo. Até agora levara uma vida comum e, com os princípios da arquitetura, se esforçava para impor ordem ao caos existencial. Agora o caos o esmagara, e, embora ele sentisse uma nova ordem subjacente, o tumulto do momento não lhe permitia enxergar o significado do que estava abaixo.

— Essa sensação... — disse ele, olhando de relance para o relógio, para os desenhos, novamente para o relógio, para Amy. — Como se alguma coisa tivesse me possuído.

— Possuído você. Que coisa?

— E me levado para fora do tempo. Nem sei o que quero dizer com isso. Eu estava aqui na cozinha. Mas não estava. Eu estava desenhando, mas não era realmente eu. Vi algo nos olhos de Nickie, e meu hóspede, seja o que for que entrou em mim, me ajudava a retratar o que eu via.

— Você viu algo nos olhos de Nickie? O que quer dizer? O que você viu nos olhos dela?

— Não sei. Foi tão forte. Algo. — Ele espalhou os últimos quatro desenhos, as imagens mais abstratas, para que pudessem ser analisadas juntas. — O que é que você vê, Amy? O que você vê?

— Luz, sombra, formas.

— Significam algo. O que significam?

— Não sei. São lindos.

— São? Eu também acho. Mas por quê? Por que são lindos?

— Simplesmente são.

— Você disse "formas". Que formas você enxerga? — pressionou Brian.

— Só formas. Sombra e luz. Nada real.

— Há algo real — discordou ele. — Só não consigo desenhar. Está quase lá, na folha, mas me escapa.

— O que mais aconteceu, Brian? Por que você está tão agitado?

— Não estou agitado. Estou eletrizado, assombrado, amedrontado, mas não agitado.

— Bem, você conseguiu *me* deixar agitada.

— Alucinações. Acho que é isso que deve ter acontecido. Alucinações auditivas. Porque eu estava exausto. Esse som terrível. Não consigo descrever. Terrível, mas... maravilhoso ao mesmo tempo.

Com a menção de alucinações, ele esperava que ela o olhasse de soslaio, mas não. A intuição lhe disse que ela também tinha uma história para contar.

— E sombras — continuou ele. — Sombras rápidas, passando e sumindo. Sem fonte aparente. Meus olhos doíam. Eu achava que precisava de sono. Venha. Preciso lhe mostrar isso.

— Mostrar o quê?

— O quarto. A cama — disse ele, pegando-a pela mão e levando-a para o corredor.

— Calma lá, Sr. Hormônios. Você não vai me deixar agitada entre os lençóis.

— Sei disso. Quem poderia saber disso melhor que eu? Não é nada disso. É uma coisa incrível. — Ele a levou para dentro do quarto, até os pés da cama. — Vê?

— O quê?

— Está perfeita.

— O quê?

— A cama. Perfeitamente arrumada, lisinha, sem nenhum amassado.

— Parabéns. Se eu tivesse uma medalha de honra ao mérito, colocaria em você e faria soar as trombetas.

— Não estou explicando direito.

— Tente de novo — sugeriu ela.

— Eu nasci no Kansas.

— Isso é o que eu chamo de começar pelo começo.

— No Kansas, durante um tornado.

— Já ouvi essa história.

— Não tenho lembrança alguma daquela noite.

— O nascimento foi entediante? Não conseguiu prestar atenção?

— É claro que me contaram sobre ele. Centenas de vezes, minha avó Nicholson e minha mãe.

Numa noite de vento, uma semana antes do esperado, a mãe de Brian, Angela, entrou em trabalho de parto. A bolsa rompeu pouco depois da meia-noite e ela acordou o pai de Brian, John. Ele estava se vestindo para levá-la ao hospital quando as sirenes tocaram o aviso de tornado.

A mãe de Angela, Cora Nicholson, estava hospedada na casa, tendo vindo de Wichita para ajudá-la após o parto. Na hora em que ela, a filha e o genro saíram da casa para pegar o carro, as rajadas de vento haviam se transformado em um vendaval.

O céu, preto e sinistro como um ovo de dragão, se abriu e derramou as gotas eletricamente afiadas de seu líquido. Num instante, o ar poeirento fedia a ozônio e à chuva iminente.

— No sonho — disse Brian —, eu era um observador. Não tomava parte na ação. Você já teve um sonho do qual não participava, só ficava observando as pessoas?

— Não sei. Talvez. Pensando bem... acho que não.

— Não me lembro de ter tido um sonho desses antes — disse Brian.

Cora, Angela e John alcançaram o velho Pontiac com estilhaços da chuva a desabar sobre eles com tanta força que os pingos picavam a pele e quicavam alto no solo duro.

— Eu não fazia parte do sonho, era só a plateia. Não falei com ninguém, não interagi com ninguém e ninguém me viu. Contudo, estava imerso nele com todos os meus sentidos. Senti a chuva estalando sobre mim, senti sua umidade, uma chuva fria demais para uma noite tão quente. Pedaços de folhas verdes, árvores arrancadas, tudo batendo no meu rosto, grudando na minha pele.

Por trás do ruído da chuva, elevou-se um som maior, não de trovão, mas um rugido constante, aumentando em volume, como dezenas de trens passando.

— A parede do tornado, a parede circulante — disse Brian —, lá fora no breu da escuridão, oculta, se aproximando, ainda não em cima de nós, mas não tão distante.

O abrigo subterrâneo para tempestade ficava a uns 100 metros da casa, e Cora, que tinha experiência com essas coisas em Wichita, os advertiu a esquecer o carro e correr para lá.

Se Angela ia ter o bebê no abrigo subterrâneo, John queria toalhas limpas, álcool para esterilizar a faca com que cortaria o cordão umbilical e outros itens. Cora foi contra seu retorno à casa, mas ele disse que não levaria nem um minuto.

— Corri com minha mãe e minha avó até um aterro. A grama estava escorregadia sob nossos pés, não parecia um sonho. Era intensamente real, Amy. Som, cor, textura, cheiro. Havia um vestíbulo entalhado numa pedra da encosta. A entrada para o abrigo ficava atrás dela.

Brian se virara para olhar na direção da casa e surpreendentemente as janelas ainda estavam iluminadas pela luz.

De repente, os relâmpagos se desencadearam, mas não em forma de simples raios e sim de cascatas, não irromperam na noite fragmentados como de costume, mas açoitando a escuridão como vastos e ondulantes chicotes de malha de ferro.

Os clarões celestiais revelaram o furacão atrás da casa, parecendo uma torre sobre ela, a imensa parede negra se movendo como uma besta viva, tão amorfa quanto qualquer monstro mítico, elevando-se cada vez mais, tão alta que a noite impedia a visão do seu topo.

Todas as janelas explodiram de uma só vez. A casa se desintegrou. O funil pareceu sugar cada caco de vidro, cada lasca de madeira, todos os pregos, e John McCarthy, cujo corpo nunca seria encontrado.

— Minha mãe e avó tinham entrado no abrigo e fechado a porta — disse Brian. — Eu estava lá fora observando uma árvore sendo arrancada pela raiz... que ruído aquilo fez, um rangido forte... e depois, de algum modo, eu estava dentro do abrigo com elas.

Naquele momento, Cora tinha olhado para trás, vira a casa ser tomada e nenhum sinal do genro. Fechara a porta para o caos e pusera seis pinos grossos que mantinham cada borda da porta presa à esquadria.

O vento se casou com o trovão, dando à luz 10 mil filhotes clamorosos. Antes, Brian ouvira um som semelhante a dezenas de trens, mas agora todos os trens do mundo estavam convergindo para uma única interseção de trilhos diretamente acima do abrigo.

Naquele pequeno refúgio, iluminado por uma lanterna, o teto e as paredes transmitiam vibrações da terra castigada lá em cima, o pó se infiltrava e as hordas do inferno uivavam à porta, testando os ferrolhos que a seguravam.

Talvez aceleradas pelo pavor, as contrações levaram Angela ao momento da expulsão antes do esperado por Cora. Tendo passado o funil, mas com a tempestade ainda vociferando lá em cima, temerosa pelo filho ainda por nascer e chorando pelo marido, Angela deu à luz.

Cora pegou um lampião de uma prateleira, acendeu-o e, com aquela lúgubre luz a gás, ajudou o neto a nascer, com uma calma e uma habilidade que não se perderam com as gerações de sua família que haviam colonizado as planícies acima.

— No sonho, eu me vi nascer — disse Brian. — Estava todo enrugado, a cara vermelha, uma trouxinha desajeitada.

— Algumas coisas não mudam — ironizou Amy.

Como nem todos os furacões baixam repentinamente, como algumas tempestades podem durar horas, o abrigo fora mobiliado com dois velhos colchões sobre camas de armar. O bebê nascera sobre um deles e a coberta estava molhada de líquido amniótico, sangue e placenta.

Cora desdobrou cobertas embrulhadas em um plástico numa prateleira, estendeu sobre o colchão limpo e fez a filha se transferir para ele com o recém-nascido.

Por fim, a tempestade empilhara grande quantidade de escombros sobre a porta do abrigo e eles teriam de esperar nove horas até serem descobertos pelas brigadas de resgate.

— Então minha avó — disse Brian — fez a cama com o pouco que tinha, mas com o esmero que teria se aquela cama estivesse aguardando um hóspede importante. Quando acabou de arrumar as cobertas sobre minha mãe e eu, eu bebê, aquilo parecia um perfeito ninho, tão arrumado, tão caprichado, tão aconchegante. Ela alisou as pregas das cobertas, alisou-as com tanta ternura, sorrindo para minha mãe...

A cena ainda estava vívida em sua memória, perdurara como nenhuma outra cena de um sonho.

— *E depois?* — perguntou Amy.

— Ah, sim. De repente já não sou um observador do sonho, faço parte dele, sou o bebê, olhando para minha avó. Ela me olha e seus olhos são incríveis, tão cheios de amor, mais vívidos do que qualquer outra coisa que eu já vi nos meus sonhos mais reais. E ela pisca o olho. A última coisa que vi foi a piscada da minha avó. Aí eu acordei. E isso é o mais incrível. A cama estava como você está vendo agora. Perfeitamente arrumada. Estou deitado sobre as cobertas e a cama está arrumada o bastante para passar por uma inspeção militar.

Ele esperava que ela se impressionasse. Ela olhava para ele.

— Veja bem, quando você me arrastou daqui ontem à noite para ir salvar um cão de um cara maluco bêbado e violento, eu deixei a cama bagunçada. Quando me deitei à tarde para tirar uma soneca, continuava uma bagunça.

— E?

— A colcha pendurada nos pés da cama, os lençóis amarfanhados, um travesseiro no chão. Mas eu acordo e a cama foi feita por baixo de mim, como se minha avó no sonho tivesse arrumado *esta* aqui após acomodar minha mãe e eu bebê.

— "Eu bebê"?

— Ah, Amy, você entendeu.

— Você nunca foi sonâmbulo?

— Não. Por quê?

— Talvez tenha feito a cama enquanto dormia.

— Não fiz. Não seria possível.

— É. Faz muito mais sentido que sua falecida avó tenha saído de um sonho e tenha arrumado a cama para você.

Olhando-a nos olhos, ele mordeu o lábio inferior por um momento e disse:

— Por que você está sendo assim?

— Não estou sendo nada. Só estou sendo prática, prudente, criteriosa, esperta, sóbria e racional.

Ele puxou o fôlego. Expirou profundamente.

— Que tal se eu, tudo bem, acreditasse que Antoine, o cão cego, possa dirigir?

— O *cachorro* não é cego.

Brian colocou as mãos nos ombros dela de novo.

— Não é só a cama, Amy. É a incrível vivacidade do sonho, tão claro e detalhado, como a vida real, mostrando a noite em que eu nasci. É o modo como aqueles desenhos fluíram *através* de mim, simplesmente saíram do lápis. E as alucinações, aquele som, as sombras, só que não eram alucinações. Amy, algo está acontecendo aqui.

Ela pôs uma das mãos no rosto dele, acariciando sua barba.

— Você comeu alguma coisa hoje?

— Não. Tomei um Red Bull. Não estou com fome.

— Meu querido, o que você acha de eu lhe fazer algo para comer?

— Não estou alucinando de fome, Amy. Se você pudesse ter visto os olhos da minha avó, aquela *piscada*.

— Vou fazer uma massa. Você tem um vidro daquele molho pesto maravilhoso?

Brian encostou-se nela e apertou os olhos. Ele podia ver que ela queria desviar o olhar e não ousava.

— Alguma coisa está acontecendo com você também — disse ele. — Você tem uma história sua. Já achei isso antes. O que aconteceu?

— Nada.

— Alguma coisa aconteceu.

— Só uma coisa — disse ela, intranquila.

— Que coisa?

— É só o jeito da Nickie.

— Que jeito?

— Vigilante. Sábia. Misteriosa. Não sei. Ela sequer é nova. Às vezes a gente pega um cachorro e pensa: *esta é uma alma antiga.*

— Vamos lá. O que mais, Amy?

— Nada. Mesmo. Só um troço com o chinelo no quarto.

Ela manuseava o camafeu pendurado no pescoço. Quando viu que ele percebeu isso, baixou a mão.

— Troço com o chinelo no quarto? Conte.

— Não posso. Agora não. Não é nada. Não significa coisa alguma.

— *Agora* eu estou agitado — disse ele.

— Onde estão os filhotes? — perguntou ela, olhando na direção do corredor.

Quando ela começava a se virar, ele a agarrou pelo braço.

— Espere. Acordar sobre uma cama recém-feita não é a coisa mais importante. Ainda não lhe contei o mais importante.

— Que foi? Sua avó também lavou sua roupa?

Ele sentiu como se o coração se soltasse dentro do peito e deslizasse para baixo.

— Não vai ser fácil. Fico até enjoado de pensar em como vou lhe contar isso. É uma coisa maravilhosa e terrível ao mesmo tempo.

Uma mudança nos olhos dela, a firmeza e clareza do olhar sugeriam que ela sabia que ele precisava dela como nunca antes e que estava pronta.

Ele a beijou na testa e, com os lábios ainda no seu rosto, disse:

— Eu te amo.

Com a cabeça inclinada para a frente, sem olhar para cima, como se as palavras fossem tão solenes como uma prece, ela disse:

— Eu te amo também.

Eles tinham chegado até esse ponto meses antes, mas não foram adiante. Ele supôs que o passo seguinte, que parecia dolorosamente atrasado, seria a consumação, o compromisso físico.

Ninguém antes dela o deixara na expectativa com tamanho charme.

Agora ele se dava conta de que a consumação nunca fora o passo seguinte, talvez nunca viesse a ser, *não devesse* acontecer. O passo seguinte deveria ser a revelação.

— Venha comigo — disse ele e a levou até o escritório.

Os três cachorros esperavam lá, deitados tranquilamente, como se soubessem, ou como se um deles soubesse, que o teste máximo para a relação entre Brian e Amy ocorreria ali.

O escritório do apartamento tinha duas cadeiras giratórias para as ocasiões em que um de seus funcionários subia para trabalhar com ele. Brian levou as duas para trás da escrivaninha.

Ofereceu uma para Amy e sentou-se diante dela na outra. Estavam de frente um para o outro.

Na primeira fileira, Fred, Ethel e Nickie observavam com grave interesse.

Quando Brian estendeu as mãos, as palmas voltadas para cima, Amy logo pôs as suas nas dele, dando-lhe assim a coragem de falar.

— Tem uma coisa que eu devia ter lhe contado, Amy, há muito tempo. Mas achei que do modo como as coisas estavam, nunca seria preciso contar.

Quando ele hesitou, ela não fez pressão. Suas mãos não tinham ficado úmidas ou frias nas dele. Seu olhar continuava firme.

— Quando eu era jovem, muito mais jovem, eu era um idiota em relação a uma porção de coisas. Uma delas era sexo. Achava que era fácil, que as mulheres eram um tipo de esporte. Meu Deus, isso soa péssimo. Mas era o modo como muitos de nós saíamos da faculdade naquela época. A vida nada tinha a me ensinar. Era o que eu pensava.

— Mas nunca para de ensinar — disse ela.

— Nunca. É uma longa lição. Então... havia uma série de mulheres, demais até. Eu deixava todas as precauções com elas, porque elas também pareciam achar que era um esporte. Eu sabia que elas não se arriscariam a engravidar. Não queriam consequências. Só queriam aproveitar. Mas uma delas era... diferente. Vanessa. Não fazia muito tempo que estávamos juntos, mas ela não tomou precauções. Eu gerei uma criança.

Ele tinha ficado com a boca seca. Sentiu a garganta inchada, um alçapão onde guardava todas as palavras.

— Penso na minha filha todos os dias. Fico deitado à noite acordado e pensando se ela está bem, se lhe foi dada a chance de ser feliz. Com Vanessa... ela não pode estar segura. Tentei encontrá-la. Não consegui. Fracassei como pai, como homem, nas coisas fundamentais.

— Nenhum fracasso é definitivo — disse Amy.

— Parece eterno. Só a vi uma vez, brevemente, quando era pequena. Como é que eu posso amar tanto uma criança tendo-a visto só uma vez?

— O importante é poder. Você tem essa capacidade dentro de você.

— Ela tem síndrome de Down — disse ele. — Achei que parecia um anjo, linda. Duvido que ela saiba da minha existência. Sempre quis tanto vê-la, por dez anos eu quis vê-la, mas nunca tive essa esperança. E agora... tudo está mudando.

— Nem tudo. Ainda há você e eu — disse Amy, apertando as mãos dele.

SEGUNDA PARTE

"O bosque é belo, sombrio e profundo.
Mas tenho promessas a cumprir."

— Robert Frost
Parada no bosque numa noite de neve

CAPÍTULO 33

A COBERTA ESTÁ LISA E ENFIADA PARA DENTRO DO COLchão, os travesseiros afofados. Nenhuma poeira embaça qualquer superfície.

Piggy deve manter seu quarto limpo, e sua mãe conduz uma inspeção de padrões rígidos e com castigos ainda mais rígidos.

Harrow desconfia de que a criança manteria o quarto imaculado mesmo se não lhe exigissem isso. Não é a ameaça de punições que garante a limpeza.

Ela demonstra desejo de ordem, de tranquila continuidade e sente falta de estabilidade em todas as situações. Isso fica evidente no modo como dispõe as imagens em suas colagens e nos clássicos padrões de decoração que, com linha e agulha, ela aplica nos vestidos das bonecas.

— Piggy, você não pode comer só o sanduíche — diz Luna. — Você não sabe o que significa uma alimentação balanceada, mas eu sei. Coma um pouco da salada de batata.

— Vou comer — responde Piggy, mas ainda sem fazer qualquer movimento em direção ao recipiente de plástico.

Em companhia de Luna, a criança raramente ergue a cabeça e quase nunca faz contato visual. Ela sabe que a mãe quer humildade e submissão de sua parte.

Assim como a ânsia por ordem, humildade não é algo que Piggy tenha aprendido para agradar a mãe. Essa qualidade lhe é tão natural quanto penas num pássaro.

No entanto, ela resiste a ser submissa. Possui uma sóbria dignidade que não deveria ter sobrevivido a dez anos como esses que aguentou.

Ela aceita o desprezo, os insultos, a crueldade com que a mãe a trata, todas as afrontas e vexames, como se os merecesse, mas recusa a degradação. Pode ser desonrada por outra pessoa, mas não se deixa abater.

Harrow desconfia de que a dignidade inata da menina, livre de orgulho, foi o que a manteve viva. A mãe reconhece essa sua qualidade e deseja, mais que qualquer coisa, destruí-la antes de destruir a criança.

Essa ruptura deve preceder o incêndio para agradar a Luna; o espírito deve ser fatalmente ferido, antes que a carne vire alimento para o fogo.

Agora Piggy abre o saco de batatas fritas e a mãe diz:

— É por isso que você está gorda.

A criança não hesita, nem enche a boca com os chips desafiadoramente. Prossegue calmamente com sua refeição, cabeça baixa.

Com maior diligência, Luna arranca o bordado do vestido da boneca.

Piggy só tem permissão de ter aqueles brinquedos, só para que lhe possam ser tirados como castigo. Portanto, é tudo que ela tem.

Cada vez que Luna percebe que a criança se afeiçoou mais por uma boneca do que pelas outras, ela age. Parece ter determinado que essa na qual trabalha agora é a tal favorita.

Às vezes, a menina chora baixinho. Nunca soluça. O lábio inferior treme, as lágrimas lhe rolam pelas faces e é só.

Harrow tem certeza de que muitas vezes, se não sempre, as lágrimas são falsas, provocadas com esforço. Piggy sabe que há o desejo de lágrimas, que sua mãe é uma criatura que se alimenta delas.

Isso não é só metaforicamente verdadeiro, mas também um fato. Ele nunca viu Luna beijar a filha, mas duas vezes a viu lambendo as lágrimas nos cantos dos olhos da criança.

Se ocasionalmente Piggy não desse à mãe a recompensa das lágrimas, poderia estar morta a essa altura. As lágrimas sugeriram a Luna que com o tempo a filha poderia sofrer uma ruptura; e é isso que ela deseja mais que tudo, razão pela qual tem sido paciente.

A violência contida em Luna é como a massa crítica condensada na perfeita esfera de plutônio de uma arma nuclear. Quando a carga é finalmente detonada, a explosão é fabulosa.

Tendo cortado a maior parte do bordado da roupa da boneca, ela agora rasga o vestido, não com a tesoura, mas com as próprias mãos, rangendo os dentes de satisfação enquanto esgarça a costura.

Talvez tenha começado a suspeitar de que a dignidade da filha jamais lhe será tirada. Isso explicaria sua intenção de queimar Piggy no dia seguinte à noite.

Embora Harrow seja um homem imaginativo, sua imaginação lhe falta quando tenta conjeturar os horrores que essa mulher infligirá à filha antes de tocar-lhe fogo. Após dez anos de insaciável sede por infanticídio e depois homicídio, Luna certamente fará um espetáculo memorável das últimas horas de Piggy.

Na escrivaninha, a criança abre o saco de biscoitos, novamente passando pela salada de batata. Ela tem instinto para as armadilhas da mãe.

Agora Luna segura a boneca nua. Os membros são articulados, de modo que podem ser manipulados em quase todas as direções. Mas quando ela vira a articulação de um cotovelo para trás, acaba arrancando um dos antebraços.

— Boquinha gorda chupadora de biscoitos — diz ela.

Harrow considera erótica a impiedade.

— Piggy na reta final.

O poder é a única coisa que ele admira, a única coisa que importa, além da violência; a violência emocional, psicológica, física, verbal é a mais pura expressão do poder. Violência absoluta é poder absoluto.

Agora, observando Luna, só o que ele quer é levá-la para a cama do quarto sem janelas, naquela perfeita escuridão, onde podem fazer o que são, ser o que fazem, lá no cobiçoso e avarento escuro, lá no escuro animal que urge.

CAPÍTULO 34

NA DESTILARIA DO CÉU, A LUZ VESPERTINA ERA UM CO-nhaque fraco.

De pé, junto à janela do escritório, Brian contava:

— Ela tinha um espírito livre... ousada, diferente, mas divertida. Depois de algum tempo que estávamos juntos, comecei a perceber que havia algo errado com ela.

Amy deu uma olhada nos e-mails de Vanessa. A coleção de dez anos era grande. Lendo alguns ela teve uma boa amostra e não fez questão de ler mais.

— Eu queria terminar, mas ela tinha esse magnetismo. — Desgostoso, ele repetiu: — *Magnetismo*. É fato. Ela era fogosa, muito fogosa, e eu sabia de sua instabilidade, mas era um fraco. Esta é a dolorosa verdade.

Ele começara a narrativa encarando Amy, mas mesmo dez anos após esses acontecimentos, a vergonha ainda o levava a preferir confessar-se para a janela.

Amy queria colocar-se atrás dele, pôr a mão em sua cintura e certificá-lo de que isso não mudava nada entre eles. Mas talvez ele precisasse passar por esse autodesprezo para se purgar de todos os segredos; ela sentiu que seu afeto poderia enfraquecer a determinação de Brian, que ele estava ciente disso e que ela devia confiar no discernimento dele para saber o momento de encará-la novamente.

Fred e Ethel tiravam uma soneca apoiados um nas costas do outro, dois suportes para livros mas sem um livro no meio. Nickie continuava acordada, mais interessada do que pretendia estar.

— Nunca imaginei que ela quisesse um filho — disse Brian. — De todas as mulheres que eu conhecia na época, ela era a menos provável de ansiar pela maternidade.

Já que ainda não era a hora de tocá-lo, Amy resolveu ficar diante da outra janela, compartilhando a vista do pré-crepúsculo para a qual ele desabafava.

— Quando ela engravidou, foi uma cena horrível. Mas não como você pode imaginar. Ela disse que queria o bebê, que *precisava* dele, mas que não queria mais me ver.

— Você não tem direitos de paternidade ou algo do gênero?

— Tentei discutir isso com ela, mas a única coisa em que ela falava era que me considerava o maior fracassado do mundo.

— Se era isso que pensava de você, por que queria um filho seu?

— Era estranho. Ela era perversa. Tamanho desdém, aversão. Atacava meu gosto por roupas, música, livros, minhas perspectivas financeiras, tudo, às vezes com razão, outras sem. Tive de me afastar dela.

O Sol caindo a oeste incendiava os complexos arabescos de um conjunto de nuvens. A majestade da luz do céu contrastava barbaramente com a história que ele tinha para contar.

— Eu esperava que ela fosse me ligar. Não ligou. Tentei me convencer de que seria melhor assim, que eu não tinha mais nada a ver com isso. Mas algumas coisas que ela dizia a meu respeito tinham uma ponta de verdade. Eu já não apreciava mais o que eu via no espelho. Não conseguia parar de pensar no bebê que ela carregava, o meu bebê.

Não importavam os defeitos que ele tinha naquela época, acabara se tornando um bom homem. Talvez mais tarde ele quisesse ouvir Amy dizer isso, mas não agora.

— Levei um mês para me dar conta de que se eu não tivesse aquele bebê na minha vida, as coisas nunca estariam certas. Minha vida ficaria distorcida, mais distorcida a cada ano. Então liguei para Vanessa. Ela tinha trocado o número do telefone. Fui ao apartamento dela. Tinha se mudado. Não deixara o novo endereço.

Amy se lembrou de que ele vira o bebê uma vez.

— Mas você a encontrou.

— Por três meses tentei localizá-la por intermédio de conhecidos comuns. Ela não andava mais com eles. Desencavei todas as suas raízes. Por fim, consegui dinheiro para contratar um detetive particular. Até ele teve certa dificuldade de rastreá-la.

Derramando-se pelas nuvens, a luz adquirira um tom de conhaque mais forte que antes, e o céu azul começava a ficar um pouco manchado.

— Ela morava num apartamento enorme e caro com vista para o porto de Newport. Um grande construtor chamado Parker Hisscus pagava o aluguel.

— Esse nome é importante por aqui.

— Ela estava no sexto mês de gravidez quando a visitei. Ela me deu cinco minutos, então pude ver o nível em que ele a mantinha. Depois fez a empregada me levar até a porta. Na manhã seguinte, um amigo de Hisscus foi me ver.

— Ele foi tão óbvio assim?

— Não foi para me bater. O cara era detestável, mas bem-educado. Queria me comunicar que Hisscus iria casar com Vanessa após o nascimento do bebê deles.

— Se o bebê era *deles*, por que esperar?

— Foi o que me perguntei. E aí esse cara me fez uma proposta: projetar uma casa para um amigo de Hisscus.

— Se o filho fosse dele, ele não tentaria comprá-lo desse modo.

— Não aceitei a proposta. Procurei um advogado. Depois outro. Os dois vieram com a mesma história. Se Vanessa e Hisscus dizem que ele é o pai, eu não tenho base para pedir um teste de DNA.

Fios de desprezo por si próprio e raiva contida tinham costurado a voz de Brian até então, mas agora Amy também ouvia algo como pesar.

— Continuei tentando achar um meio, e então, uma noite, ela foi até minha casa, com o bebê, que ainda não tinha completado duas semanas, nascida prematura. Ela disse...

Por um instante ele não conseguiu repetir as palavras de Vanessa.

— Ela disse: "Olha aqui o que você colocou dentro de mim. Esta aberração idiota. A sua aberração idiota estragou tudo."

— Então estava tudo acabado entre ela e Hisscus.

— Eu nunca soube o que aconteceu por lá. Mas estava acabado, o bebê não era dele e ela estava fora do lance. Ela queria dinheiro, queria qualquer coisa que eu pudesse pagar pelo bebê. Mostrei a ela meu talão de cheques, o extrato da minha poupança. Portanto, lá estava eu, tinha feito um bebê e o colocado numa situação de estar à venda. Eu não era melhor do que ela.

— Não é verdade — disse Amy sem demora. — Você queria a menina.

— Eu não poderia pegar o dinheiro até o outro dia de manhã, mas ela não queria deixar o bebê comigo. Ela estava louca de amargura. Seus olhos estavam mais pretos do que verdes; algo muito negro os penetrara. Eu queria pegar o bebê, mas tinha medo de que, se tentasse, ela pudesse matá-lo, que lhe esmagasse a cabeça. Como ela precisava de dinheiro, imaginei que traria o bebê de volta.

— Mas nunca trouxe.

— Não. Nunca trouxe. Que Deus me perdoe por ter tido medo e tê-la deixado ir embora aquela noite levando o meu filho.

— E desde então ela o atormenta.

A pequena vela alaranjada do Sol espalhava sua luz intoxicante lá longe no céu oeste.

— A não ser que seja um caso federal que envolva o FBI — disse Brian —, não é possível rastrear alguém por um endereço de e-mail. Não posso provar que sou o pai da menina. Vanessa é cuidadosa com o que diz nos e-mails.

— E investigadores particulares não conseguiram encontrá-la?

— Não. Ela vive fora do sistema, talvez com outro nome, outro número de seguro social, outro tudo. De qualquer jeito, o que ela me fez não importa. Mas o que fez com minha filha? O que terá feito com Esperança?

Por intuição, Amy entendeu sua última pergunta.

— Foi assim que você a batizou, Esperança.

— Foi.

— Não importa o que Vanessa tenha feito — disse Amy —, o que interessa agora é que você pode ter a chance de consertar as coisas.

Isso era a "coisa importante" de que ele falara antes, mais importante que os desenhos dos olhos de Nickie, mais importante que as alucinações auditivas e as sombras misteriosas vislumbradas na periferia da visão, mais importante que seu sonho e acordar numa cama inexplicavelmente arrumada. Depois de dez anos, ele talvez fosse conseguir sua filha de volta.

Amy lera o e-mail que ele escrevera para Vanessa, no qual ele evitava discussões e manipulações:

Estou à sua disposição. Não tenho poder algum sobre você e você tem todo poder sobre mim. Se um dia me deixar ter o que eu quero, será porque isso é do seu interesse, não porque eu tenha conseguido ou merecido.

Quando acordou do sonho com Kansas abalado pela tempestade, Brian havia recebido uma resposta dela. Ali, junto à janela, ele segurava na mão o e-mail impresso.

Você ainda quer a sua porquinha? Você me deixa puta, lá na sua vida confortável, tudo do jeito como gosta, nunca se sacrificou por nada. Quer essa aberraçãozinha nas suas costas? Tá bem. Estou pronta para isso. Mas quero algo de você. Fique a postos.

A luz tinha mudado e agora permitia que o rosto de Amy refletisse na vidraça.

Com todos os seus segredos revelados e o seu próprio reflexo formado no vidro, Brian virou-se para Amy.

Ela se aproximou dele e pegou-lhe a mão.

— Ela vai querer cada centavo, tudo o que possuo — disse ele.

Sorrindo, Amy repetiu nesse novo contexto o que dissera antes.

— Nem tudo. Ainda há você e eu.

CAPÍTULO 35

OS MEMBROS SEPARADOS, O TORSO SEM CABEÇA, A CABEÇA sem olhos e os olhos de vidro arrancados da boneca estão arrumados ao lado da bandeja, colocados por Luna cuidadosamente.

Em nenhum momento durante o desmembramento e a decapitação Piggy demonstrou perceber a destruição cometida pela mãe. Agora ela ignora as ruínas.

Harrow desconfia de que, desta vez, Piggy levou a melhor. Em vez de dar o vestido mais elaborado para sua boneca favorita, talvez tenha dado para a que menos gostava.

É um pequeno triunfo, mas na vida da criança não há triunfo de outro tipo.

Se Luna perceber que foi enganada, fará Piggy pagar caro. Mesmo agora, Harrow consegue ver o quanto a mulher se esforça para conter sua fúria com a indiferença da criança ao ataque à boneca.

Como Harrow, Luna tem o frio intelecto de uma máquina e o corpo semelhante a uma máquina na perfeição de sua forma e função, mas quanto às emoções, ela apenas finge entender e controlá-las, enquanto Harrow de fato entende e controla as dele.

O âmbito de suas emoções se limita a raiva, ódio, inveja, ganância, desejo e amor por si própria. Ele não tem certeza se ela percebe isso ou se acha que é completa.

Ao mesmo tempo que não consegue exercer férreo controle sobre si mesma, ela sabe que se fortalece *reprimindo* as próprias emoções. Quanto mais os sentimentos de raiva e ódio forem contidos ou apenas parcialmente expressos, mais puros e venenosos se tornam, até se transformarem no mais potente dos elixires que uma feiticeira poderia preparar.

Sentada ao lado da escrivaninha, Luna olha ferozmente para a filha. Embora seu ódio há muito destilado seja letal, ainda não chegou a hora de desferir o golpe mortal. Ela vai esperar toda a noite e o dia seguinte, até — muito em breve agora — poder ter todas as mortes que mais deseja.

— Comprei a salada de batata especialmente para você, Piggy.

As lâminas de luz que penetram as frestas das persianas fechadas já não estão cristalinas ou douradas, mas com um tom laranja sujo. O vaso chanfrado ficou escuro. A luz da aurora que cintilava no teto sobre a cabeça de Piggy desapareceu.

As lanças de luz laranja só tocam as superfícies de madeira da mobília, aqui uma almofada, ali um quadro a óleo de uma marinha.

Contudo, por curiosos mecanismos de suaves reflexos, uma luz élfica brilha em cantos improváveis do cômodo sombrio: nas contas de vidro da pantalha da luminária ao lado da cama da criança, no puxador de vidro de uma porta do armário distante...

— Piggy?

— Sim.
— A salada de batata.
— Sim.
— Estou esperando.
— Comi dois biscoitos.
— Biscoitos não são suficientes.
— E um sanduíche.
— Por que você faz isso comigo?
Piggy fica quieta.
— Você é uma pequena ingrata.
— Estou satisfeita.
— Você sabe o que é uma ingrata?
— Não.
— Você não sabe muita coisa, não é?
Piggy faz que não.
— Coma a salada de batata.
— Tá bom.
— Quando?
— Mais tarde — diz Piggy.
— Não. Agora.
— Tá bom.
— Não fique dizendo tá bom. Coma.
A criança fica quieta e não come a salada.

Apesar da luz acesa na escrivaninha, Luna se ergue da cadeira, com seus diamantes escuros no pescoço e no pulso, agarra a salada de batata e a joga longe.

O pote atinge a parede e se abre, espirrando no gesso e caindo no chão com a salada temperada de cuspe.

Lágrimas translúcidas atormentam os olhos de Piggy e suas faces molhadas cintilam.

— Limpe.

— Tá bom.

Luna pega da mesa os pedaços da boneca destruída e os joga com força do outro lado do quarto. Agarra também o saco aberto de biscoitos e o atira longe.

— Limpe.

— Tá bom.

— Cada migalha e mancha de gordura.

— Tá bom.

— E nada de lágrimas, sua pequena fraude de cara gorda.

Luna se vira e, seus diamantes escurecendo, sai do quarto a passos largos, sem dúvida para se dedicar à coleção de tônicos de limpeza e loções hidratantes para o rosto e o corpo, num ritual onírico de duas horas que raramente deixa de ter sucesso para melhorar seu humor.

Empoleirado no braço da poltrona, Harrow observa a criança. Simples como é, sem graça e lenta, mesmo assim ela possui um mistério que o intriga e que, de algum modo, parece mais profundo que o mistério da loucura da mãe.

Piggy fica sentada por um minuto, imóvel.

Como se suas lágrimas fossem voláteis como álcool, elas se evaporam com rapidez de suas faces. De forma incrivelmente rápida, seus olhos estão secos também.

Ela abre o segundo saco de batatas fritas e come uma. Depois outra. E uma terceira. Lentamente, esvazia o saco.

Depois de limpar os dedos num guardanapo de papel, ela empurra a bandeja para o lado e pega a boneca em que trabalhava quando a mãe e Harrow entraram no quarto. Fica simplesmente segurando a boneca, sem fazer qualquer coisa além de analisar seu rosto.

Ocorre-lhe a estranha ideia de que Piggy, a simples e sem graça Piggy, talvez seja a única pessoa que ele conheceu que é apenas e exatamente quem parece ser, o que pode explicar a razão de sua aparência misteriosa.

E ali, inesperadamente, está o Aspecto que Harrow tem observado transformar de modo sutil as feições da criança nos últimos tempos, o jeito que não é beleza, mas que poderia chegar próximo disso. A palavra que define o Aspecto ainda lhe escapa.

Lá fora, o dia magoado emite um fulgor sangrento que não tem força para pressionar as frestas das persianas. Somente a lâmpada sobre a escrivaninha ilumina o quarto.

Mesmo assim, as luzes élficas persistem nas contas de cristal da pantalha no canto mais escuro, no puxador de vidro distante da escrivaninha, no detalhe da folha dourada de uma moldura, na vidraça da janela que não está em ângulo para refletir a luminária da escrivaninha.

Harrow fica com a peculiar sensação de que ele e a criança não estão a sós no quarto, embora seja óbvio que estejam.

Piggy não vai limpar a sujeira feita pela mãe enquanto Harrow continuar a observá-la. Só se rebaixa a essas tarefas quando está só.

Ele se ergue do braço da poltrona, fica de pé, olha para ela por um instante, caminha até a porta e vira-se para ela de novo.

Ele raramente diz algo para a criança. Mais raramente ainda ela fala com ele.

De repente, a expressão no rosto dela o enfurece a tal ponto que, se ele não fosse um homem dotado de total controle de suas emoções, teria dado um soco capaz de derrubá-la no chão.

Sem olhar para Harrow, ela diz:

— Tchau. — E ele já se encontra fora do quarto, fechando a porta.

— Você vai queimar feito banha de porco — ele murmura ao trancar o ferrolho, e sente o rosto ruborizar, pois essa ameaça infantil, embora digna de Luna, é subjacente a ele.

CAPÍTULO 36

O HOMEM CONHECIDO COMO ELIOT ROSEWATER POR VERnon Lesley era conhecido como Billy Pilgrim pelo homem que pilotara o bimotor até as instalações militares abandonadas no Mojave.

O piloto, que trabalhara com Billy em diversas ocasiões, chamava-se Gunther Schloss, Gunny para os amigos. Billy achava que Gunther Schloss soava como um nome verdadeiro, um nome de batismo, mas não teria apostado nenhum centavo nisso.

Gunny tinha a aparência de um Gunther Schloss: alto, pescoço grosso, musculoso, cabelo louro-claro, olhos azuis e um rosto feito para a capa da *White Supremacist Monthly*.

Na verdade, ele era casado com uma negra encantadora na Costa Rica e com uma chinesa charmosa em São Francisco. Não era um fascista, mas anarquista, e durante uma semana maluca em Havana ele fumara muita maconha com Fidel Castro. Podia-se contratar Gunny Schloss para matar qualquer pessoa que, por alguma razão, não se quisesse matar com as próprias mãos, mas ele chorava toda vez que assistia a *Flores de aço*, o que fazia uma vez por ano.

Depois de ter matado Bobby Onions e Vernon Lesley, Gunny e Billy desnudaram os corpos de suas identidades e os arrastaram até o cruzamento das duas estradas de asfalto rachado que serviam os abrigos abandonados das áreas próximas. Abriram a tampa do poço de inspeção no pavimento sufocado pelas ervas daninhas e jogaram os mortos na fossa séptica havia muito em desuso.

Até mesmo no deserto havia alguma chuva e as sarjetas da rodovia alimentavam essa fossa, portanto a escuridão lá embaixo ainda fedia, apesar de não tanto quanto na época em que as instalações tinham sido inauguradas, vinte anos antes, e os dois corpos mergulharam em algo que é melhor não mencionar.

Billy ouviu movimentos lá embaixo, antes e após o despejo dos cadáveres: talvez de ratos ou de lagartos, quem sabe dos enormes besouros do deserto.

Quando era jovem, ele costumava acender uma lanterna ou tocha para satisfazer a curiosidade. Agora era maduro o suficiente para saber que a curiosidade geralmente lhe retribuía com uma bala na cara.

Agiram rapidamente e depois de terem recolocado a tampa do poço, Gunny disse:

— Te vejo em Santa Bárbara.

— Lugar bonito. Eu gosto de Santa Bárbara — disse Billy. — Espero que nunca a explodam.

— Alguém vai acabar fazendo isso — disse Gunny, não porque tivesse qualquer conhecimento a respeito de um evento futuro, mas porque era um anarquista e sempre esperançoso.

Gunny partiu voando no Cessna bimotor e Billy saiu andando, chutando areia pelo caminho, cobrindo as marcas dos calcanhares arrastados dos homens mortos, recolhendo as pistas que localizava sob o sol tardio e certificando-se de ter reunido todos os pedaços do crânio de Bobby Onions.

Quando a mulher desaparecesse, ninguém iria se importar, pois ela era uma ninguém chamado Redwing, morando num modesto bangalô, sem nada a fazer na vida além de resgatar cachorros.

Todas as semanas tanta gente desaparecia ou aparecia morta de forma grotesca que até mesmo os canais jornalísticos de TV a cabo, com sua insaciável fome de drama e sangue, não conseguiam cobrir todos os casos. Alguns óbitos eram mais importantes do que outros. Ninguém conseguiria uma audiência massacrante nem venderia todos os horários de propaganda por preços exorbitantes se os programas dessem a mesma importância à morte de um pardal quanto à de qualquer outro.

Não pergunte qual morte importa. Importa a da bela mulher grávida de 20 e poucos anos que é espancada pelo marido, cortada em uma dúzia de pedaços, guardada numa mala com blocos de concreto e submersa num lago. Falam e falam e falam do assunto, 24 horas por dia, sete dias por semana, até que o único modo de conseguir escapar daquilo é mudando para o Animal Planet.

O sumiço de Amy Redwing teria valor zero no tempo televisivo enquanto ninguém soubesse que ela fora outra pessoa antes de ser Amy Redwing. Como Vernon Lesley tinha feito o bom trabalho de encontrar os mementos que ela salvara de seu passado e sabia demais sobre ela, Vern tinha de morrer.

Talvez não tivesse compartilhado seu conhecimento com Bobby Onions, mas Billy Pilgrim não queria se arriscar crendo que Onions fosse tão burro como parecia. Além disso, no momento em que Onions saiu do Land Rover com aquela expressão de escárnio à la James Dean e seu andar arrogante, Billy sentiu vontade de acabar com ele por uma questão de princípios.

Após vasculhar a área em busca de evidências do tiroteio, Billy jogou as identidades dos mortos no saco plástico que continha o que Vernon Lesley confiscara no bangalô da mulher. Com o saco no assento do passageiro ao seu lado, ele saiu do deserto no Land Rover rumo ao oeste.

O crepúsculo chegou como uma grande produção hollywoodiana, saturado de cores — dourado, pêssego, laranja, depois vermelho tendendo ao roxo —, ornamentado por nuvens em formas fantásticas que incendiavam contra um céu azul elétrico tremeluzindo rumo ao safira: o tipo de céu que poderia fazer a gente pensar que o dia foi importante e significou alguma coisa.

Billy tinha muito o que fazer naquela noite. Dizem que não há repouso para os perversos. De fato, não há repouso para nenhum dos dois: nem para os virtuosos nem para os perversos. E não para caras como Billy Pilgrim, que são descompromissados com toda a ideia de virtude versus perversidade e que simplesmente estão tentando cumprir suas tarefas.

CAPÍTULO 37

ALGO FORA DO COMUM ACONTECE A VOCÊ. A JULGAR PElas evidências, é provavelmente algo *sobrenatural*, e ao mesmo tempo seu passado morto de repente renasce e o alcança, com a consequência de que você precisa fazer a mais dolorosa confissão que já fez na vida para a única pessoa em todo o mundo cuja opinião sobre você importa desesperadamente. E, mesmo assim, você ainda tem que alimentar os cachorros, levá-los para passear e recolher o último cocô do dia.

Quando Amy entrou na vida dele, trazendo junto uma arca cheia de cães, ela dissera que esses animais deixavam as pessoas *centradas*, acalmavam-nas e as ensinavam a enfrentar as coisas. Brian tinha achado que ela simplesmente era doida por golden retrievers. Por fim, acabou percebendo que ela dizia a mais pura verdade.

Em sua despensa havia ração e guloseimas para as noites em que Amy vinha com os cachorros para jantar, jogar buraco ou para assistirem a um DVD juntos.

Depois de alimentar Fred, Ethel e Nickie, eles os levaram para passear pelo crepúsculo até um parque próximo.

— Se isso funcionar — disse ele — e Vanessa realmente me entregar Esperança, eu vou entender se, em algum momento, você achar que é demais.

— Demais o quê?

— Algumas pessoas com síndrome de Down são altamente funcionais, outras nem tanto. Varia muito.

— Alguns arquitetos são altamente funcionais, outros nem tanto, e mesmo assim cá estou eu.

— Só estou dizendo que as coisas vão mudar, é muita responsabilidade.

— Alguns arquitetos são altamente funcionais — repetiu ela —, outros nem tanto, e mesmo assim cá estou eu.

— Estou falando sério, Amy. Além da deficiência, não sabemos pelo que Vanessa pode ter feito a menina passar. Pode haver problemas psicológicos também.

— Basta juntar três seres humanos — disse ela —, e os três terão problemas psicológicos. Então a gente simplesmente se adapta uns aos outros.

— E depois, tem a Vanessa. Talvez ela tenha se cansado de me atormentar e só queira pegar meu dinheiro, se livrar da menina e esquecer que nós dois já existimos. Ou talvez não seja tão fácil assim.

— Não estou preocupada com Vanessa. Posso enfrentar as maiores filhas da puta.

— Se Vanessa decidir fazer parte da nossa vida de alguma maneira, uma atitude à moda Holly Golightly não vai funcionar com ela.

— A Holly Golightly, de *Bonequinha de luxo*?

— Se há uma Holly Golightly no livro *Casa abandonada*, do Dickens, eu não conheço.

— Ouça bem, narrador anônimo, eu não tenho uma atitude à moda Holly Golightly. Sou mais como a Katharine Hepburn em qualquer coisa com o Cary Grant.

— Narrador anônimo?

— *Bonequinha de luxo* é contado na primeira pessoa por um cara apaixonado por ela, mas nunca ficamos sabendo o nome dele.

Eles deixaram que os cães os guiassem em silêncio por alguns passos, e então Brian disse:

— Eu estou apaixonado por você.

— Você disse isso lá no apartamento e eu disse que eu também. Já dissemos antes. Não precisamos ficar repetindo a cada dez minutos, não é?

— Não me importo de ouvir.

— Os cachorros sabem quando a gente os ama — disse ela. — Não esperam que a gente diga todo o tempo. As pessoas deviam ser como os cachorros.

— Nenhum cachorro já a pediu em casamento.

— Querido, você tem sido tão paciente. É só que... eu tenho uns problemas. Estou trabalhando nisso. Não estou jogando com você, embora reconheça que às vezes possa parecer que esteja.

— Nunca parece que você está jogando. Você é demais. O modo como lidou com todo esse caso da Vanessa. Amy, você é maravilhosa. O problema é que... o narrador anônimo nunca ficou com a Holly Golightly.

— Ficou com ela no filme.

— O filme era ótimo, mas não era real. O livro era real. No livro ela vai embora para o Brasil.

— Eu não vou para o Brasil. Não gosto de samba. De qualquer modo, você não é o narrador anônimo. É muito mais bonito que ele.

Os postes se acenderam conforme a noite espremeu o último vinho tinto do crepúsculo.

Ao longo do caminho, de poste em poste, pela grama, de banco em banco, os cães aproveitaram o parque inteiro como os cães costumam fazer, farejando as mensagens deixadas por legiões de cães antes deles, alertas aos odores dos esquilos nas árvores, dos pássaros nos galhos mais altos e dos lugares distantes de onde as histórias são carregadas pela brisa.

— Mais cedo, quando estava fazendo todos aqueles desenhos, eu sentia, *sabia*, que Esperança e Nickie estão inextricavelmente ligadas, que não vou conseguir ficar com Esperança sem Nickie. Há algo tão estranho acontecendo... ainda assim, Nickie age como qualquer outro cachorro.

— Na maior parte do tempo — disse Amy.

Ela segurava as guias de Fred e Ethel na mão direita. Com sua mão esquerda, talvez inconscientemente, ela tocava o medalhão de camafeu em seu pescoço.

— Quer me contar sobre o negócio dos chinelos no quarto? — perguntou Brian.

— Não significa nada. É impossível. De qualquer modo, não faria sentido para você sem o contexto.

— Então me diga o contexto.

— Meu querido, não é só um contexto. Há toda uma *enorme história* por trás disso. Não temos tempo para isso agora. No último e-mail, Vanessa disse "Fique a postos". Devíamos ver se ela enviou qualquer coisa enquanto estávamos fora.

Ao chegarem ao apartamento, havia um e-mail de Vanessa esperando.

CAPÍTULO 38

AS MARGENS E OS LEITOS DE MUITOS RIOS DO SUL DA CALIfórnia foram pavimentados com concreto, não porque os nativos achavam esteticamente mais agradável que as ervas daninhas e o lodo, mas para evitar que o curso das águas mudasse com o tempo e para possibilitar o controle das enchentes. Além disso, centenas de milhões de litros de água preciosa, que de outro modo poderiam se derramar no oceano, eram eficazmente desviados para estabilizar o volume de água durante os anos de seca.

A estação das chuvas não costuma iniciar antes de dezembro. Agora, em setembro, o leito do rio estava seco.

Sob o luar, o canal não parecia estar iluminado de cima, mas sim de dentro de sua estrutura, como se o concreto fosse radiativo e levemente incandescente.

As luzes se apagaram no Land Rover que pertencera a Bobby Onions, e Billy Pilgrim desceu ao centro do leito seco do rio, que tinha 18 metros de largura.

Seis metros acima dele, uma cerca de arame farpado evitava o fácil acesso ao rio. Além das cercas, de ambos os lados, sem visibilidade de sua posição lá embaixo, havia shopping centers, parques industriais e condomínios, onde centenas de milhares de pessoas viviam versões do sonho americano muito diferentes daquele que Billy perseguia.

Billy trabalhara no comércio ilegal de drogas, no comércio ilegal de armas, no comércio ilegal de órgãos humanos e vendendo sapatos.

Terminando o ensino médio, ele vendera sapatos por seis meses, pretendendo viver numa romântica penúria num sótão e escrever grandes romances. Logo descobriu que olhar para pés o dia inteiro não inspirava ficções memoráveis, então começou a vender maconha, acrescentou uma linha de ecstasy e expandiu para uma pequena franquia de cocaína.

Desde o começo ele se recusava a usar drogas. Gostava do seu cérebro como o encontrara originalmente. Além disso, necessitaria de cada célula cinzenta que possuía se quisesse escrever bons romances.

O tráfico de drogas levara ao de armas, da mesma forma que a venda de sapatos pode facilmente levar a uma carreira mais ampla de camiseiro. Embora tivesse uma restrição pessoal ao uso de drogas, nunca experimentara uma arma de que não gostasse.

Ainda não utilizara nenhum dos órgãos humanos que vendia, mas se um dia precisasse de um rim, fígado ou coração, ele sabia onde conseguir.

De algum modo, completou 50 anos. Nunca percebeu a idade chegando. Dizem que o tempo voa quando a gente está se divertindo, e Billy acreditava na *diversão* mais do que em qualquer outra coisa.

Seu amor por diversão explicava por que ele desistira de escrever. Escrever não era divertido.

Ler era. Durante toda a vida fora um leitor ávido, não devorando menos que três romances por semana, às vezes até o dobro.

Não tinha paciência para aqueles poucos livros no mercado que buscavam encontrar ordem ou esperança na vida. Gostava de livros encharcados de ironia. Romances cômicos e distorcidos sobre a insensatez da humanidade e a falta de significado da existência eram seus preferidos. Felizmente, os romancistas os produziam aos milhares. Ele não ligava para escritores que remoíam o niilismo, preferia os que adoçavam seu niilismo com risadinhas, o tipo de caras que ficariam felizes de abrir uma banca de salsichas no inferno.

Os livros eram instrutivos. Tinham feito dele o homem que era hoje: conhecedor do mundo, animado, muito bem-sucedido nos negócios, confiante e contente.

Seis anos antes trabalhara para um homem que pegara uma fortuna de família, ganha em empreendimentos legítimos, e a utilizara para construir um império criminoso, uma inversão engenhosa da ordem normal das coisas. A operação atual não era em nome do negócio ilegal do seu patrão, mas em nome do próprio patrão. Era uma questão pessoal.

Conforme combinado, Georgie Jobbs esperava por Billy sob a ponte. A construção tinha largura para seis pistas, oferecendo bastante cobertura para uma transação particular.

Georgie estava parado na escuridão ao lado de sua Suburban e enquanto Billy ia chegando, ele acendeu uma lanterna e colocou-a sob o próprio queixo, dirigindo a luz para o rosto e distorcendo suas feições para deixá-las assustadoras. Sabia que Billy gostava de se divertir e esta era sua ideia de fazer graça.

Às vezes as pessoas perguntavam a Georgie se ele era parente de Steve Jobs, o famoso multibilionário da Apple, o que o aborrecia, pois não queria ninguém achando que ele estivesse associado a esse tipo de gente. Em vez de negar qualquer relação, irritado, Georgie chamava a atenção para a diferença na grafia dos nomes — "Ei, eu tenho dois Bs" —, o que só levava a confusão.

Georgie fazia caretas sobre o raio da lanterna porque gostava de Billy Pilgrim. A simpatia era o maior trunfo de Billy.

As pessoas gostavam dele em parte por causa de sua aparência. Rechonchudo, com uma cara doce com covinhas e cabelo louro crespo tão fino quanto na sua época de bebê, era o tipo de pessoa que dava vontade de abraçar.

E as pessoas gostavam de Billy porque ele realmente gostava das pessoas. Ele não as subestimava por sua ignorância ou tolice. Ou por orgulho idiota ou pompa, mas se *deleitava* com elas pelo que eram: personagens do maior romance irônico, cômico e trágico de todos, a *vida*.

Ele saiu do Land Rover e disse:

— Olhe só para você, parece o Hannibal Lecter.

Georgie tentou imitar a fala do filme sobre comer o fígado de alguém com favas e um bom Chianti.

— Pare, pare — disse Billy —, você vai me fazer mijar nas calças.

Abraçou Georgie Jobbs e perguntou como estava seu irmão Steve.

— Seu filho da puta maluco — disse Georgie, e eles brincaram de dar socos um no outro.

Os melhores investigadores particulares tinham escrúpulos e consideração pela lei. Dois degraus abaixo deles estavam caras como Vern Lesley e Bobby Onions.

Georgie Jobbs ficava todo um lance de escadas abaixo de Lesley e Onions. Ele sempre quis ser um IP, mas não tinha paciência para cumprir as normas e passar no teste. Ele também não gostava da ideia de só poder carregar uma arma *licenciada* ou de dar a qualquer um verdadeiro motivo para chamá-lo de pau-mandado.

A seu favor estava o fato de ser uma pessoa confiável, contanto que não lhe pedissem para fazer um trabalho que envolvesse equações ou nada relacionado a matemática.

Enquanto Lesley e Onions estavam a caminho do encontro no Mojave, Georgie tinha arrombado os escritórios deles. O escritório de Lesley era a própria espelunca onde ele morava, e a Investigações Bobby Onions ocupava uma sala de fundos, em cima de um restaurante tailandês.

Georgie roubara os HDs dos computadores, os arquivos, que eram poucos, agendas de compromissos, cadernos, arquivos de endereços e qualquer coisa onde houvesse anotações de todo tipo. Juntos, ele e Billy transportaram tudo da Suburban para o bagageiro do Rover.

Como Georgie era tão meticuloso quanto obtuso, Billy estava confiante de que quando as autoridades finalmente começassem a investigar o desaparecimento dos dois investigadores, nada encontrariam ligado a um cliente chamado Billy Pilgrim.

Billy Pilgrim não era seu nome verdadeiro, mas ele o usava muito e preferia continuar com a possibilidade de usá-lo, pois tinha valor sentimental. Além disso, seu patrão — o herdeiro ricaço que virara empresário criminoso bem-sucedido — era inflexível quanto a nunca deixar um fio solto, e ele não podia se dar ao luxo de fazer isso.

Georgie também trouxera duas malas Sansonite rígidas que Billy pedira e as entregou com um respeito que beirava a reverência.

— Eu nunca poderia imaginar que teria tamanha honra, nunca — disse Georgie.

— Este é um dia que você não vai esquecer — concordou Billy.

— Vou te dizer, cara, me faz sentir bem saber que você confiou em mim para uma entrega dessas.

— Vamos fazer um longo caminho de volta, Georgie.

— Tão longo que nem sei calcular essa distância — disse Georgie, o que era quase verdadeiro.

Após examinar seu conteúdo, Billy fechou as duas malas, trancou-as e não as colocou no bagageiro do Rover, mas no chão do assento de trás.

Billy pagou Georgie em dinheiro e enquanto este enfiava a grana no bolso do casaco, Billy disparou três tiros à queima-roupa com uma pistola munida de silenciador.

Aos 50, já não conseguia carregar um cadáver com a mesma facilidade de quando tinha 30. Necessitava de todos os truques que aprendera no decorrer dos anos. Caso não se deleitasse com o que fazia, é provável que não conseguisse realizar seu trabalho.

Depois de fechar a porta traseira do Rover, nem se preocupou em dar uma busca na Suburban. Sabia que Georgie Jobbs não tinha um caderno de anotações e não escrevera nenhum lembrete, pois Georgie não saberia soletrar *Jesus* se essa fosse a única coisa que lhe pedissem ao chegar ao céu.

Talvez no passado Georgie teria se gabado de ter varrido os dois escritórios para Billy, mas agora não. A última e tênue ligação entre Billy Pilgrim e Amy Redwing fora apagada, ou seria, em breve.

Atrás do volante do Rover, com os faróis apagados, Billy excursionou pelo radiante leito de concreto, feliz por não ter problemas com agentes, prazos editoriais e nenhum crítico afiando suas facas contra ele.

CAPÍTULO 39

HAVIA DOIS E-MAILS DA SUINOCULTORA QUANDO BRIAN E Amy voltaram com os cachorros.

O primeiro era sucinto: *Serei eu.*

— O que isso significa para você? — perguntou Amy, olhando para a tela por sobre o ombro de Brian.

— Nada.

Ele abriu a segunda mensagem: *Eu não disse FIQUE A POSTOS?*

Brian enviou uma resposta: *A postos.*

Quando Amy se sentou na outra cadeira giratória, Fred levantou-se e apoiou o queixo na coxa da dona, rolando os olhos para cima, para ela.

— Fred querido — disse ela, acariciando o rosto dele. — Fred querido, querido.

Ouvindo isso, Ethel despertou de uma quase soneca e veio apoiar o queixo na outra coxa de Amy.

— Ah, claro, claro, Ethel também é querida. Ethel querida e lindinha.

Ao voltarem, Nickie não se acomodou no chão. Ficou ao lado de Brian, dando-lhe a honra de acariciar sua cabeça, mas olhando para o computador com a intensidade que trouxera do parque ao analisar um esquilo.

Ele estava olhando para os olhos dela, que fitavam os seus de modo direto, e pensando na razão que o levara a desenhá-los tão obsessivamente e por que eles prendiam sua atenção agora também, quando o computador assinalava o recebimento de um e-mail.

— Serei eu — ele leu em voz alta para Amy.

— Só isso?

O telefone tocou. O identificador de chamadas não detectou o número.

Brian não fez menção de atender.

— É ela — disse Amy.

— Faz dez anos que não falo com ela.

Não importava o quanto ele queria tirar Esperança do controle materno, a perspectiva de dar mais um passo de volta ao universo de Vanessa era assustador.

O telefone tocou de novo. Depois uma terceira vez; ele pegou-o e disse apenas:

— Sim?

— Bry, algum dos prédios que você desenhou já caiu?

— Ainda não — disse ele, determinado a não deixar que ela o irritasse ou frustrasse a ponto de provocar uma reação que prejudicasse sua chance de recuperar Esperança.

— É só uma questão de tempo, Bry. Sabemos o que acontece quando você concebe algo.

Ele se esquecera do timbre extraordinário de sua voz, um instrumento de fumaça e aço.

— Acho que já é hora — disse ela — de você assumir a responsabilidade pelas consequências do seu pavoroso esperma, não acha?

Ele olhou para Amy de relance, mas de algum modo ele a maculava só de olhar enquanto falava com Vanessa ao telefone, então desviou os olhos.

— Qualquer coisa que você quiser está bom para mim, Vanessa. De minha parte não há negociações. Transparência total das minhas economias, conta corrente, investimentos, você vai ver que não estou escondendo nada.

— Não quero o seu dinheiro, Bry. Você mora em cima do escritório. Se os seus pais não estivessem mortos, é provável que ainda estivesse morando com eles. Seja lá o que for que você tenha, o que eu poderia comprar com isso? Um bom casaco, uns sapatos?

Sua situação de vida não podia ter sido deduzida de nada que ele houvesse dito nos e-mails que trocaram ao longo dos anos.

— Você disse que queria algo de mim — ele a lembrou.

— Tenho um cara agora. Ele tem mais dinheiro do que Deus. É até mais rico do que o cretino do seu bebê teria me feito se não fosse uma aberração. Dinheiro não é problema. Sabe, Bry, houve uma época em que eu queria vê-lo morto.

— Acho que eu sabia disso.

— E não lentamente pelo câncer. Desde então estive com uns caras que teriam feito isso por mim e feito bem. Mas superei isso logo.

Se os nervos dele fossem cordas de piano, apenas notas agudas seriam tiradas dali.

Ele tirara a mão esquerda da cabeça de Nickie. Agora, pousando-a de novo na nuca do cachorro, ficou surpreso de se ver acalmado pelo contato.

— Foi mais satisfatório simplesmente deixar você andando por aí todos esses anos, gozando da sua cara.

— Ninguém faz um homem de joguete melhor do que você.

Ele se esquecera de que ela sabia rir e que sua gargalhada tinha um jeito gutural e ao mesmo tempo infantil.

— Esse cara com quem estou agora — disse ela —, com todo o dinheiro que tem, quando tem problemas com as pessoas, ele não deixa passar, simplesmente as tira do seu caminho. Ele tem tanto dinheiro que até enjoa.

— Só o que eu quero é minha filha.

— E o meu homem, ele *não* quer a velha Piggy. Os outros caras se divertiam me vendo dar beliscões nela o tempo todo, mas este não. Ela só lhe revira o estômago, e ele a quer fora daqui.

— Eu também. Traga-a para mim. Ou eu posso ir apanhá-la. Seja como for.

— A questão é: esse cara, ele faz tudo de acordo com as regras. Um perfeccionista. O primeiro que é assim desde você. Gostoso demais, razão pela qual é totalmente *meu*, coitadinho. Você lembra como era isso, não lembra?

— Sim.

— Mas ele quer que você e eu assinemos papéis dizendo que a Piggy é nossa, sua e minha, e que você encontrou Jesus ou coisa parecida e quer plena custódia, sem que eu tenha qualquer responsabilidade por nada, que eu fui uma boa mãe e que, na verdade, moralmente você me deve dez anos de sustento da criança e que você fica agradecido por eu o perdoar da responsabilidade, blá-blá-blá.

— Assino qualquer coisa.

— É uma pilha de documentos, porque ele não quer que você reapareça um dia, ou, pior ainda, não quer ver no jornal como ele maltratou a coitada da menina anômala. Ele vai até criar um fundo fiduciário para o sustento dela.

— Não preciso disso. Não quero dinheiro.

— Ele insiste nisso, Bry. Fica preocupado com a reputação, então está sempre salvando a própria pele. E como vou me tornar a Sra. Cheia da Grana, ele quer salvar a minha também.

Essa reviravolta nos acontecimentos não lhe agradava. Mas por outro lado, se algo lhe acontecesse, o fundo garantiria o sustento de Esperança.

— Um fundo fiduciário exige dirigentes para gerenciá-lo, investir o dinheiro, resgatá-lo. Isso vai fazer com que você participe da minha vida, Vanessa, e da vida da menina. Como seria isso? — disse Brian.

— A última coisa que eu quero é me meter na sua vida infeliz, Bry, e já me diverti tudo que queria com a pequena aberração, não quero mais estar metida na vida dela também. No início, o fundo exige dois dirigentes para assinar os documentos, mas depois esses dois podem indicar um terceiro. Você vai ser um dos dirigentes, Bry, e a cadela Redwing pode ser a outra.

Ele preferiu ficar quieto.

Após um silêncio, ela emitiu aquela risada gutural, enganosamente normal.

— Eu lhe falei que esse cara salva a minha pele. Ele nem queria negociar com você até saber tudo a seu respeito. Ele não iria criar um fundo fiduciário e lhe entregar a menina para depois descobrir que você andou bolinando uma criança de 6 anos na pracinha. Publicidade ruim é câncer para ele.

— Quer dizer que ele invadiu minha privacidade, mandou detetives atrás de mim, coisas desse tipo?

— Tira esse tom de superioridade da voz, Bry. Você está conseguindo o que quer, portanto tem que engolir alguma sujeira. Sabendo do que costumava fazer sua temperatura subir, devo dizer que fico surpresa de vê-lo com Amy. É, ela é bonitinha de um jeito meio Sandra Bullock, um tipo moleque, mas você acha mesmo que *ela* tem certeza sobre o próprio gênero?

— Deixe-a fora disso.

— Não posso deixá-la fora disso, Bry. Se formos fazer esse negócio, meu homem quer que seja feito imediatamente. Você precisa de dois dirigentes para o fundo. E pelo que eu sei de sua vida, ou seja, quase tudo, a Srta. Amy é a única candidata. Levando em conta que você costumava traçar qualquer coisa que usasse um sutiã tamanho G, ela deve ser meio bruxa, deve ter lançado um feitiço de monogamia sobre você. Será que um dia vai aceitar o seu pedido de casamento? Ela não precisa casar com você para dirigir o fundo. Só estou curiosa.

Ele se colocara nessa posição quando jovem devido aos seus atos, assim como pusera Esperança onde estava agora. Atos têm consequências. Vanessa tinha razão: agora ele tinha de engolir alguma sujeira, tanto quanto ela quisesse lhe enfiar goela abaixo.

— Você me odeia, não é? — perguntou ela.

— Não.

— Vamos lá, Bry. Preciso confiar em você para que isso funcione.

— Às vezes você me dá raiva, me assusta. Mas eu não a odeio.

— Bry, fui curta e grossa com você. Falei que anos atrás eu queria vê-lo morto. Ainda odeio você. Se você não me odeia, tem algo de errado com a sua cabeça.

Ele respirou fundo.

— Tá certo. Eu a odeio. Como não odiar? Mas não importa, se conseguirmos terminar isso. Vamos logo com isso. Quando vai ser o encontro? Onde você está?

— Aí é que está o problema. Há anos tenho andado por aí com a nossa pequena mutante de cara gorda, transando com um ou outro cara que sabe como cuidar de um negócio, nenhum deles tendo o calibre do homem que tenho agora, e toda vez que começa a ficar bom, alguma vaca da assistência social aparece, porque descobriu que Piggy não está na escola e nem sendo tratada como a princesa da galáxia, e aí eu tenho de me mudar, conseguir uma nova identidade, encontrar outro cara com quem transar.

Imaginando o que Esperança devia ter aguentado, Brian se perguntou se um dia conseguiria se redimir.

— Sinto muito pelas inconveniências, mas o que isso tem a ver com o presente?

— Então digamos que eu lhe dê o endereço e a gente marque o encontro direitinho, e você me aparece com um monte de vacas da assistência social.

— Eu não faria isso. Por que faria uma coisa dessas?

— Para constranger o Sr. Cheio da Grana, para destruir as coisas entre nós dois, para pegar sua pequena aberração sem me deixar ficar com o que eu quero.

— Eu não me arriscaria — protestou ele. — Não haveria garantia de que as assistentes me deixariam ficar com a criança. O acordo que você propôs é bom. Não a odeio o bastante para pôr em risco o trato.

— Eis o que *eu* estaria arriscando, Bry. Não é só toda a grana que algum dia eu venha a querer. Se alguma dessas vacas tiver a chance de perguntar a Piggy como a mamãe cuida dela, Piggy não vai mentir. Ela vai gaguejar a verdade daquele jeito idiota e elas não vão achar que o que fiz com a garota era tão divertido, embora tenha sido.

Ele não ousou perguntar os detalhes das crueldades que ela impusera à filha deles. Brian se deu conta pela primeira vez de que se ele tomasse conhecimento de todos os fatos, poderia acabar matando aquela mulher. Uma hora antes, ele teria pensado que não seria capaz de cometer um homicídio. Agora já não estava tão seguro disso.

— Então, como vai ser? — perguntou ele.

— Você e Amy virão até nós pouco a pouco. Sem saber qual é o último passo e o endereço até pouco antes do encontro.

— E imagino que estaremos sendo vigiados a cada passo do caminho.

— O que realmente aborreceria meu homem gostoso e rico seria vê-lo aparecer com uma equipe de algum canal de TV sensacionalista. Ele não é uma celebridade, mas tem um nome muito conhecido. Possui uma reputação que aqueles débeis mentais adoram explorar e depois pisar todinha. O primeiro passo é: vá a Santa Bárbara hoje à noite.

— Pense bem — disse Brian. — Eu tenho tudo a perder e nada a ganhar tentando passar a perna em você. Você tem todos os motivos para confiar em mim.

— Todos os motivos? Será mesmo? Eu confiei em você para me dar um bebezinho rosado e o que você me deu foi uma aberração e ainda arruinou dez anos da minha vida. Não há ninguém em quem eu tenha menos razão para confiar, Bry.

A posição dela era irracional, mas isso não o surpreendia. Qualquer tentativa de racionalizar com ela sobre aquilo seria tão insensata quanto ordenar às ondas que parassem de quebrar na praia.

— Preciso falar sobre isso com Amy — disse ele. — Não posso decidir por ela.

— Ah, tenho certeza de que ela vai concordar. É tão louca por cachorros. Diga a ela que tem uma cachorrinha apavorada, chamada Piggy, que precisa ser resgatada. Mas é melhor me enviar um e-mail dentro de uma hora.

— Uma hora não é o suficiente.

— Elaborei isso com o Sr. Cheio da Grana, mas ele pode acabar mudando de ideia — disse ela.

Vanessa desligou.

Brian se virou para Amy.

— Olhe só para você — disse ela.

Um suor frio molhava sua nuca. Ele calculou que o sangue tinha se esvaído de seu rosto porque sentia os lábios meio entorpecidos.

— Parece a Morte — disse Amy. — A Morte procurando alguém para abater e levar embora.

CAPÍTULO 40

— TRANQUILO FEITO BRISA — DIZ HARROW.

Descendo do banco da cozinha, de onde fizera a ligação, sentando-se na frente dele à mesa, ela diz:

— Brian sempre foi fácil.

— Brisa morna.

Assim como a Lua atrai as marés, ela parece exercer gravidade sobre a luz das velas que se inclinam em sua direção.

— Quanto tempo você se preparou para isso? — pergunta ele.

— Não me preparei. Só joguei contra ele.

— Contra ele, não. *Jogou com* ele.

Ela sorri.

— Como se tocasse um flautim.

— A esta altura ele já devia conhecer você.

— Eu não era assim tão eu naquela época.

— Você nunca foi menos.

— Nunca fui criança?

— Foi?

Ela não responde.

— Quando você aprendeu?

— Você quer dizer a mentir assim?

— Você faz poesia da mentira.

— Comecei a aprender na teta da mamãe.

— Você nunca me falou da sua mãe.

— Ela morreu.

— Que mais?

— Que mais poderia haver?

Ele a observa sorver o vinho tinto. Parece preto em seus lábios, e então ela o lambe.

O relacionamento deles chegou a um novo patamar. A expectativa do que está por vir lhes dá uma maior sensação de destino compartilhado.

Entretanto, Harrow sente que ainda não pode lhe perguntar por que ela ficou com Piggy durante todos esses anos e por que teve uma filha quando acredita, e certamente acredita, que nada importa além do eu, do momento e da excitação.

— E o seu pai?

— Ele era o maior dos mentirosos.

— O que ele fazia? — pergunta Harrow.

— Nada que não quisesse fazer.

— Meu tipo de cara.

— Ensinava história.

— História é mentira?

— Do jeito que ele ensinava, é.

— Ele ainda ensina?

— Morreu.

— Os dois morreram cedo.

— É.

Harrow toma um pequeno gole de vinho. Nunca bebe muito na companhia dela.

— Incrível ver você falar tanto ao telefone.

— Com qualquer um, muita conversa sempre quer dizer que é mentira.

Ela está querendo dizer que não mente para Harrow.

— Estou me lembrando de dois meses atrás, de Karen e Ron — diz ele.

— Que casal divertido.

Eles tinham 20 e poucos anos, aventureiros, mochileiros, cruzando o país a pé.

— Você parecia uma matraca perto deles — diz Brian.

Um livro guia levou Karen e Ron a essa enseada remota e pitoresca. Carregavam varas de nogueira, apetrechos caros, tinham aparência jovial e atraente, além de uma paixão pela natureza.

— As mulheres são frias comigo — diz ela.

— Porque os homens delas são quentes.

Luna fez mais que abrir suas comportas de charme. Fez pose de lésbica discreta e sutil, mas repetidamente deu investidas em Karen.

— Coitada da garota, ficou tão aturdida.

— Mas lisonjeada — diz Harrow. — Mesmo não sendo a dela, ficou lisonjeada por você a desejar, e aliviada por não desejar Ron. Você a desarmou.

— Ficamos muito amigas, eu e Karen.

O casal pediu para acampar na praia por uma noite e os quatro desfrutaram de um piquenique junto às ondas, iluminado por lampiões.

Karen e Ron não perceberam que seu vinho e o dos anfitriões eram servidos de garrafas diferentes.

Mais tarde, uma dor lancinante os despertou para as estrelas indiferentes, a Lua gelada, a sereia de luz prateada e os olhos tão verdes quanto o mar ártico de sua anfitriã.

— Ron era chato — diz ela.

— Ele se abateu muito depressa.

Harrow participa dessas cerimônias só quando ela pede sua assistência. Só de observar ele tem mais que o suficiente para ficar entretido e ocupado.

— Karen era interessante — diz ela.

— Um marshmallow assado — concorda Harrow.

Mentalmente, ele vê Luna naquela noite, como uma deusa asteca aceitando os sacrifícios feitos em sua homenagem.

— Karen não desistia de ter esperança — diz ela.

— Bem, no fim desistiu.

— Demorou a chegar ao fim.

Luna bebe vinho sem cautela. Não teme Harrow. Além disso, mesmo quando está inebriada, seus sentidos ficam aguçados e os reflexos, estranhamente rápidos, como ele já viu.

— Por que eles têm esperança? — pergunta ela.

— Nem todos têm.

— Os que têm, por quê?

— Não têm nada mais.

— Mas esperança é uma mentira — diz ela.

Quando olha para as velas, as chamas saltam nos avermelhados copos votivos e ela sorri.

Ele já a viu fazer isso antes e lhe perguntou como comanda as chamas, mas ela nunca responde.

Tirando os olhos das velas e dirigindo-os a Harrow, ela diz:

— Ter esperança é mentir para si mesmo.

— A maioria das pessoas sobrevive do autoengano.

— Elas não têm nada.

— Ninguém tem nada.

— Ah, *nós* temos algo. Eles.

Ela olha novamente para as velas, sorri e fitas de chamas se retorcem, se desembaraçam e voltam a se enrolar nos pavios.

Harrow acha que ela usa um truque de respiração, mas nunca viu suas narinas se moverem ou seus lábios a traírem.

— Uma coisa não é mentira — diz ele. — O poder.

— Brian está mentido para si mesmo neste momento — diz ela.

— Tenho certeza de que está. O mundo sempre providencia os gravetos quando você necessita deles.

CAPÍTULO 41

ENQUANTO DIRIGIA, BILLY PILGRIM COLOCOU UM CHAPÉU de feltro verde de abas curtas estilo tirolês com uma peninha vermelha e dourada na faixa, e inseriu uma falsa jaqueta de ouro nos dois incisivos centrais superiores.

Quando encontrou o endereço que procurava e estacionou no meio-fio, rapidamente pôs um par de óculos com armação de chifre e grossas lentes de vidro.

Agora que a maioria dos celulares também eram máquinas fotográficas, nunca se sabia quando um transeunte intrometido podia tirar uma foto sua antes ou depois de um ato criminoso. A tecnologia digital contribuíra para uma falta de privacidade que ele considerava estarrecedora.

Billy não se considerava um mestre do disfarce, mas conhecia o básico da dissimulação e da camuflagem. Bastava uma simples fantasia para impedir a identificação facial em uma fotografia.

Um chapéu excêntrico de abas curtas e óculos escuros eram ótimas maneiras de mudar a aparência do rosto. As jaquetas de ouro lhe davam um ligeiro aspecto dentuço, o que fazia seu rosto parecer mais redondo do que era.

Ao sair do Land Rover, ele trancou a porta. Era um bairro chique, mas ele acreditava ser melhor tomar todas as precauções quando havia um cadáver sob uma coberta escondido em seu veículo.

As residências de classe média a média alta estavam em bom estado de conservação. A manutenção do paisagismo parecia ser benfeita e sua iluminação lhe dava um tom artístico e aconchegante, com postes de luz flanqueando os caminhos.

Embora ainda fosse cedo e o ar outonal estivesse agradável, nenhuma criança brincava nos jardins ou pedalava pela rua. Com pedófilos mais numerosos a cada ano e se organizando na internet para trocar dicas e técnicas de abdução, os pais mantinham seus filhos em rédea curta durante o dia e dentro de casa ao cair da tarde.

Billy não era pedófilo, mas era grato a eles. Até poderia ter alguma velha fofoqueira filmando-o de uma janela, desconfiada de que ele estivesse tentando atrair algum infante, mas pelo menos não havia meia dúzia de crianças hiperativas se agrupando à sua volta, cheias de curiosidade, perguntando por que usava aquele chapéu, se era um alpinista, se realmente perdera os dentes da frente num acidente de escalada — que era como às vezes acontecia até oito ou dez anos antes.

Um homem de uns 60 anos atendeu a porta. Seu rosto lembrava a Billy algumas aves de rapina e dava a impressão de que ele acabara de comer dois camundongos vivos que se contorciam em seu estômago em vez de estarem mortos.

— Sr. Shumpeter?

— Não preciso de nenhum seguro.

— Eu sou Dwayne Hoover — anunciou Billy Pilgrim. — Telefonei hoje cedo sobre o Cadillac.

— O senhor parece um vendedor de seguros.

— Não, senhor. Meu trabalho é agenciamento de órgãos. Um dos meus trabalhos.

— O senhor veio aqui por causa do anúncio do carro.

— Sim, senhor. Telefonei mais cedo. Dwayne Hoover.

— Entre.

Billy seguiu Shumpeter até uma sala que confundia a vista com o excesso de padronagens florais e almofadas com franjas.

— A gente vende um carro usado para um negociante por uns meros tostões.

— Eu pago em dinheiro vivo, Sr. Shumpeter.

— Depois eles dão as costas e o vendem por um preço ridículo.

— Às vezes temos que evitar o intermediário — concordou Billy.

— Como eu disse ao telefone, o carro era da minha mulher. Ela morreu. Estou viúvo há quatro meses.

— Sinto muito pela sua perda, senhor.

— A perda foi minha primeira mulher. Pauline foi a segunda. Nove anos. Me deixou com toda essa porcaria de mobília cheia de frescura.

— Lamento, mas não trabalho com mobília.

Shumpeter parecia se sentir solitário, mas Billy não podia ter certeza.

— Ela queria muito um Cadillac. Não me deixou descansar até conseguir um, aí ela morreu antes que o carro completasse um ano.

— Isso é tão triste — disse Billy.

— Então ele fica com essa grande depreciação e mal foi usado. Quero logo deixar uma coisa clara: não vou aceitar barganha.

— Achei razoável o preço anunciado, Sr. Shumpeter.

— Então venha dar uma olhada nele.

Contente, Shumpeter não o levou pelo caminho de fora até a garagem, mas pela sala de jantar, depois pela cozinha, fazendo Billy ter quase certeza de que não havia ninguém mais por ali.

A sala de jantar vicejava com padronagens de rosas, peônias e glicínias: estofados, toalha de mesa, papel de parede.

— E esse chapéu? — perguntou Shumpeter.

— Tirolês — disse Billy.

— Fui grão-mestre da maçonaria por anos, mas não se usa o barrete fora das funções da loja.

— Depois daqui estou indo a um encontro no clube — disse Billy.

— Nunca ouvi falar dos tiroleses.

— Somos relativamente novos. Um clube social, mas também queremos fazer alguma diferença. Estamos pesquisando a cura para o câncer de próstata.

— Tofu — disse Shumpeter. — Coma tofu três vezes por semana e nunca terá câncer de próstata.

— Os caras vão ficar tristes ao saber disso. Precisaremos encontrar outra doença. Senhor, preciso lhe dizer que esta casa é encantadora. Cozinha fantástica.

— Estou vendendo. Era muito grande só para nós dois, mas ela cismou de morar aqui, agora não há dúvida de que é grande demais só para mim.

— Deve ser difícil ficar sozinho com todas as memórias.

— Também não vou usar um desgraçado de um corretor imobiliário. Ficam com 6 por cento e tudo que a gente consegue é porcaria.

Billy seguiu Shumpeter por uma área de serviço, onde o viúvo pegou um molho de chaves, até a garagem. Uma Mercedes nova estava ao lado do Cadillac de 1 ano.

Percebendo a surpresa de Billy, Shumpeter disse:

— Ela deixou um seguro de vida. O infeliz do Imposto de Renda não tira nada do seguro de vida.

Fazendo sinal de aprovação diante do Cadillac, Billy disse:

— É muito bonito.

— Não quero nenhum segredo. Ela morreu aí dentro. Derrame fulminante, partiu em dois minutos.

— Isso não me assusta, Sr. Shumpeter.

— Ela não perdeu o controle do intestino nem da bexiga, nada disso, portanto não há motivos para pechinchar.

— Não quero pechinchar. É exatamente o que estou procurando.

Shumpeter sorriu e seu rosto não lascou.

— Corretor de órgãos, o senhor disse, Sr. Hoover. Tipo pianos, teclados?

— Não, senhor. Tipo rins, fígados, pulmões.

— Ah! O senhor é médico.

— Não, sou um intermediário. Com nossa população envelhecendo cada vez mais, é um negócio promissor. O senhor mesmo vai precisar de um coração.

Shumpeter arregalou os olhos:

— Baseado em quê o senhor chegou a esse diagnóstico?

— Ele bateu no peito. — Tenho 60 anos, mas sou vegetariano há quarenta, nada de gordura animal na minha alimentação; em suma, colesterol zero.

— Bem, como agenciador de órgãos, posso lhe dizer, as estatísticas mostram que vegetarianos cometem mais suicídio do que carnívoros.

Shumpeter franziu o cenho.

— Já li isso, e dizem que também somos vítimas de homicídio com mais frequência do que os carnívoros. Bobagem. É a indústria da carne que compara falsas pesquisas, nada além de propaganda. — Ele cerrou os punhos e encheu o peito, proclamando sua boa forma física. — Quando este Cadillac estiver pronto para o ferro-velho, ainda estarei satisfazendo as damas.

— Disso eu não sei — disse Billy —, mas com certeza isto iria agradar sua mulher. — Ele sacou a pistola com o silenciador e atirou no coração de Shumpeter.

Arrastou o cadáver até a frente da Mercedes, onde não poderia ser visto da rua, pegou as chaves do carro que caíra da mão do morto e abriu a porta da garagem.

Depois de dar ré no Cadillac pela entrada da garagem e estacioná-lo no meio-fio, Billy pôs o Land Rover em seu lugar. Fechou a porta da garagem para o caso de algum pedófilo estar andando por ali e ver o que fazia.

Abriu as quatro portas do Land Rover para dar vazão à explosão inicial.

A única coisa que tirou da picape foi o saco de plástico branco que continha o que Vernon Lesley apanhara no bangalô da mulher e as identidades de Lesley, Onions e Georgie Jobbs.

Saiu da casa pela porta da frente, caminhou até a rua e sentou-se atrás do volante. Colocou o saco no chão, diante do assento do passageiro.

No final da quadra, virou à direita, depois outra vez à direita no cruzamento seguinte. Na rua paralela à de Shumpeter e atrás de sua propriedade, Billy estacionou em frente a duas casas onde outras famílias se preocupavam com suas próprias alegrias e problemas.

Tirou o chapéu tirolês e os óculos com armação de osso. Guardou as jaquetas de ouro. Adeus, Dwayne Hoover.

Saiu do Cadillac, foi até a calçada e tirou um controle remoto do bolso do casaco.

Entre essas duas belas residências, ele conseguia ver o teto da casa de Shumpeter na outra rua a oeste. Apontou o controle remoto, que tinha alcance suficiente para o serviço, apertou o botão e ouviu o som abafado da detonação inicial.

As duas malas fornecidas por Georgie Jobbs, que ele pusera no chão, atrás dos assentos do Rover, continham uma pequena carga de explosivos com propósito de ignição, mas a maior parte da carga era de uma substância altamente inflamável criada pelos magos dos armamentos da antiga União Soviética, que eram atualmente os magos dos armamentos da nova Rússia.

Novamente ao volante do Cadillac, Billy Pilgrim ficou observando o teto escuro da casa de Shumpeter na rua paralela.

Sua intenção não era explodir o carro e todas as evidências que ele continha. O mais importante era transformar tudo em cinzas e escória: os HDs dos computadores dos dois detetives, seus arquivos e agendas, além do cadáver de Georgie.

O material incendiário produziria temperaturas de até 23 mil graus, o que era menos da metade do calor na superfície do Sol, nada quente se comparado aos oito *milhões* de graus no centro do Sol. Mesmo assim, era quente o suficiente e duraria tempo o bastante para praticamente vaporizar tudo no Rover e reduzir o próprio veículo a aço fundido, do qual a marca, o modelo e o proprietário nunca poderiam ser identificados.

Nenhum vestígio restaria de Georgie Jobbs, nem sequer um fragmento de osso, nada além das boas memórias que Billy tinha dele.

Na outra rua, a noite ficou iluminada. As primeiras chamas se arremessaram pelo teto da garagem. Eram brancas com bordas azuis.

Billy saiu do bairro. A situação ali logo ficaria insustentável.

Quando Amy Redwing sumisse ou aparecesse morta, nada haveria na casa dele que a ligasse a sua vida anterior; consequentemente, as autoridades não teriam motivo para desconfiar do patrão de Billy pelo assassinato.

Vernon Lesley, que fizera a busca na casa de Redwing, estava morto, o homem que ele contratara para lhe dar apoio, Bobby Onions, estava morto, o homem que fizera a limpeza de qualquer possível referência a Redwing nos escritórios dos dois estava morto, e todos aqueles itens dos escritórios logo seriam fumaça, vapor e fuligem.

Se os bombeiros demorassem a chegar, as casas vizinhas também pegariam fogo com as chamas viajantes ou até poderiam se incendiar apenas pelo intenso calor que viria da residência ao lado.

Pela experiência de Billy, um serviço benfeito geralmente acarretava algum efeito colateral.

Ele seguiu na direção de Newport Beach. Embora estivesse com fome, podia esperar para jantar depois de fazer mais um serviço ali em Orange County, antes de ir para Santa Bárbara.

Ele e Gunther Schloss, que atirara em Lesley e Onions, jantariam juntos mais tarde, e depois Billy o mataria. Com a morte de Gunny, o penúltimo elo entre Redwing e o patrão de Billy estaria apagado.

A última ligação era ele mesmo. Esse fato não lhe escapara. Pensara muito sobre isso.

Em Santa Bárbara, ele reservara uma suíte de luxo num hotel em nome de Tyrone Slothrop, um pseudônimo que nunca usara, que estava guardando para uma ocasião especial.

Billy gostava de luxo extremo e tinha especial apreço por hotéis de alto nível, cujas extravagâncias deixariam Luís XVI e Maria Antonieta, se tivessem a oportunidade de experimentar tais estabelecimentos, constrangidos pela comparativa pobreza de sua vida no palácio.

Em Newport Beach, Billy estacionou na esquina do prédio onde ficavam o escritório e o apartamento de Brian McCarthy.

CAPÍTULO 42

MILLIE E BARRY PACKARD, QUE CONCORDARAM EM FICAR com Fred e Ethel por uma ou duas noites, moravam numa casa de madeira num pequeno outeiro acima da praia.

A porta da frente estava destrancada, como tinham dito a Amy que estaria. Ela e Brian seguiram Fred, Ethel e Nickie pela casa até o pátio dos fundos, onde Millie se sentava a uma mesa de teca, sorvendo um martíni sob a mágica luz de lampiões a gás com vidros prismáticos.

Esbelta, 1,57 metro, cabelo louro, curto e arrepiado, olhos grandes, Millie possuía um glamouroso ar élfico e dava a impressão de ter acabado de chegar de uma produção de *Peter Pan*, em que interpretara o protagonista. Estava na casa dos 50, talvez velha demais para o papel, embora seja provável que nessa idade Mary Martin ainda o interpretasse nas reapresentações da Broadway.

— Freddie querido, minha amada Ethel — exclamou quando os dois cães foram direto até ela, caudas abanando, confiantes de que ganhariam carinho nas orelhas e no queixo. — Vocês estão fabulosos como sempre, mas por que não fizeram um drinque para seus velhos antes de trazê-los para cá?

— Não precisa se levantar — disse Amy, se inclinando para beijar a face de Millie.

— Meu docinho de coco, eu nunca me levanto para a família, só para pessoas de quem não gosto, pois assim posso lhes preparar uma bebida bem fraca que os deixe loucos para ir embora.

As duas eram família por serem diretoras da Golden Heart e por ambas babarem por goldens.

— Brian, meu bem, você sabe onde estão as bebidas. Estamos sem azeitonas, o que é uma tragédia de proporções épicas, mas estamos encarando bem isso porque somos americanos.

— Não podemos ficar mais de um minuto, Millie. Precisamos pegar a estrada — disse Brian, depois de se inclinar para também beijá-la.

— Meu Deus, você é um jovem tão bonito. Não pode ser natural. Não devia começar a fazer plástica tão cedo. Quando chegar aos 60, sua boca estará esticada de orelha a orelha.

— Onde está o Barry? — perguntou Amy.

— Na praia com os cachorros. Só foi dar uma caminhada. Nada de travessuras nas ondas. Já é tarde para escovar areia do pelo e os cães precisariam de uma arrumada também.

Fred e Ethel localizaram o trio na areia lá embaixo. Apressaram-se até a beira do pátio. Por mais que quisessem se lançar encosta abaixo até o mar, não o fariam sem permissão.

Ao perceber Nickie, os olhos de Millie se arregalaram de encanto.

— Amy, você tem razão, ela é uma beleza. Venha cá, criatura fabulosa. Sou a tia Millie. Nada do que lhe contaram a meu respeito é verdade.

Enquanto Nickie e Millie faziam charme uma para a outra, Amy observava Barry na praia com Daisy e Mortimer.

Terminada a brincadeira, os cães iam andando preguiçosamente ao longo da costa, farejando conchas, pedaços de madeira, moitas, ouriços-do-mar, medalhões de vidro de garrafa alisados pelo oceano, coisas deixadas pela última maré alta e a serem levadas pela próxima.

Milhões de fragmentos da Lua estilhaçada batiam nos cavados e cristas de uma arrebentação baixa, enquanto o quebra-cabeça se montava por conta própria nas calmarias entre grupos de ondas, consertando a esfera prateada que tremeluzia nas correntezas, se retorcia e mais uma vez se separava.

Os ritmos do mar, o meio milhão de quilômetros de luz da Lua e a companhia dos cães inspiravam uma sensação de atemporalidade, de paz, da profunda graça à espera de ser descoberta quando o ruído da vida diária se aquieta.

Amy teve a desconfortável sensação de que aquele momento tranquilo poderia ser o último que teria em muito tempo, se não para sempre.

Talvez por tê-los visto no pátio, Barry Packard subiu, sendo precedido pelos cães.

Dentre todas as boas qualidades dos Packard, a que Amy mais admirava era a compaixão que revelavam na escolha de seus cachorros. Só adotavam goldens com necessidades especiais, que eram os mais difíceis de encontrar um lar definitivo.

Quando era filhote, com poucas semanas, Mortimer foi encontrado numa lixeira, jogado fora porque tinha espinha bífida e estava paralisado da cintura para baixo. Embora tratado como lixo, ele podia se considerar sortudo, pois poderia ter sido afogado num balde antes de ser jogado no lixo.

Após ser examinado por três veterinários, Mortimer foi considerado gravemente deficiente para ser salvo. Recomendaram sacrificá-lo.

Em seu rosto expressivo, no porte dócil e alegre, Amy não vira uma inconveniência, mas uma alma tão luminosa quanto qualquer outra.

No início, Mortimer conseguia caminhar com as pernas da frente, mas só arrastava as de trás. Uma cirurgia para remover a perna esquerda irremediavelmente deformada, seguida de semanas de fisioterapia, resultou num cachorrinho trípode, que não só conseguia andar sem arrastar o traseiro, como também *correr* com uma desenvoltura tão peculiar quanto veloz.

Agora com 5 anos, Mortimer era um cachorro com certificado de terapeuta. Millie o levava aos hospitais infantis para visitar crianças doentes e deficientes que se inspiravam, todas elas, com a coragem e o contentamento do cão.

Daisy era cega. Navegava pelo som, odor e instinto, mas também ficando perto de Mortimer, seu guia de confiança e bom companheiro.

O trípode Morty e a cega Daisy subiam as escadas que cortavam a encosta florida com o mesmo entusiasmo de qualquer golden ao perceber que havia visitas.

Geralmente, suas caudas abanando em alta velocidade os levavam diretamente a Amy e Brian, mas ao chegarem ao pátio e encontrarem Nickie, aconteceu uma coisa notável.

Morty congelou, Daisy também, as caudas ficaram paralisadas, mas em pé, cabeças para cima, orelhas levantadas. Como Fred e Ethel, esses dois não correram até Nickie para o usual cumprimento entre cachorros.

Primeiramente, Mortimer deu um passo à frente, hesitante, depois Daisy. Aproximando-se de Nickie, Morty inclinou a cabeça e Daisy fez o mesmo em seguida.

Mortimer deitou-se sobre a barriga e, desajeitado, rastejou os últimos centímetros que o separavam de Nickie. Daisy, sentindo o que ele tinha feito, seguiu seu exemplo.

Quando eles a alcançaram, Nickie abaixou a cabeça para Mortimer e, como se ajeitasse o próprio filhote, começou a lamber seu rosto carinhosamente.

Olhos fechados, ele ficou parado, parecendo extasiado, a cauda varrendo os tijolos do chão. Não retribuir os beijos era um comportamento anormal.

Após meio minuto, tendo acabado com Morty, Nickie voltou sua atenção para Daisy e lambeu o rosto dela, como se fosse uma mãe cuidando do recém-nascido. Daisy fechou os olhos sem visão e suspirou contente.

Fred e Ethel tinham esperado para cumprimentar os velhos amigos, os cães deficientes dos Packard, como se a presença de Nickie exigisse novos protocolos. Ficaram por perto, observando atentamente.

Subindo as escadas logo atrás dos goldens, Barry Packard testemunhou a estranha cerimônia. Homem corpulento, com um peito em forma de barril e muito bem-humorado, ele costumava chegar fazendo graça e distribuindo apertos de mãos e abraços. Dessa vez, ele estava parado em silêncio, intrigado com o comportamento dos cães.

Martíni esquecido, Millie se levantara para conseguir uma melhor visão dos acontecimentos.

Amy percebeu que as atitudes dos cães não eram as únicas responsáveis pelo clima extraordinário do momento.

Uma quietude caíra sobre a noite, como se um grande sino tivesse descido sobre a casa e o pátio. Os sons de fundo, de que ela só estava meio consciente, uma música distante vinda da casa de algum vizinho, a risada de outra, o canto animado dos sapos na praia, tudo silenciou. Até mesmo a baixa arrebentação, embora não mais baixa ou menos frequente do que antes, parecia se dissolver sobre a areia com menos exuberância, quase num sussurro.

Os vidros prismáticos dos seis lampiões a gás tinham espalhado arco-íris tremeluzentes pelo teto branco do pátio e borrifavam moedas de luz pelas cadeiras, mesas e rostos, mas certamente as cores nunca haviam sido tão intensas como agora.

A imaginação pode ter colaborado para a impressão de Amy de que o ar continha uma nova e sutil energia, semelhante à atmosfera temerosa sob nuvens de tormenta antes do primeiro relâmpago. Mas não foi a imaginação que a fez sentir os finos pelos dos braços e da nuca se arrepiarem como que respondendo à flauta silenciosa de eletricidade estática.

Mortimer levantou-se sobre as três patas e a cega Daisy, sobre as quatro. Os cinco cães se entreolharam, arreganhando os dentes, abanando as caudas, mas ainda num inexplicável estado de êxtase.

Numa voz que para ele era estranhamente controlada, Barry Packard disse:

— Eu conheci um garoto na faculdade, Jack Dundy. Um cara festeiro. Vivia para tomar cerveja, jogar cartas, arranjar garotas e dar risada. Não ligava a mínima para os estudos. Vinha de uma família endinheirada, era mimado, irresponsável, mas mesmo assim era simpático para caramba.

Qualquer que fosse a história que Barry estivesse contando, parecia não ter ligação com o que acabara de acontecer com os cães. Apesar disso, Amy ainda sentia um arrepio nos braços, na nuca, no couro cabeludo.

— Num domingo à noite, voltando para a faculdade depois de um fim de semana em casa, a umas duas quadras do campus, ele viu um incêndio num apartamento térreo de um prédio de três andares. Ele foi até lá, gritando *fogo*, bateu nas portas, enquanto o lugar se enchia de fumaça com a maior rapidez.

Amy achou que até os cães estavam atentos à história.

— Dizem que Jack saiu do prédio três vezes levando gente consigo antes da chegada dos bombeiros, salvou pelo menos cinco crianças cujos pais tinham ficado presos e morrido. Ouviu outras crianças gritando, entrou uma quarta vez, mesmo tendo escutado as sirenes se aproximando, subiu até o terceiro andar, quebrou uma das janelas, atirou duas menininhas para as pessoas que estavam com cobertores para apará-las no gramado lá embaixo, voltou para dentro para pegar outra criança, mas não conseguiu chegar até a janela, morreu lá dentro, queimado a ponto de não ser reconhecido.

Os sons noturnos começavam a voltar. A música distante de outra casa. A melodia dos sapos na praia.

— Eu não conseguia entender como o Jack Dundy que eu conhecia, preguiçoso e festeiro, o riquinho mimado, sempre pronto para bancar o palhaço, podia ter feito algo tão incrivelmente heroico e altruísta. Por muito tempo fiquei com a impressão de que eu não só nunca tinha entendido Jack Dundy como também não entendia nada do mundo; tive a impressão de que nada era tão simples quanto parecia, como se eu fosse um ator e acabasse de descobrir que estava numa peça de teatro, nada além de cenários pintados à minha volta e algo mais por trás do cenário do palco.

Barry silenciou, piscou e olhou em torno como se por um momento tivesse se esquecido de onde estava.

— Fazia anos que eu não pensava em Jack Dundy. Por que será que me veio à mente agora?

Amy não tinha a resposta, mas, por razões que não conseguia articular bem, a história parecia apropriada para aquele momento.

De repente cães eram novamente cães, cada um deles procurando pelo toque de mãos humanas e pela fala macia a lhes dizer que eram lindos e amados.

O oceano recuou para o negrume. Mais negrume estava atrás da Lua, e ainda mais atrás das estrelas.

Amy se ajoelhou para acariciar a barriga de Daisy, mas como a cachorra cega não podia retribuir o olhar, voltou-se para Nickie, que a observava.

Em sua memória, o bando de gaivotas voou sobressaltado com um ressoar ensurdecedor de asas, as penas brancas resplandecendo diante do raio deslizante do farol, soltando seus gritos agudos enquanto subiam, gritando como se testemunhassem o horror lá embaixo, como se clamassem *Assassinato! Assassinato!*, enquanto Amy segurava a arma com as duas mãos, de pé sobre a neve manchada de sangue, gritando com os pássaros.

CAPÍTULO 43

BILLY PILGRIM PASSOU DUAS VEZES PELO PRÉDIO QUE ABRIgava o escritório e o apartamento de Brian McCarthy. As janelas estavam escuras nos dois andares.

O patrão confirmara por telefone que o negócio fora acertado. Era evidente que a essa altura McCarthy e Redwing estavam na estrada rumo a Santa Bárbara.

Billy voltou ao Cadillac em que Pauline Shumpeter morrera de derrame fulminante sem se sujar. Ousadamente, estacionou no terreno ao lado do prédio de McCarthy.

Após colocar luvas de látex, saiu do carro e subiu as escadas externas até a porta do apartamento.

Precisava das luvas porque não pretendia reduzir o lugar a metal fundido e fuligem com exóticas armas incendiárias russas. Teria *preferido* deixar impressões digitais e depois queimar o prédio, pois suas mãos suavam com luvas e, além disso, ficava se sentindo um proctologista.

Com uma pistola de abrir fechaduras, ele tirou o pino da cavilha em vinte segundos, entrou, fechou a porta e ficou escutando o possível som de alguém que talvez tivesse de matar.

Billy não costumava matar duas pessoas no mesmo dia e ainda ajudar no assassinato e remoção de outras duas. Se esse fosse o dia de levar o filho ao trabalho e se ele tivesse um, o garoto teria chegado à conclusão de que o trabalho do papai era muito mais glamouroso do que realmente era.

Às vezes passavam-se meses entre as matanças. Billy podia ficar um ano, até dois anos, sem ter de acabar com um amigo feito Georgie Jobbs ou um completo estranho, como Shumpeter.

Claro, em sua linha de trabalho, todos os dias exigiam uma comissão de delitos, mas em sua maioria não eram crimes capitais que poderiam lhe render uma injeção letal e enterro custeado por dinheiro público.

Os episódios da vida raramente tinham a contagem de corpos dos bons romances do gênero "nada-faz-sentido-e-tudo-é-tolice", razão pela qual Billy ainda lia tantos livros mesmo após todos esses anos.

Era desalentador que a vida real também não fosse tão sem sentido como a retratada por seus autores favoritos. Vez ou outra, algo acontecia que sugeria configurações significativas nos acontecimentos ou ele encontrava alguém cuja vida parecia ser cheia de propósito.

Nessas ocasiões, Billy se recolhia com seus livros até que suas dúvidas se aquietassem.

Caso seus livros favoritos não conseguissem encorajar uma total renovação do seu confortável cinismo, ele mataria a pessoa cuja vida parecera significativa, o que deixava imediatamente comprovado que o significado fora uma ilusão.

O apartamento continuava silencioso e por fim Billy foi de cômodo em cômodo, acendendo as luzes.

Não gostava da decoração minimalista. Muito zen. Muito calmo. Nada ali era real. A vida era um caos. Aquela decoração não era autêntica.

Decoração autêntica era uma velha enlouquecida convivendo com cinquenta anos de jornais diários e milhares de sacos de lixo empilhados pela residência, o marido morto havia 12 anos no sofá da sala de visitas e 26 gatos com diversos distúrbios apopléticos. Decoração autêntica são cascas de edifícios demolidos, prédios cheios de putas viciadas em crack e qualquer coisa em Las Vegas.

Billy amava Las Vegas. Suas férias ideais, que não costumavam ser frequentes, consistiam em ir a Vegas com 2 mil em dinheiro vivo, perder metade nas mesas, recuperar as perdas, depois perder tudo que tinha e matar um total estranho escolhido ao acaso ao sair da cidade.

No escritório irritantemente arrumado e sem neon do apartamento de McCarthy, Billy retirou o HD do computador, levou-o consigo e foi até a porta da frente. Quando fosse para Santa Bárbara, essa peça ficaria no porta-malas do carro. Mais tarde ele a inundaria com materiais corrosivos e a incineraria num crematório.

O arquiteto fora instruído a levar o laptop consigo. Billy também teria de destruí-lo após a morte de McCarthy.

De volta ao escritório, ele deu uma busca no armário de arquivos e encontrou todos os e-mails impressos que Vanessa enviara ao arquiteto ao longo dos últimos dez anos. Embora a cesta de papel fosse grande, aquela papelada a encheu até a borda e foi colocada na porta da frente.

Como McCarthy podia ter salvado os velhos e-mails em disquetes ao atualizar o computador, Billy procurou nas caixas desses, mas não encontrou nada que precisasse ir para o lixo, a julgar pelas etiquetas de identificação.

Seu propósito ali era eliminar qualquer coisa que pudesse levar a polícia até Vanessa após o desaparecimento de McCarthy.

No escritório e no quarto, ele também procurou por um diário. Não achava que fosse encontrar.

Assim como com literatura, decoração autêntica, férias ideais e tantas coisas, Billy Pilgrim tinha uma teoria sobre diários.

Era mais provável que as mulheres julgassem suas vidas significativas o bastante para requerer um registro diário. Na maior parte não era o tipo de significado Deus-está-me-levando-a-uma-jornada-assombrosa, e sim o sentimentalismo preciso-ser-eu-mas-ninguém-liga-para-mim, mas elas geralmente param de manter o diário quando chegam aos 30 porque a essa altura já não querem ponderar sobre o sentido da vida, pois isso as deixa desesperadas.

Não encontrou diário algum no apartamento de McCarthy, mas se deparou com um monte de folhas de papel cheias de esboços e desenhos detalhados, em sua maioria retratos. Isso sugeria que o arquiteto almejava não ser um projetista de edifícios, mas um artista plástico.

Desenhos a lápis se espalhavam pela mesa da cozinha. Um deles era um retrato impressionante de um golden retriever. Alguns eram estudos dos olhos do cachorro sob diferentes condições de iluminação. Outros eram padrões abstratos de luz e sombra.

Billy ficou logo fascinado pelos desenhos, pois percebeu que durante sua criação o artista estivera submerso em caos emocional. Billy era um conhecedor do caos.

Ficou ao lado da mesa olhando os desenhos e pouco depois se viu sentado numa cadeira, sem se lembrar de ter sentado. O relógio da parede lembrou-o de que estava observando os desenhos havia mais de 15 minutos, quando podia jurar não terem se passado mais de dois ou três.

Mais tarde, ainda encantado com as obras de arte, se sobressaltou ao sentir sangue lhe escorrendo pelo rosto.

Sem qualquer dor, intrigado, Billy levou a mão ao rosto e apalpou as faces, a testa, procurando o ferimento, que não conseguiu encontrar. Ao olhar para os dedos, eles cintilavam com um líquido claro.

Ele reconhecia essa substância. Eram lágrimas. Em sua linha de trabalho, ele às vezes reduzia as pessoas a lágrimas.

Havia 31 anos que Billy não chorava, desde que lera um longo romance tão brilhante que drenara seus últimos estoques de tristeza e solidariedade pelos seus semelhantes. As pessoas nada eram além de máquinas de carne. Não dava para ter pena de nenhuma, nem pela máquina, nem pela carne.

Aquele mesmo romance o fizera dar tantas gargalhadas e por tanto tempo diante da insensatez e da burrice sem medidas da humanidade que ele também utilizara a última cota de lágrimas e risos que lhe cabia nesta vida.

Essas novas lágrimas deixaram Billy perplexo.

Elas o deixaram surpreso, atônito.

O pavor deixou suas mãos úmidas e grudentas.

As luvas de látex recobertas por uma camada de talco estavam viscosas de suor, que escorregava e vazava em seus pulsos, umedecendo-lhe os punhos da camisa.

Se aquelas lágrimas fossem de riso, um lubrificante preparatório para uma explosão de gargalhadas, ele podia tê-las aceitado. Mas ele não sentia gargalhada alguma surgindo dentro de si.

Seu desdém pela humanidade continuava tão puro que ele sabia que aquelas lágrimas não podiam ter se inspirado no grande horror cômico da condição humana.

Só uma outra possibilidade lhe ocorreu — que aquelas lágrimas corriam por ele próprio, pela vida que construíra para si mesmo.

Seu alarme se transformou em medo.

Autopiedade significava a sensação de estar errado, de que a vida não lhe fora justa. Só é possível ter uma expectativa de justiça se o universo operar segundo algum conjunto de princípios e no fundo for benigno.

Tal ideia era um redemoinho intelectual, um buraco negro que o sugaria e o destruiria se ele deixasse que sua força amedrontadora o capturasse por um momento mais.

Billy conhecia muito bem o poder das ideias. "Você é o que você come", ameaçavam os nutricionistas aos viciados em fast-food, e você também é as ideias que consome.

Com a sede de um beberrão, ele engolira a ficção de duas gerações de pensadores profundos e estava conservado como picles em suas ideias, *confortavelmente* conservado. Aos 51 anos, estava velho demais para se transformar de pepino em pepininho; estaria velho demais até mesmo aos 25.

Ele não sabia por que os desenhos o tinham levado às lágrimas.

Coração disparado, respiração ofegante como a de um homem em pânico, ele resistiu ao desejo de examiná-los mais para averiguar o motivo de seu extraordinário poder.

Tendo a própria felicidade e seu futuro em jogo, Billy reuniu os desenhos, levou-os até o escritório de Brian McCarthy e alimentou um triturador de papéis que estava ao lado da escrivaninha.

Quase convencido de que os desenhos se contorceram em suas mãos como se estivessem vivos, ele pôs o emaranhado de tiras de papel num saco de lixo verde-escuro que encontrou na cozinha. Mais tarde, em Santa Bárbara, queimaria os papéis picados.

Na hora em que levou o HD do computador, a cesta de lixo com os e-mails impressos e o saco de desenhos picados para o Cadillac e os acondicionou no porta-malas, seu ritmo cardíaco já tinha voltado quase ao normal e ele readquirira controle sobre a respiração.

Atrás do volante, tirou as nojentas e viscosas luvas de látex, jogando-as no assento de trás.

Secou as mãos nas calças, na jaqueta, na camisa e saiu correndo do perigoso antro de McCarthy.

Ao encontrar a entrada para a estrada, o fluxo de lágrimas tinha cessado e suas faces começavam a secar.

Ele desconfiou de que, para apagar de sua mente aquele incidente perturbador, a melhor coisa que poderia fazer era matar um total estranho escolhido ao acaso.

Às vezes, entretanto, até mesmo um ato criminoso aleatório precisava esperar por um momento mais propício. Billy já estava atrasado a caminho de Santa Bárbara e precisava compensar o tempo perdido.

CAPÍTULO 44

NA CASA DE AMY, BRIAN GUARDOU MAIS RAÇÃO E GULOSEI-mas do que iriam precisar para três dias. Colocou-os numa bolsa de feira com um comedouro, um bebedouro e outros utensílios para cães, enquanto Nickie pedia educadamente uma bocada.

No quarto, Amy escolhia roupas suficientes para dois dias, jeans e blusões, guardando-as numa sacola de viagem junto com sua SIG P245. Incluíra um pente totalmente carregado.

Nunca usara a arma desde que se mudara para a Califórnia.

Não tinha um motivo claro para supor que precisaria dela nessa viagem. Era evidente que Vanessa era uma mulher perturbada, intolerante e vingativa — até cruel, a julgar pelas provas em seus e-mails —, mas isso não a tornava uma homicida.

De fato, ela parecia egoísta demais para fazer qualquer coisa que pusesse em risco sua liberdade e, portanto, seus prazeres. Para assegurar uma vida de luxo e privilégio com o ricaço que evidentemente pensava mais com a cabeça pequena do que com a grande, ela tinha bons motivos para expedir essa transferência de custódia sem oferecer impedimentos.

Além disso, por mais que Vanessa tivesse sido uma péssima mãe, ressentida e cruel, não abandonara a menina nem a estrangulara na infância. De acordo com os noticiários da atualidade, mais bebês do que filhotes de cachorro acabavam descartados em lixeiras públicas. A década que passara cuidando da filha, não importava com que dose de relutância, parecia argumentar que pelo menos uma leve chama de responsabilidade ainda estava acesa na última câmara do escuro náutilo que era seu coração.

Abandonada numa igreja aos 2 anos, com um nome preso à blusa, Amy não tinha certeza de quem era e não podia dizer se os seus pais a tinham achado menos repulsiva do que Vanessa achou a menina a quem chamava de Piggy.

Aos 3 anos, saíra do orfanato Mater Misericordiae e fora adotada por um casal sem filhos, Walter e Darlene Harkinson. Legalmente ficara com o nome deles.

Ela só tinha uma vaga memória dos pais adotivos porque, apenas um ano e meio depois, o carro deles foi atingido por um caminhão de cimento. Walter e Darlene morreram instantaneamente, mas Amy sobreviveu, ilesa.

Aos 4 anos, duplamente traumatizada, uma vez pela fria rejeição, outra pela perda, Amy retornou ao orfanato, onde viveu até pouco antes do seu aniversário de 18 anos.

A jovem Amy Harkinson poderia ter ficado emocionalmente fragilizada e até psicologicamente prejudicada por toda a vida se não fosse pela sabedoria e bondade das freiras. Mas elas, apenas, não teriam conseguido recuperá-la.

Tão importante quanto elas fora o golden retriever que viera mancando em sua direção por uma encosta outonal, imundo e quase morto de fome, um mês após seu retorno ao Mater Misericordiae.

Com seu encanto, o cão conquistou residência permanente no orfanato. E devido a uma misteriosa inclinação, criara laços mais fortes com Amy do que com qualquer outra pessoa e se tornara para ela uma irmã e o principal curativo para seu coração.

Curiosamente, o que agora inspirava Amy a incluir a pistola em sua mala não era a bruxa do e-mail que atormentara Brian, mas esse novo golden retriever que, menos de um dia antes, entrara em sua vida com um ar de mistério e um olhar direto, lembrando muito o cão que, tempos antes, trouxera significado à sua vida e possivelmente fora sua salvação.

Ela conhecera o terror, a perda e o caos, mas sempre encontrara pelo menos uma frágil paz após o terror, esperança após a perda e uma ordem ao despertar do caos. Na verdade, era sua visão de uma ordem que a possibilitara seguir em frente.

A franqueza do olhar de Nickie, os belos e sofridos olhos violeta de Teresa, os desenhos dos olhos do cão feitos por Brian, a vívida piscada da avó dele no sonho, o olho luminoso do farol repetidamente se inflamando em sua memória após todos esses anos, o cego Marco nas Filipinas (real ou não), a cega Daisy ao lado do trípode Mortimer. *Olhos, olhos, abra os olhos*, dizia o padrão.

O único perigo físico que enfrentara recentemente fora Carl Brockman com sua barra de ferro, e aquela ameaça passara. Mesmo assim, ela lia o padrão recorrente desses olhos como se tivessem um significado urgente e medonho.

Entre outros padrões recentes, houvera diversos incidentes de estranhos efeitos de luz e sombra, lembrando-a de que há coisas tanto visíveis quanto invisíveis.

No cenário que agora se apresentava, havia algo invisível à espreita.

Até que seus olhos estivessem totalmente abertos ou que as configurações se comprovassem benignas e suas interpretações, enganadas, ela acreditava que levar sua pistola e o pente reserva na mala era prudente.

Ela contara a Brian que levaria a arma. Ele simplesmente fizera que sim, como quem diz *E por que não?*.

Da mesma forma, nenhum dos dois questionara a ideia de levar Nickie. De todas as configurações da teia atual, aquela que se entrelaçava em todas as outras era a de *cães*, e esse em particular.

Embora usassem o Expedition de Amy, era Brian que dirigia, porque ele é que havia dormido mais recentemente — apesar de seu sono ter sido perturbado por um tornado —, e porque Amy queria pensar sem distrair-se com o tráfego.

Tinham baixado o encosto das duas filas dos assentos traseiros, permitindo que Nickie ficasse logo atrás deles na área de carga agora bem espaçosa.

Quando Brian começou a se afastar do bangalô, Amy teve a impressão de ter visto o rostinho pálido de Teresa numa janela da casa de Lottie Augustine.

— Espere, pare — disse ela.

Brian freou, mas quando Amy olhou de novo para trás, uma cortina caiu sobre a vidraça e o rosto sumiu.

— Nada, vamos embora — disse ela, após certa hesitação.

Quadra após quadra, rua após rua e subindo a rampa para a autoestrada, ela continuou olhando pelo espelho retrovisor lateral e se inclinando entre os assentos para conseguir uma visão melhor da janela de trás.

— Ninguém está nos seguindo — comentou Brian.

— Mas ela disse que estaríamos sendo vigiados.

— Não precisam nos vigiar agora. Sabem que estamos indo para Santa Bárbara. Lá, sim, podem pôr alguém atrás de nós.

A hora do rush já passara. O tráfego rumo ao norte continuava pesado, mas os carros andavam rápido. A rodovia era um tear urdindo sem cessar os contornos e tramas dos veículos velozes num tecido de luzes vermelhas e brancas.

— Você acha que amarga e perturbada como ela é, conseguiria mesmo manipular algum homem muito rico a fazer isso e a se casar?

— Sim — disse ele sem hesitar. — Se ele foi infeliz o bastante para que as vidas deles se cruzassem, Vanessa conseguiria tirá-lo do caminho que ele estava trilhando e colocá-lo no dela. Não é só sua aparência. Ela tem um instinto para perceber as fraquezas do outro, consegue descobrir os botões que abrem as portas do nosso lado negro.

— Você? Mesmo jovem e bobo como se descreve naquela época? Não acho que você tenha um lado negro.

— Acho que a maioria das pessoas tem — discordou ele. — Talvez todas tenham, e o melhor que se pode fazer é manter a porta fechada; bem fechada e trancada.

CAPÍTULO 45

PIGGY NÃO CONSEGUE MANTÊ-LOS LÁ FORA. ELES CONSEGUEM mantê-la lá dentro, mas ela não consegue mantê-los lá fora.

Ela nunca sabe quando a porta vai se abrir. Isso é assustador.

Não deixe seu coração se perturbar.

Às vezes ela ouve passos, mas outras eles não fazem qualquer ruído — como sombra, que não faz ruído quando nos segue poucos passos atrás — e entram subitamente.

Ela nunca pode ser pega fazendo o que ela às vezes faz, então sempre que está fazendo a Pior Coisa que Ela Pode Fazer, sempre presta muita atenção ao guinchar da fechadura.

Ela limpa a salada de batata, toda a sujeira da mãe. Põe o lixo no saco. Lava os panos de limpeza sujos na pia do banheiro.

Depois vai até a porta para escutar. Vozes. Distantes, talvez lá na cozinha.

A mãe e o homem ficam acordados durante a escuridão. Dormem com a chegada do sol.

É mais seguro se dedicar à Pior Coisa que Ela Pode Fazer quando eles dormem, mas agora ela quer muito fazer isso.

Ela queria ter uma janela pela qual pudesse olhar para fora. Às vezes, eles ficam onde ela consegue ver o céu.

Sua janela agora é tapada por madeira. O sol vem através de umas frestas, mas ela não consegue ver lá fora.

Se pudesse ver o céu, poderia esperar para fazer a Pior Coisa que Ela Pode Fazer. O céu a faz se sentir melhor.

O céu fica melhor quando chega o escuro. Fica mais profundo. Então dá para ver e a gente imagina o que o Urso disse.

Ela sente falta do Urso. Sente mais falta dele do que de todas as janelas que poderá haver. Sentirá saudade eterna do Urso.

Nunca o esquecerá, nunca, do modo como ela esquece algumas coisas.

Ela gosta da Lua. Gosta das estrelas. Gosta de estrelas cadentes para poder fazer pedidos.

Se pudesse ver uma estrela cadente, pediria uma janela. Mas primeiro seria preciso ter uma janela para dali fazer o pedido.

Urso a ensinou como funciona o pedido para a estrela. Ele sabia tudo, não era burro como ela.

Não deixe seu coração se perturbar, Piggy.

Ele dizia muito isso.

E dizia: *Todas as coisas trabalham para o melhor, por mais difícil que seja de acreditar.*

Só é preciso esperar. Esperar por um sanduíche sem um inseto morto, minhoca viva ou uma unha dentro dele. A gente espera e às vezes vem um bom sanduíche. Espere por uma janela. Espere.

As vozes na cozinha ainda estão na cozinha, não dá para ouvir as palavras a esta distância. Talvez ela esteja segura.

A poltrona tem uma almofada. A almofada tem uma capa. A capa tem um fecho.

Dentro da capa, embaixo da almofada, a Coisa do Brilho Eterno está escondida.

Eterno quer dizer todos os dias que poderão existir e depois de todos eles, o Urso explicou.

Eterno significa sem começo e sem fim. *Eterno* significa todas as coisas boas que podem nos acontecer, todas as coisas boas em que se pode pensar, porque há tempo para todas elas.

Se há tempo para que aconteçam todas as coisas boas em que se consiga pensar, será que também há para todas as *coisas ruins*?

Ela perguntou isso ao Urso e ele disse que não, que não era assim que funcionava.

Piggy é eterna. O Urso disse que ela era.

Assim que Piggy segura a Coisa do Brilho Eterno na mão, ela se sente melhor. Não se sente só.

Sozinha é melhor do que com a mãe e o homem.

Mas sozinha é difícil.

Sozinha é muito difícil.

Sozinha é quase a maior parte do que ela lembra. Não sabia o quanto sozinha era ruim até o Urso.

Ela tinha o Urso e depois não tinha mais, e depois de não haver mais o Urso, ela ficou sabendo pela primeira vez como era difícil sozinha.

Ela se sente próxima ao Urso quando segura a Coisa do Brilho Eterno na mão. Agora ela a segura bem apertado.

O Urso lhe deu. Um segredo que a mãe nunca pode saber. Se a mãe descobrir, vai lhe dar as Grandes Feiuras.

Bem ali na poltrona, onde ela pode jogar a Coisa do Brilho Eterno dentro da capa da almofada, Piggy faz a Pior Coisa que Ela Pode Fazer.

Talvez ela seja pega, então está com medo. Depois não sente mais medo.

A Pior Coisa sempre a deixa sem medo. Por um tempo.

Piggy tem que ser cuidadosa com o tempo. Ela não tem facilidade para calcular o tempo. Às vezes um tempo de nada parece muito. Outras, um longo tempo passa como se fosse nada.

Se esquecer o tempo, vai Estar à Deriva, como acontece com ela, e então esquecerá também de escutar o guinchar da fechadura.

Ela fica quieta por um instante, mas diz o que se passa em seu coração.

Sempre diga o que está em seu coração, Piggy. Isso é o melhor a fazer.

Pronto. Ela já não se sente tão sozinha como antes.

— Ah, Urso — diz ela.

Vez ou outra, Piggy acha que, se disser o nome dele em voz alta, ele vai responder. Ele nunca responde. Ela ainda tenta às vezes.

O Urso morreu. Mas mesmo assim ele podia responder.

O Urso morreu, mas ele também é eterno.

Sempre estará com ela. Ele prometeu.

Não importa o que aconteça, Piggy. Sempre estarei com você.

A mãe o matou. Piggy viu.

Piggy também queria que a matassem.

Por muito tempo as coisas ficaram muito ruins. Muito. Escuro até mesmo quando havia luz.

A única coisa que afugentava o escuro era a Coisa do Brilho Eterno, que era seu segredo.

Agora, antes de guardá-la dentro da capa da almofada, Piggy a olha mais uma vez. A palavra está pendurada numa corrente prateada. A palavra é ESPERANÇA.

CAPÍTULO 46

ELES PASSARAM POR UMA UMA LANCHONETE E COMPRARAM cheesebúrgueres, fritas e refrigerantes, que foram comendo pela estrada com guardanapos de papel enfiados no colarinho das camisas, e mais guardanapos no colo.

Cabeça enfiada entre os assentos, lambendo os beiços para enxugar a baba, Nickie convenceu Amy a lhe dar três pedaços de cheesebúrguer e quatro batatas fritas. Tirou a cabeça e acomodou-se obedientemente atrás do assento de Amy, quando ela disse com firmeza:

— Não. Chega.

Toda viagem é romântica, especialmente à noite, e comer no percurso invoca o deleite de viajar que habita o coração humano. Há uma ilusão de segurança no movimento, a ideia meio vaga de que as Parcas não conseguem nos encontrar, que elas ficam paradas na porta do local que acabamos de deixar, batendo para entregar um capricho ou um desvio que, enquanto estivermos sobre rodas em movimento, não precisaremos receber.

Esse falso porém bem-vindo sonho de segurança, acoplado ao conforto de uma comida deliciosa e pouco saudável, deixou Amy num estado de espírito que tornava a revelação mais possível do que pareceria em outra situação.

Quando acabaram de comer e depois de ter enfiado todos os guardanapos e restos no saco da lanchonete, ela disse:

— Já lhe contei sobre ter sido abandonada num orfanato, sobre a adoção, o caminhão de cimento e a volta para o orfanato... mas não lhe contei sobre meu primeiro cachorro.

Após o acidente e o retorno ao Mater Misericordiae, as experiências induziram Amy a frequentes silêncios que preocuparam as freiras e a uma pobreza de sorrisos, antes abundantes, e a um desejo de distância em relação aos outros.

Numa tarde ensolarada de outubro, um mês após seu retorno, ela dera uma escapada e fora sozinha até a extremidade do pátio, no ponto mais distante dos prédios que compreendiam o quadrilátero do Mater Misericordiae: a igreja, a abadia, a escola e a residência. O grande pátio ficava num terreno elevado, e dali um prado se inclinava suavemente até o vale, onde se erguia a cidade, o rio corria e a rodovia recuava.

Ela se sentou no gramado verde exatamente onde ele acabava, na parte mais alta do morro, sob os galhos espalhados dos imensos e antigos carvalhos. Após um veranico seco, o capim do prado inclinado tinha perdido sua cor e se assemelhava à luz solar que lhe roubara o verde.

As sombras dos carvalhos começavam a se derramar pela encosta de manhã cedo, mas retornavam ao cume mais uma vez com a proximidade do meio-dia. Àquela hora, as sombras das outras árvores ao pé do prado iam se estendendo rumo ao topo.

Através das sombras, a pequena Amy viu algo dourado se aproximando, e depois através da luz do sol ele ascendeu, vermelho-dourado em contraste com o gramado branco-amarelado. Ao se dar conta de que era um cachorro, ela ficou de joelhos, e quando viu que ele mancava, Amy se levantou.

Até então nunca estivera na companhia de cães, e naturalmente era cautelosa com esse animal. Como o cão mancava, protegendo a perna esquerda traseira, o temor de Amy foi abrandado pela solidariedade que a encorajou a não bater em retirada.

O coitadinho estava em péssimas condições, o pelo emaranhado e imundo, como se ele tivesse sido abandonado à própria sorte ou sido maltratado. Mesmo assim, cauteloso, fraco e dolorido, ele sorriu.

Ela não sabia que era um golden retriever, nem que os amantes da raça se referem a essa expressão como *golden smile*, o sorriso de ouro, que aparece fácil e é bem diferente do falso sorriso de um cão que está meramente ofegante.

Quando Amy estendeu a mão para o cachorro, ele não rosnou nem se afastou assustado, mas deu outro passo e lambeu os dedos dela de um modo que imediatamente lhe pareceu um beijo de gratidão.

A meio caminho do pátio, levando aquela criança enjeitada de quatro patas para a residência do orfanato, Amy encontrou a irmã Angélica. Houve muito alvoroço e empolgação por algum tempo, as crianças ansiosas correndo ao pátio para ver o cachorro machucado que Amy Harkinson resgatara no prado.

A irmã Agnes Maria, enfermeira da abadia, chegou com seu kit de primeiros socorros. Achou um caco de vidro cravado na pata esquerda do cão, extraiu-o e tratou o ferimento com uma solução antibiótica.

Por mais desgrenhado e sujo, cheio de pulgas e macilento que o cão estivesse, as crianças foram imediatamente unânimes de que ele deveria ser recebido de modo vitalício como mascote da escola.

O Mater Misericordiae nunca adotara uma mascote, e as irmãs não estavam convencidas de que era uma boa ideia. Além disso, sendo freiras e, portanto, responsáveis, elas pretendiam localizar o dono do cão, embora ele não usasse coleira.

Depois de assegurar ao grupo de crianças que o cachorro não seria enviado para o depósito público de animais, onde poderia acabar sendo sacrificado, a irmã Angélica enxotou todo mundo do pátio para o jantar no refeitório.

Amy se demorou, seguindo a irmã Angélica e a irmã Claire Marie enquanto elas, com uma corda improvisada de guia, levavam a nova incumbência até a oficina de concreto fora da lavanderia, atrás do corredor da residência. Lá, providenciaram água para o cão beber e arquitetaram solenes estratégias para lhe dar um banho.

Quando a irmã Claire Marie notou Amy, lembrou-a de que fora instruída a ir jantar. Relutante, Amy se retirou.

Embora o cão não tivesse se manifestado na partida das outras crianças, começou a se lamuriar conforme Amy, hesitante, ia se afastando. Toda vez que ela olhava para trás, o cão a estava observando, a cabeça elevada, as orelhas em pé. Ela ainda conseguia ouvir o choramingo fraquinho quando virou a esquina do prédio.

Amy não tinha comido muito do prato em sua bandeja quando a irmã Jacinta — que, por causa de sua doce voz aguda feito um camundongo, era secretamente chamada de Irmã Mouse pelas crianças do orfanato — chegou ao refeitório para levá-la de volta à oficina.

O cão não parara de choramingar desde a saída de Amy. Devido aos anos de experiência com as técnicas de manipulação usadas por órfãos astuciosos, as freiras não eram alvos fáceis. Mas a lamúria do cão possuía um caráter tão patético que elas não conseguiram manter o coração firme.

Logo após a chegada de Amy, o cão se aquietou, sorriu e abanou o rabo.

A partir do entardecer e noite adentro, um grupo ruidoso de freiras trabalhou no cachorro, cortando os terríveis emaranhados do pelo, dando-lhe *dois* banhos com xampu e depois um terceiro com uma solução contra pulgas que o padre Leo trouxera de uma ida de emergência até a cidade.

Quando Amy ficava a mais de dois passos do cão, ele chorava, então ela acabou participando de sua arrumação.

Como a essa altura ela já estava definitivamente enamorada e desesperada para encontrar meios de manter o cão no Mater Misericordiae, decidiu que deviam batizá-lo ali mesmo, naquele momento, enquanto ele ainda estava molhado do banho. De forma instintiva, ela sabia que um cão com um nome abriria caminho nos corações das freiras mais rapidamente que um simples cão extraviado.

Amy sugeriu que, como só faltavam dois meses para o Natal, o cachorro devia ser um presente prematuro de São Nicolau e que, portanto, devia ser batizado em sua homenagem. A irmã Angélica a informou que o cão enjeitado era uma fêmea, o que a deixou desconcertada só por um instante, antes de dizer:

— Então vamos chamá-la de Nickie.

Agora, quase 28 anos depois, atrás do volante do Expedition, Brian tirou os olhos da estrada.

— Meu Deus. O mesmo nome.

Amy o observou destrinchando as ramificações dessa suposta coincidência. Embora ele tivesse voltado sua atenção à estrada, ela notou quando ele teve um arrepio de deslumbramento.

— Houve um momento na cozinha dos Brockman ontem à noite — lembrou Brian —, logo antes de você propor a compra ao Carl, em que você estava agachada ao lado da cachorra e de repente se levantou, olhando para ele de modo tão decidido. Você parecia... não sei, não só sobressaltada, acometida, mas eu não entendi o que era.

— Ele disse o nome dela. Janet não o mencionara ao telefone. Imediatamente, antes que todas essas coisas estranhas tivessem acontecido, eu *sabia* que o nome não era uma coincidência. Não me pergunte como é que eu sabia ou o que eu quero dizer sobre quem é a *nossa* Nickie ou por que ela está aqui. Mas eu sabia... não era coincidência. Depois, mais tarde, quando perguntei a Janet por que tinham decidido chamar a cachorra de Nickie, ela disse que Teresa a batizara.

— A menininha, a menina autista — disse Brian.

— É. Autista ou seja lá o que for. Teresa disse que a cachorra devia ser chamada de Nickie *porque esse sempre tinha sido seu nome*.

— Sempre? — Ele olhou de novo para Amy.

— Sempre. O que ela quis dizer com isso... vai saber. Mas, Brian, ela quis dizer algo.

Vinte e oito anos antes e 5 mil quilômetros a leste da costa da Califórnia, naquela longínqua noite do banho, as irmãs aceitaram o nome Nickie para a enjeitada. Elas perceberam que o cão tirara Amy de seu silêncio perturbador, que ela parecia já não querer ficar distante, que começara a sorrir de novo. Queriam incentivá-la.

Depois que Nickie estava limpa e seca, as freiras decidiram que ela poderia dormir na enfermaria, onde a irmã Regina Marie servia como enfermeira noturna quando havia pacientes internos.

Embora banhada, medicada, alimentada e com uma cama macia de cobertores dobrados, a cachorra que fora um presente prematuro de São Nicolau não se mostrou contente sem Amy ao seu lado. A incessante e patética lamúria recomeçou.

Naquela época, o conceito de cães terapeutas talvez não estivesse muito em uso; mas as freiras do Mater Misericordiae reconheceram que um laço importante se formara entre a menina e o animal extraviado. As regras foram afrouxadas, para não dizer quebradas, e embora em ótimo estado de saúde, Amy dormiu no beliche da enfermaria durante a semana em que tentaram descobrir de onde viera o animal.

As implacáveis e insistentes orações com que Amy importunou Deus devem tê-Lo feito jogar as mãos para o alto de exasperação e gritar "Está bem, então!" pelos corredores do céu, pois as irmãs não conseguiram com todos os seus esforços de boa-fé localizar seu dono.

Após ter sido examinada pelo veterinário Dr. Shepherd, de ter as vacinas atualizadas e depois de ter ficado claro que Nickie era incrivelmente bem-comportada e amestrada, o Mater Misericordiae novamente fez jus ao nome — Mãe de Misericórdia — e deu a Nickie um lar definitivo.

Embora, como mascote, a cadela tivesse livre acesso a todos os prédios, com exceção da igreja — e mesmo assim era convidada a ir lá também —, passava todas as noites no dormitório de Amy. Pelos 11 anos seguintes, foi a sombra de Amy, sua confidente e seu maior amor.

Ao longo daqueles anos, das mais de trezentas meninas que chegavam em diferentes pontos de suas vidas ao Mãe de Misericórdia, nenhuma ficou mais conhecida do que Amy Harkinson, antigamente tímida e quieta, nenhuma fez mais amizades ou ocupou mais cargos estudantis. Em cada anuário, por mais de uma década, nenhuma entre elas viu sua foto aparecer com mais frequência do que Amy, exceto Nickie, é claro, cuja cara sorridente alegrava a maioria das páginas, aparecendo nas peças escolares e com um gorro de Papai Noel nas festas de Natal, usando orelhas de coelho na Páscoa e uma bandeira americana amarrada no pescoço, como um lenço, no Quatro de Julho, sempre cercada por meninas que a adoravam e freiras radiantes.

Amy tinha 16 anos quando certo dia a geralmente energética Nickie pareceu cansada, no dia seguinte continuou cansada e no terceiro se mostrou letárgica. Recebeu o diagnóstico de hemangiossarcoma, um câncer de rápida metástase, que já estava muito avançado para ser removido ou para que uma quimioterapia o detivesse.

O declínio de Nickie foi veloz. Seu sofrimento seria certo se não lhe fosse dada a misericórdia que é correta para os animais inocentes, e ninguém aguentaria vê-la sofrer.

Como Deus nunca é cruel, há um motivo para todas as coisas. Precisamos conhecer a dor da perda, pois se nunca a conhecêssemos, não teríamos compaixão pelos outros e nos transformaríamos em monstros egocêntricos, criaturas de imensurável egoísmo. A terrível dor da perda ensina humildade à nossa orgulhosa espécie, tem o poder de amaciar corações não zelosos e de tornar uma boa pessoa melhor ainda.

O Mater Misericordiae era uma ótima escola, assim como orfanato. A morte de Nickie, mascote querida de todos e uma irmã para Amy, ofereceu não só a oportunidade de compartilhar, mas também de aprender.

As meninas que se sentiam fortes o suficiente — a maioria — foram convidadas para se reunir ao entardecer no quadrilátero, onde o assunto de alma animal não foi debatido, mas silenciosamente aceito, e onde orações foram feitas para Nickie. E durante as orações, conforme o crepúsculo ia se apagando, centenas de velas foram erguidas, e no centro do grupo, Amy se ajoelhava ao lado de sua melhor amiga para lhe dar conforto e prestar testemunho.

A irmã Agnes Maria se oferecera para assistir o Dr. Shepherd na administração das duas injeções. A primeira seria um sedativo, que levaria Nickie a um sono profundo, e a segunda seria a droga que faria seu coração parar de bater.

O sofá favorito de Nickie fora colocado no centro do quadrilátero e ela, tão enfraquecida, fora carregada até lá. Amy ajoelhava-se no chão, rosto colado com o daquele primeiro cão que salvara.

Calculando-se que tivesse 3 anos quando chegou mancando pelo prado até Amy, Nickie teria 14 naquele último crepúsculo de sua fabulosa vida, mas ainda parecia um filhote, com poucos pelos brancos no rosto.

Com apenas 16 anos, Amy descobrira uma força dentro de si que ela não sabia possuir, força para manter a voz calma e tranquilizadora, mesmo que não pudesse conter as lágrimas.

Como quem diz *Está tudo bem, você está se saindo ótima*, Nickie lambeu os dedos de Amy, como fizera naquele primeiro momento em que se encontraram no prado. Um beijo de olá e agora um beijo de adeus.

Nickie sempre amara que segurassem seu rosto bem firme com as mãos em concha, os polegares lhe acariciando as faces, e se deleitava com esse prazer sempre que houvesse alguém disposto a fazê-lo. Agora Amy segurava aquele rosto, antes sempre cômico, e olhava para aqueles expressivos olhos castanhos.

— Você é a cachorra mais doce que já existiu e sempre tive orgulho de você, do quanto é esperta, da rapidez com que faz amizade com todos. Eu a amei em todos os momentos, não poderia ter amado mais uma irmã, nem mesmo meu próprio filho ou a vida — disse ela.

Enquanto falava, a injeção foi dada e Nickie caiu no sono olhando para os olhos de Amy. Ela sentiu o espasmo do pobre corpo quando o grande coração simplesmente parou e Nickie foi entregue para Deus. Ondas de luzes das velas banharam as paredes do quadrilátero, brilharam nas vidraças e tremeluziram nos rostos molhados de pesar, cada chama dizendo a mesma coisa: *Um cão especial passou por aqui e iluminou a vida de todos que encontrou.*

Dezessete anos depois, contando tudo isso a Brian, Amy sentiu uma dor quase tão aguda quanto a que sentira naquele terrível entardecer. Embora durante os anos seguintes tivesse segurado tantos cães enquanto eles eram sacrificados, ela chorou e sua voz ficou embargada enquanto descrevia a cena no quadrilátero.

Uma semana depois, a irmã Jacinta dera a Amy o medalhão com o perfil de um golden retriever, que ela usava desde então.

Agora, no centro daquele pátio, uma placa plana de granito, negra e brilhante, marcava o local onde estava enterrada uma urna com cinzas. Um camafeu inserido na placa combinava com o medalhão de Amy. Embaixo do camafeu estavam entalhadas as seguintes palavras:

EM MEMÓRIA DE NICKIE,
A PRIMEIRA MASCOTE DO MATER MISERICORDIAE,
QUE ERA TUDO QUE UM BOM CACHORRO DEVE SER.

— Eu a entendo tão melhor agora, o compromisso com os cachorros, os riscos que você corre. Sua vida estava um caos e Nickie lhe trouxe ordem, ordem e esperança. Você está pagando essa dívida — disse Brian.

Tudo o que ela dissera era verdade, mas a história que começara a contar ainda não estava completa.

O que veio depois daquela tarde no quadrilátero exigia muito mais coragem para contar. Ela não falava da parte seguinte com ninguém havia mais de oito anos.

Ao contar sobre seu primeiro cachorro, Amy descobriu uma intensidade de emoção maior do que esperava. Tocada pela profundeza da dor revisitada, ela sentiu que não conseguiria falar sobre o resto agora.

Estava cansada, exausta. Tanta coisa tinha acontecido em — o quê? — talvez umas 19 horas, e outro dia tão agitado e cheio de emoções muito provavelmente os esperava.

Embora ela tivesse se revestido de coragem para contar tudo, não conseguiu ir até o fim. Agora seria melhor esperar até que eles encontrassem a filha de Brian e a trouxessem para a vida dele, que era seu lugar.

CAPÍTULO 47

GUNTHER SCHLOSS, MATADOR DE ALUGUEL, PILOTO E anarquista feliz, com uma esposa na Costa Rica e uma segunda em São Francisco, tinha uma namorada em Santa Bárbara. Seu nome era Juliette Daupen, que se pronunciava *doping*, algo irônico, pois ela era tão inflexivelmente contra o uso de drogas que certa vez chegara a castrar dois garotos que tinham vendido maconha para a sobrinha dela.

Juliette Dopen fazia negócios sob a alcunha de Juliette Churchill. Era agente funerária. Ela, a irmã e os dois irmãos possuíam e dirigiam a funerária Churchill, um estabelecimento elegante e imponente, com quatro salas de velório que estavam quase sempre simultaneamente ocupadas.

Embora o ramo funerário fosse lucrativo, o clã dos Churchill fazia um bico contrabandeando terroristas — entre outras coisas — para dentro e fora dos Estados Unidos em ataúdes especialmente projetados, que continham tubos de oxigênio e um engenhoso sistema de coleta e armazenamento de urina dos transportados.

Muitos homicidas simplesmente cruzavam a pé a fronteira desprotegida ou utilizavam companhias aéreas internacionais e — usando camisetas que proclamavam MORTE A TODOS OS JUDEUS em árabe — facilmente passavam pelos postos de controle dos Estados Unidos, onde um pessoal de segurança federal altamente suspeito fazia inspeções detalhadas em avós irlandesas e escoteiros em viagem de campo.

Juliette e sua família se especializaram no contrabando de terroristas que eram tão notórios e cujos rostos eram tão conhecidos pelas organizações policiais internacionais que nem podiam se arriscar a viajar disfarçados, precisando ser embarcados nas missões da jihad como cadáveres embalsamados. Esses eram os mais bem-sucedidos de todos os terroristas, é claro, e os mais ricos, portanto pagavam bem.

Chegando a Santa Bárbara após o horário dos velórios na funerária, Billy Pilgrim se encontrou com Juliette na entrada da garagem. Estacionou o Cadillac de Shumpeter numa vaga vazia na fileira dos carros fúnebres.

Juliette Daupen-Churchill era uma mulher bem-apanhada, bonita demais para uma agente funerária. Ele achava-a parecida com Jodie Foster: aquelas maçãs salientes e os olhos azuis que só com uma piscada podiam fazer seu coração disparar ou, com uma lágrima, parti-lo.

É provável que Juliette não fosse muito de chorar, se é que alguma vez chorasse, e nunca faria algo tão delicado quanto piscar. Parecia suave, mas era dura. Se ela afirmasse que conseguia quebrar nozes com as coxas, Billy iria querer ver, mas usando óculos de proteção contra as granadas de cascas.

Ela o cumprimentou com o apelido que lhe dera:

— Traça de sebo, você é um colírio para os olhos. — E eles se abraçaram porque todo mundo se sentia obrigado a abraçar Billy e porque Billy não se importava de abraçar uma pessoa tão deliciosa quanto Juliette.

Foram direto ao trabalho, descarregando o porta-malas do Cadillac. Juliette pegou o saco com os desenhos dos olhos caninos picados e Billy, a cesta de papel com os e-mails arquivados.

A funerária tinha dois sistemas poderosos de cremação, e um deles estava pronto para ser acionado.

Billy deixou a cesta de papel cheia de e-mails com Juliette, e quando voltou com o HD do computador de Brian McCarthy, ela já alimentara a fornalha com os papéis. Ele jogou o saco com os desenhos picados e, apontando para a unidade lógica do computador, disse:

— Quero derramar algo corrosivo dentro dele.

— Por quê, se vamos carbonizá-lo até virar sucata retorcida?

— Preciso me certificar totalmente.

— Billy, tive um dia daqueles, não enche o meu saco.

— Tá bom, você conhece crematórios melhor que eu. Se você diz que vai dar conta do recado, para mim é suficiente.

Antes que ele conseguisse fazer qualquer movimento, ela fisgou o HD com uma das mãos e lançou-o no crematório como se pesasse menos que um gato morto. Juliette odiava gatos, e é bem provável que uma série deles tenha sido jogada nesse forno poderoso.

Ela era uma mulher linda, durona e forte, mas não era boa pessoa.

— Você teve um dia daqueles? — perguntou ele enquanto ela fechava a porta da fornalha e acendia o queimador.

— Gunny quer que a nossa relação fique mais séria.

A impressão que Billy tinha daqueles dois na cama era de algo tão sério quanto o sexo podia ser, com a possível exceção da união de um urso-polar com um puma.

— Ele quer dar o fora na mulher de São Francisco e se casar comigo. Ela é chinesa, tem uns contatos com o pessoal de segurança chinês e coleciona facas. Não sei onde Gunny está com a cabeça.

— Gunny tem uma veia romântica incorrigível — disse Billy, o que era verdade.

— Nem me fale. Ele diz que só transar comigo não o completa como o casamento o faria. Ele diz que eu sou seu destino.

— Posso falar com ele.

— Não sou o destino de ninguém, Billy, exceto o meu próprio. O negócio é que eu já andava pensando em terminar com ele antes mesmo disso, mas ele é tão próximo ao Harrow quanto você, e não quero que o Gunny fique puto comigo e vá reclamar de mim para o Harrow.

— Talvez ele não seja tão importante para o Harrow quanto você pensa.

— É mesmo? Bem, de qualquer jeito ele é um grande filho da puta e me assusta.

— Eu e Gunny nos conhecemos há séculos. Posso falar com ele para evitar que ele a deixe assim.

— Você pode? Faria isso? Seria o máximo. Ele está lá no último andar, fazendo o jantar.

Ela tinha um apartamento amplo e belamente mobiliado acima da funerária.

— Eu posso ir lá e dar um jeito nele — disse Billy —, ou você podia chamá-lo pelo interfone e dizer para ele descer.

— Acabei de trocar os armários da cozinha.

— O que havia de errado com os antigos? Eram lindos.

— Muito escuros — disse Juliette. — Toda aquela moldura rococó. Eu queria um visual mais leve, mais moderno.

— Está contente agora?

— Ah, estou. Ficou estupendo.

— Bons armários de cozinha podem estourar sua conta bancária hoje em dia.

— Sem dúvida.

— Então diga para ele descer.

Ela usou o interfone da garagem, ao lado do crematório.

— Ei, Grande Gun — disse ela —, você está aí?

— O que foi? — a voz de Gunny saiu pelo interfone.

— Estou com um cadáver realmente gordo aqui e preciso de uma força.

— E Herman e Werner?

Eram os irmãos e sócios dela.

— O horário dos velórios já acabou. Foram para casa — disse ela. — Não estávamos esperando um defunto.

— Tenho que ficar de olho na paleta de carneiro.

— Só preciso de ajuda para colocar o defunto na geladeira. Um minuto. Se ele não fosse um suíno desse tamanho eu daria conta sozinha.

— Já vou.

Como precisava acomodar um caixão, o elevador era grande, só que mais silencioso do que Billy imaginava.

Quando as portas se abriram, Gunther Schloss parecia tão grande quanto um touro.

— Merda — exclamou ele, e Billy atirou três vezes enquanto ele ainda estava em pé, uma vez enquanto caía e quatro vezes conforme se estatelava no chão meio dentro e meio fora do elevador.

— Está morto? — perguntou Juliette.

— Tem que estar.

— Quer verificar o pulso?

— Ainda não — disse Billy, atirando mais duas vezes, mas não havia mais carga na pistola.

Billy ejetou o pente vazio, encaixou um carregado na pistola e durante aquele quarto de minuto Gunny não se mexeu.

— Certo, ele está morto. Afinal, acho que essa era a parte fácil.

— Poderia ter sido diferente — disse Juliette.

— Poderia, você está certa. Mas agora, aos 50, a parte que está ficando menos fácil para mim é rebocá-los.

— Moleza, Traça. Neste trabalho estou sempre carregando peso morto.

Ela se retirou, voltando em menos de um minuto, empurrando uma maca hidráulica de última geração.

Era preciso apenas acionar um botão para fazer a cama de aço inoxidável descer e ficar a 5 centímetros do solo.

Com pouca dificuldade, Billy e Juliette colocaram o cadáver de barriga para baixo sobre o aço inoxidável.

Ela pressionou o botão novamente e a cama se elevou à altura normal, carregando o morto.

— Excelente — disse Billy.

Eles empurraram a maca até o crematório. Juliette ajustou sua altura para se adaptar à porta do segundo forno e depois a maca deslizou para a frente, levando Gunny para a fornalha.

Segurando um êmbolo de descarga pelo longo puxador de madeira, pressionando o cabo de sucção de borracha na cabeça de Gunny, Juliette segurou o corpo na fornalha enquanto a maca se retraía à posição original.

— Isso é bem engenhoso — disse Billy, se referindo ao êmbolo.

Ao ouvir aquele simples elogio, Juliette baixou a cabeça de um modo quase tímido.

— Eu que criei essa técnica.

— Gunny faz a melhor paleta de carneiro. Seria uma pena se ficasse muito passada — Billy falou enquanto a mulher fechava a porta e ligava a fornalha.

— Tenho certeza de que estará perfeita. Quer ficar para jantar?

— Adoraria, mas não posso. Meu dia ainda não acabou.

— Você trabalha demais, Billy.

— Vou diminuir o ritmo.

— Há quanto tempo você diz isso?

— Agora é sério — assegurou.

— Você só trabalha. Não cuida de si.

— Vou fazer uma colonoscopia semana que vem.

— Alguma coisa errada? — perguntou ela.

— Não. Estou bem. Meu médico diz que é recomendável na minha idade.

— Talvez ele seja algum tipo de pervertido.

— Não. Não é ele que faz o exame. Vou a um especialista para isso.

— Eu tenho colesterol alto.

— Faça um exame de imagem das artérias. Eu fiz. Meu colesterol também é alto, mas eles não encontraram placa alguma.

— Tudo isso tem a ver com a genética, Billy. Se você tem bons genes, pode comer só doce e fritura e viver até os 100 anos.

— Seus genes me parecem bons — disse ele.

Saindo da funerária, Billy foi com o Cadillac de Shumpeter para o hotel onde reservara acomodações luxuosas em nome de Tyrone Slothrop.

Deixou o carro com o manobrista, apresentou seu cartão American Express em nome de Slothrop ao recepcionista e pegou a chave do quarto. Levando o saco plástico branco, tomou o elevador e subiu para a suíte.

Harrow queria ver tudo o que havia no saco, especialmente as fotos da vida anterior de Amy Redwing. Até entregar o material a Harrow, Billy precisava mantê-lo em segurança.

A suíte compreendia uma sala imensa excessivamente mobiliada, dois quartos grandes também excessivamente mobiliados e dois banheiros. Os banheiros eram maravilhas resplandecentes de mármore e espelhos.

Ele não precisava do quarto e do banheiro extras, assim como não precisava dirigir um Hummer, mas sua coleção de veículos possuía três deles. Ele tinha horas de voo contratadas em jatos particulares e nunca viajava em aviões de passageiros.

Billy acreditava na diversão. Esta era a doutrina central de sua filosofia. Deixar uma impressão digital gigante de emissão de carbono era essencial para se divertir.

Um dos negócios em que Billy tinha participação por intermédio de Harrow era a venda de créditos de carbono. Mantinha acordos assinados por três tribos de partes remotas da África, que lhe exigiam plantar um enorme número de árvores e a continuar vivendo sem água encanada, eletricidade e veículos a gasolina. O dano ambiental que eles *não* cometiam podia ser vendido para as estrelas de cinema, do rock e outros que estavam comprometidos com a redução da poluição, mas que precisavam, pela natureza de suas profissões, deixar abundantes marcas de carbono.

Billy também vendia créditos de carbono para si mesmo por meio de uma elaborada estrutura Ltdas. e S.A.s e companhias fiduciárias que lhe proporcionavam enormes vantagens tributárias. O melhor de tudo é que não precisava compartilhar nenhum crédito de carbono com as tribos africanas porque elas não existiam.

Duas malas fechadas com cadeados o esperavam. Ele as despachara para o hotel pela FedEx três dias antes.

Também o esperavam arranjos de flores frescas em todos os cômodos, tigelas de prata cheias de frutas perfeitas, uma caixa de chocolates soberbos, uma garrafa de Dom Perignon, um balde de gelo e, na mesa de cabeceira do quarto principal, um romance recém-lançado do seu autor favorito, que o porteiro adquirira a seu pedido.

Billy Pilgrim, agora se passando por Tyrone Slothrop, alcunha que esperara literalmente *décadas* para usar, deveria estar de bom humor, mas não estava.

Os acontecimentos na funerária deviam ter sido divertidos, mas não o tinham atingido nem um pouco.

Não estava deprimido, nem exultante. Emocionalmente, escorregara para o neutro.

Nunca ficara no neutro antes. Ao sentar-se preguiçosamente na luxuosa suíte, seu vazio interno, o vazio que ocupara o lugar da diversão, o deixou nervoso.

Desde aquele incidente sinistro com os desenhos na cozinha de Brian McCarthy, a sensação de diversão o abandonara. Estivera se movimentando no seu costumeiro ritmo veloz, como sempre cabriolando alegremente à margem do abismo, cometendo crimes do modo despreocupado que lhe era peculiar; mas a magia se fora.

Sua vida era um romance, uma comédia de humor negro, uma narrativa ruidosa e engraçada que zombava de toda a autoridade, uma pândega existencial. Só tinha encontrado um capítulo ruim, só isso. Precisava virar a página, iniciar uma nova cena.

Talvez o novo romance na mesa de cabeceira o tirasse da neutralidade. Uma das malas continha roupas e objetos pessoais, mas a outra estava cheia de armas; brincar um pouco com armas talvez o deixasse engrenado.

Ele se sentou numa poltrona do quarto, olhando ora para o livro ora para a mala cheia de instrumentos letais.

Ele temia ficar num impasse se tentasse ler o livro e ele não elevasse seu ânimo e, depois, desmontasse e remontasse as armas sem qualquer melhora de humor.

Um impasse era um péssimo local onde se estar, um beco sem saída, mas numa vida verdadeiramente existencialista, deveria ser um local *impossível* de se estar. Como só ele ditava as regras que seguia, podia criar novas regras se as antigas começassem a entediá-lo, e lá iria ele de novo, cheio de animação, se divertir.

Ele estava pensando demais, atormentando-se.

Tudo o que importava era o movimento e a ação, não qualquer significado do movimento nem quaisquer consequências do ato. Não existia significado algum; nenhuma consequência era importante.

Abriu o livro. Foi seu primeiro erro.

CAPÍTULO 48

PASSAVA POUCO DAS 2 DA MADRUGADA QUANDO AMY acordou de um sonho repleto de barulho de asas. Ficou com a respiração presa na garganta e por um instante não reconheceu onde estava.

Uma luminária coberta por uma toalha numa mesa lá no fundo servia para iluminar a noite.

Santa Bárbara. O hotel. Tinham encontrado um lugar que aceitava cães, um quarto vago.

Brian finalmente a levara para a cama; mas era a cama dela, uma das duas do quarto. E um cão de guarda dormia com ela.

Como havia sido sacudida do sono, ela achou que o tamborilar de asas fosse no quarto, não no sonho. Não podia ser, porque Brian, na outra cama, e Nickie, ao seu lado, continuavam adormecidos.

Ela não se lembrava de nada do sonho, apenas do som de asas percorrendo o ar. É possível que no sonho ela tenha retornado a Connecticut e o sobressalto novamente impelia as gaivotas a alçar voo.

Segundo psicólogos e especialistas do sono, as pessoas nunca se veem morrendo num sonho. Pode-se ficar num prolongado estado de alto risco, mas no penúltimo momento acordam. Mesmo em sonhos, afirmam, o ego humano continua muito teimoso para admitir sua mortalidade.

Todavia, Amy já se vira morrendo em sonhos. Diversas vezes, sempre naquela noite em Connecticut.

Talvez, inconscientemente, ela tivesse o desejo de morrer. Isso não a surpreendia.

Naquela noite de inverno nove anos antes, ela lutara pela vida e sobrevivera. Depois, por algum tempo, ironicamente, não tivera nenhuma forte motivação para viver.

Nos dias que se seguiram, ela se perguntava *por que* tinha reagido. A morte teria sido mais fácil. A dor que quase a partira ao meio poderia ter sido evitada se ela se submetesse à faca.

Mesmo em seus momentos mais obscuros, ela nunca teria se suicidado. Assassinato incluía autodestruição.

Sua fé a levou adiante, mas não fora só a fé. A habilidade de ver ordem no caos, quando outros viam mais caos, também lhe serviu.

A ordem implicava significado. Não importava quanto o significado pudesse parecer inescrutável, não importa que sua compreensão lhe escapasse eternamente, a percepção que o significado existia a encorajava.

Ela lia os padrões recorrentes da vida, a ordem, como outras pessoas podiam ler folhas de chá, palmas das mãos e bolas de cristal. Mas sua interpretação não era guiada por um código de superstições.

Apenas a intuição lhe determinava o significado dos padrões e o que sugeriam que ela devia fazer. Em seu modo de pensar, *intuição* era outra palavra para percepções recebidas num plano muito abaixo do subconsciente. Intuição era ver com a alma.

Ligado na tomada para recarregar na mesa de cabeceira, seu celular tocou. Ela não gostava dos tons musicais, dos que imitam vozes de desenho animado nem dos sons estridentes com que os celulares tocam. O dela tocava baixinho.

Surpresa de receber uma chamada àquela hora, ela pegou logo o telefone, antes que acordasse Brian, e disse num sussurro:

— Alô?

Ninguém respondeu.

Embora Brian continuasse dormindo, Nickie acordara e estava com a cabeça erguida, olhando para Amy.

— Alô — repetiu.

— Ah. É você, querida? Bem, sim, claro que é.

A doce voz aguda era inconfundível. Amy quase disse *irmã Mouse*, mas conteve-se e falou:

— Irmã Jacinta.

— Tenho pensado tanto em você ultimamente, Amy.

Amy hesitou. Pensou nos chinelos. Sentia-se agora como tinha se sentido naquele momento em que Nickie insistia para que ela pegasse os chinelos.

— Irmã... eu também. Tenho pensado na senhora.

— Você está sempre no meu coração. Claro, era uma das minhas favoritas, mas ultimamente não consigo parar de pensar em você, o tempo todo, o tempo todo, então achei melhor falar com você — disse a irmã Jacinta.

A emoção deu um nó nas cordas vocais de Amy.

— Querida? Tudo bem ligar para você, quero dizer, no meio da noite desse jeito?

Falando num tom pouco mais alto que um sussurro, Amy contou:

— Hoje mesmo contei ao Brian, um amigo, sobre aquela época, sobre a nossa mascote Nickie.

— Aquela cachorra era maravilhosa, maravilhosa.

— E o medalhão que a senhora me deu.

— Que você ainda usa.

— Sim. — Com o dedo indicador, ela sentiu o contorno do camafeu canino.

— Esse amigo, querida, você o ama?

— Irmã, sinto muito, mas estou... me esforçando.

— Bem, amor existe ou não existe. Você deve saber.

— Sim. Eu o amo — Amy murmurou.

— Já falou para ele?

— Sim. Que eu o amo? Sim.

— Quero dizer, já contou tudo a ele?

— Não. Acho que a senhora sabe. Ainda não.

— Ele precisa saber.

— É tão difícil, irmã.

— A verdade não a diminuirá aos olhos dele.

— Ela me diminui aos meus. — Amy mal conseguia falar.

— Tenho orgulho de você ter sido uma das minhas meninas. Costumo dizer: "Vejam a Amy, foi uma das minhas meninas no Mater Misericordiae, estão vendo como ela brilha?"

Amy chegara às lágrimas novamente; lágrimas silenciosas desta vez.

— Se eu pudesse acreditar que é verdade...

— Lembre-se de com quem está falando, meu bem. É claro que é verdade.

— Desculpe.

— Não se desculpe. Só conte para ele. Ele precisa muito saber. É essencial. Agora vá dormir, criança, durma um pouco.

Embora Amy não tivesse ouvido mudança no tom da linha, sentiu que a ligação caíra.

— Irmã Jacinta?

Nenhuma resposta.

— Ah, irmã Jacinta, doce irmã Jacinta.

Colocou o telefone na mesa de cabeceira.

Virou-se para o outro lado, em direção a Nickie. Cara a cara, ela pôs um braço em volta do cachorro. Aqueles olhos.

Amy estremeceu, não por causa do telefonema, mas porque a chamada devia significar que algo terrível estava por vir.

Irmã Jacinta, a irmã Mouse, já tinha morrido havia dez anos.

CAPÍTULO 49

UM ESCRITOR QUE NUNCA DEIXARA DE ESTIMULAR O DESdém que Billy Pilgrim sentia pela humanidade, que seguramente o fizera rir até não poder mais com esses cretinos que acreditavam no caráter excepcional das pessoas, dessa vez o decepcionara totalmente e em quarenta páginas não lhe provocara uma única gargalhada.

Billy analisou duas vezes a fotografia atrás da sobrecapa, mesmo que o rosto do autor lhe fosse familiar. Os olhos penetrantes que o desafiavam a ler a verdade nua e crua naquelas páginas. O leve sorriso de escárnio dizia: *Se você não ri dessa sátira venenosa, não passa de um tolo iludido que nunca será convidado para as melhores festas.*

O escritor trocara de editora, mas isso não justificava o colapso de sua qualidade, a perda de sua voz narrativa. A editora lançara uma série de livros que Billy tinha achado muito interessantes. Era uma editora altamente digna de crédito.

Nenhuma editora marca gols o tempo todo, nem mesmo na maior parte do tempo, mas aquele logotipo na lombada sempre fora sinônimo de qualidade.

Enquanto olhava para o logo, Billy sentiu uma pontada gelada no alto da cabeça, que se espalhou em círculos concêntricos de calafrios até a linha dos cabelos e mais além, descendo pelo seu rosto sério, pela nuca até a base da coluna, até o âmago de suas tripas.

Um cão estilizado em pose de corrida servia de logo. Mesmo não sendo um golden retriever, não deixava de ser um cachorro.

Billy vira aquele logo milhares de vezes e nunca tinha se irritado com ele antes. Mas estava irritado agora.

Ficou tentado a acionar a lareira a gás e entregar o livro às chamas, mas em vez disso abriu a gaveta da mesa de cabeceira e o fechou lá dentro.

A memória das lágrimas que derramara na cozinha de McCarthy continuava vívida, mortificando-o e assustando-o. Em seu meio de trabalho, se a pessoa começasse a chorar sem razão, ou mesmo com uma boa razão, estaria com um problema sério.

Na sala, ele abriu a Dom Perignon e serviu a champanhe num copo d'água em vez de usar uma das belas flutes. Escolheu uma garrafa em miniatura do fino conhaque do bar, abriu e temperou a champanhe.

Ele sorveu a bebida enquanto andava pela deslumbrante e ampla suíte, mas ao acabar o copo não se sentia melhor.

Como iria se encontrar com Harrow na tarde seguinte e não podia ficar com ressaca, decidiu não se arriscar numa série dessas misturas.

O único outro conforto à mão eram as armas na segunda mala. Eram novas aquisições, presentes que dera a si mesmo. Outros homens se gratificavam com tacos de golfe, mas Billy não jogava golfe.

Ele voltou ao quarto e pôs a mala em cima da cama. Com a menor chave do chaveiro, abriu os cadeados.

Quando abriu a mala, a arma de fogo e os acessórios estavam na metade esquerda como ele a acomodara.

Com seu estado de humor atual, ele estava quase esperando que a anteriormente confiável FedEx tivesse confundido sua mala com uma idêntica, que pertencesse, digamos, a um dentista mórmon em férias ou a um vendedor de Bíblias e cujo conteúdo não fosse diverti-lo nem um pouco.

A metade da direita da mala continha uma segunda arma, mas no topo havia um maço de papéis. O primeiro era o desenho a lápis feito por McCarthy do golden retriever.

Billy não se lembrou de ter saído do quarto, mas, na sala, a garrafa de champanhe chacoalhava na borda da taça que ele servia.

Ele precisou de dez minutos para decidir que tinha de voltar ao quarto e examinar os desenhos, os quais, droga, ele havia triturado no gabinete de McCarthy, ensacado e mais tarde jogado na fornalha do crematório.

Se os desenhos conseguiram sobreviver ao crematório e aparecer em sua bagagem, não havia argumentos contra a possibilidade de Gunny Schloss, que levara dez tiros e fora entregue ao fogo, estar esperando no banheiro quando Billy fosse lá para mijar.

Aproximou-se com cautela da mala aberta e descobriu que o maço de papéis não era o retirado do bloco de McCarthy. Eram as páginas de um tabloide mensal para caçadores, praticantes de tiro ao alvo e outros aficionados por armas. Ele mesmo colocara a publicação na mala três dias antes.

O reaparecimento do desenho havia sido pura criação de sua mente. Essa descoberta era um enorme alívio. Mas também não era. Um homem com as responsabilidades de Billy Pilgrim — e com os sócios que tinha — não sobreviveria por muito tempo se perdesse o sangue-frio.

CAPÍTULO 50

PIGGY SE SENTA À ESCRIVANINHA COM REVISTAS. ELA GOSTA das figuras. Costuma cortá-las das revistas.

Não sabe ler as palavras.

A mãe diz que ela é muito burra para ler as palavras. Ler as palavras é para pessoas que têm cérebro na cabeça.

Piggy, pobrezinha, se você tentar aprender a ler, sua engraçada cabecinha gorda vai explodir.

Piggy consegue ler *esperança* quando a vê. Consegue ler outras palavras, algumas.

A cabeça dela está legal. Talvez estoure com mais uma palavra. Provavelmente não.

A mãe mente. Muito.

A mãe vive para mentir e mente para viver. O Urso disse.

Piggy, sua mãe não mente só para você e todos os outros. Ela também mente para si mesma.

Isso é verdade. Estranho, mas verdadeiro.

Eis um modo de Piggy saber que é verdade: ouvir mentiras faz a gente infeliz. Sua mãe está sempre infeliz.

Mentir para si mesma faz sua mãe seguir em frente. Se um dia ela encarasse a verdade, se despedaçaria.

Às vezes para uma estrela, outras sem a estrela, Piggy deseja que sua mãe pare de mentir.

Mas também não quer que ela se despedace.

Talvez a mãe sinta, às vezes, que vai se despedaçar, então ela despedaça uma boneca. Algo a se pensar.

Eis outra forma de Piggy saber que a mãe mente para si mesma: ela acha que nada de mau pode lhe acontecer.

Alguma coisa ruim já lhe aconteceu. Piggy não sabe que coisa ruim aconteceu à sua mãe, mas dá para ver que aconteceu. Dá para ver.

O Urso sabia que a mãe sempre mente. Mas a mãe mentiu para ele e o Urso acreditou em algumas das mentiras.

Estranho, mas verdadeiro.

A mãe e o Urso estavam juntos para Levantar Uma Grana. Todo mundo precisa Levantar Uma Grana.

Piggy e sua mãe estão sempre indo para lugares novos, conhecendo novos amigos. Todos os amigos, em todos os lugares, falam sobre um jeito de Levantar Uma Grana.

Geralmente falam de armas de fogo quando falam de grana. A gente levanta uma grana com armas.

Piggy não gosta de armas. Ela nunca vai Levantar Uma Grana.

Então o Urso queria Levantar Uma Grana, mas ele era diferente. O Urso via Piggy. A maioria enxerga Piggy, mas não a vê realmente.

O Urso era confuso, mas não tão confuso quanto a mãe.

Piggy, eu sou confuso, sou fraco e bobo, mas não tão confuso quanto sua mãe.

Ela não gostava que o Urso dissesse coisas ruins sobre ele mesmo. Porque sabia que o Urso não mentia para ela.

A mãe prometeu ao Urso que quando eles tivessem dinheiro, ela daria Piggy ao pessoal da assistência social.

Piggy não sabe quem é o pessoal da assistência social. O Urso dizia que eram pessoas legais. Dava a impressão de que não eram como os amigos de sempre, que tinham armas.

Depois que eles ganharam dinheiro, a mãe quebrou a promessa. Nada de pessoal da assistência social para Piggy.

O Urso e a mãe estão rindo e ela está sentada no colo dele.

Isso foi no dia em que aconteceu.

A mãe sentada no colo do Urso, rindo, tira a faca grande do meio das almofadas do sofá, onde nunca esteve antes.

Piggy se lembra como se fosse agora mesmo, não como se fosse lá atrás.

A mãe gira a faca no pescoço do Urso, da frente até atrás.

Aí tudo fica muito ruim, pior do que nunca.

Não deixe seu coração se perturbar.

Não deixe que o seu coração se perturbe.

A mãe diz que não o matou para pegar o dinheiro dele. Ela diz que o matou porque ele era amigo de Piggy.

A mãe diz: *Meus amigos são meus, sua pequena aberração de cara gorda. Meus amigos não são seus amigos. O que é meu é meu. Você é minha, Piggy Porca. Você me pertence, Piggy Porca. Ninguém me toma o que é meu. Ele está morto por sua causa.*

Isso deixaria Piggy triste para sempre se fosse verdade que o Urso tinha morrido por sua causa.

Mas eis um modo de Piggy saber que não é verdade: a mãe sempre mente.

Não deixe seu coração se perturbar.

Eis outro modo de Piggy saber que não é verdade: morrendo, o Urso olha para ela e seus olhos não estão com medo nem bravos.

Seus olhos só dizem *Sinto muito, Piggy.*

E seus olhos dizem: *Tudo bem, menina, continue seguindo em frente.*

Piggy sabe ler olhos. Não sabe ler palavras, mas lê olhos muito bem.

Às vezes, quando lê os olhos da mãe, Piggy sente que sua cabeça pode explodir.

A fechadura guincha.

Piggy não esconde as revistas. Continua cortando as figuras. Eles a deixam cortar as figuras.

As revistas são da mãe, mas umas velhas que ela não quer mais.

Piggy tem permissão de cortar um monte de figuras e colá-las juntas para fazer figuras maiores. A mãe chama as figuras maiores de um nome que Piggy nunca vai ler nem conseguir lembrar.

Piggy não as chama de nome nenhum. Ela só vê como umas coisas bonitas que podem ser colocadas junto com outras coisas bonitas de modo que todas as coisas ficam ainda mais bonitas por causa do modo como são colocadas juntas.

As coisas mais bonitas que Piggy faz, a mãe queima. Eles vão lá fora e a mãe queima as melhores figuras coladas juntas.

Essa é uma das poucas coisas que dá para dizer com certeza que fazem sua mãe feliz.

Eis outro modo de Piggy saber que a mãe mente, até mesmo para si mesma: ela acha que está *sempre* feliz.

A fechadura guincha. A porta se abre. A mãe entra.

O homem fica no vão da porta, encostado lá, braços cruzados.

A mãe e o homem andaram bebendo. Dá para ver.

A mãe se senta na escrivaninha.

— O que você está fazendo, filha?

— Fazendo coisas.

— Minha pequena artista.

— Só figuras.

A mãe tem uma faca.

Não a faca do Urso, mas igual à faca do Urso.

Ela a põe na escrivaninha.

Piggy acha que pode ter se esquecido de fechar a capa da almofada depois de guardar a Coisa do Brilho Eterno.

Se a mãe vir uma capa de almofada aberta e encontrar ESPERANÇA numa corrente prateada, vai haver Grandes Feiuras.

Piggy olha de relance para a poltrona. A capa da almofada está fechada.

— Grande dia chegando, Piggy.

A capa está fechada, então só continue usando a tesoura.

— Seu pai está vindo para buscá-la, filha.

Piggy erra. Corta fora a cabeça de uma moça bonita. Então finge que só quer a cabeça e a corta com todo o cuidado.

— Eu lhe falei do seu pai, de como você o deixou enojado, sua cara gorda imbecil o deixou constrangido e então ele a largou comigo e deu o fora.

— Claro — diz Piggy, mas só para dizer algo.

— Bem, de repente ele entrou para uma religião, quer corrigir as coisas, então está vindo para levá-la com ele, para onde vocês dois vão viver eternamente felizes.

Isso é ruim. Isso é tão ruim quanto o ruim consegue ser.

Talvez seja mentira que seu pai esteja vindo.

Se for mentira, por que contar? Só para deixar Piggy com esperança e então não acontecer, mas alguma coisa realmente ruim acontece em seu lugar.

E caso seu pai realmente esteja vindo, eles não irão embora e serão felizes para sempre. De jeito nenhum.

O que é meu é meu. Você é minha, Piggy Porca. Você me pertence, Piggy Porca. Ninguém me toma o que é meu.

Seu querido Urso morto e todo aquele sangue e sua mãe sussurrando: *Você é minha, Piggy Porca.*

E ali na escrivaninha está uma faca igual à faca do Urso.

Se o pai de Piggy vem, a mãe irá matá-lo.

Ela quer que Piggy saiba o que vai acontecer. É por isso que a faca está sobre a escrivaninha. Assim Piggy fica sabendo.

A mãe quer que Piggy saiba que há uma chance de escapar, mas não, na verdade não há, pois ninguém tira da mãe o que lhe pertence. Ela quer que Piggy tenha esperança para depois tirá-la.

Mas a mãe não sabe, não importa o que aconteça, que Piggy tem a ESPERANÇA que o Urso lhe deu na corrente prateada.

— Esse meu homem aqui, Piggy, ele fica se perguntando por que, afinal de contas, eu tive você, uma mutante do jeito que você é.

Ela se refere ao homem parado no vão da porta. Piggy tem mais medo desse homem do que dos outros antes dele. Ele faz a mãe ficar pior. A mãe ficou muito pior depois dele.

— Havia um cara grande, rico, que construía casas, o nome era Hisscus. Não podia fazer bebês, tinha semente ruim.

Piggy encara a mãe nos olhos. Ela lê os olhos da mãe e ali, com todo o medo, Piggy vê alguma verdade.

Portanto, ela não pode mais olhar nos olhos da mãe, Piggy usa a tesoura em outra figura.

Enquanto recorta, ela escuta com atenção, sem entender metade, mas quando a mãe fala a verdade, é uma coisa importante, porque ela nunca fala a verdade.

— Hisscus não era casado, mas queria demais um bebê. Não oficialmente. Queria um bebê sem ser oficial.

Com o canto do olho, Piggy vê a mãe olhar de relance para o homem no vão da porta.

— Hisscus conhecia um médico que era parecido com ele, faria o parto em casa, sem certidão de nascimento, sem registro.

A mãe ri de alguma coisa que o homem na porta faz.

Piggy continua com a cabeça baixa.

— Então eu fiz o seu pai me engravidar — a mãe conta a Piggy.

Aquilo não significa coisa alguma para Piggy. Ela escuta com mais atenção.

— Não houve uma ultrassonografia para saber o sexo ou qualquer coisa.

Quanto mais atenta Piggy fica, menos sentido a mãe faz.

— Se eu tivesse uma menina, Hisscus ficaria com ela. Se fosse um menino, ele conhecia pessoas que queriam o mesmo tipo de doce que ele, mas que preferiam o sabor oposto, então ele poderia trocar com eles por uma menina.

Na porta, o homem assobia bem baixinho. E diz:

— O que é mais frio que gelo seco?

— Eu, meu bem — responde a mãe.

Nenhum deles faz qualquer sentido. Gelo é molhado.

— Hisscus tinha uma segunda casa, lugar bacana, no litoral norte. Eu ia morar lá, ganharia um baita cheque todos os meses, qualquer coisa que quisesse. Quando a faxineira viesse limpar a casa, não saberia nada sobre o porão secreto.

Piggy não entende o que sua mãe está lhe contando, mas sabe com certeza, sem saber *como* sabe, que ela não pode olhar nos olhos da mãe agora, pois o que há neles é mais amedrontador do que nunca.

— Então, Piggy, você saiu de mim, a pequena Piggy Porca imbecil de cara gorda, e todo o negócio foi desfeito. Ele não queria uma pequena Piggy Porca no porão secreto, nem mesmo me tendo, pois para começo de conversa eu não era o que ele mais queria.

— Chantagem? — pergunta o homem lá da porta.

— Foi por isso que fiquei com a cadelinha — diz a mãe. — Tentei jogar sob esse ângulo. Mas não tinha prova. Ele tinha sido totalmente astuto. Ele tentou liquidar a dívida com uns trocados e eu aceitei. Continuei pressionando por mais um ano, mas ele sabia como pressionar mais ainda.

— Depois disso, por que ela não acabou numa lixeira?

— Naquela altura — diz a mãe —, eu achava que a Piggy Porca me devia muito, e gosto que paguem o que me devem.

A mãe pegou a faca.

— Piggy tem me pagado os juros, mas já é hora de eu reaver o capital.

A mãe se levanta da escrivaninha.

— Piggy, meu homem e eu acabamos de aprofundar a nossa relação.

Para o homem, ela diz:

— Agora que você sabe de tudo, acha que sou má demais para você?

— Nunca — diz ele.

— E você, é mau o suficiente para mim?

— Posso tentar ser — diz ele.

Ela ri de novo. A mãe tem uma risada legal.

Às vezes, não importa o que aconteça, o riso da mãe faz a gente querer rir. Agora não.

Eles saem e trancam a porta.

Piggy sozinha.

Ela não entendeu nada daquilo. Mas seja o que for, não era nada bom.

Ela larga a tesoura.

— Ei, Urso — diz ela, mas, embora o Urso vá sempre estar com ela, ele não responde.

A mãe e o homem falando, vozes sumindo. Eles vão sair para fazer alguma coisa, ela não sabe o quê, mas dá para sentir.

Quando a mãe voltar, ela vai estar com a faca. Ela vai estar com a faca de agora em diante. Até usá-la.

Todas as coisas trabalham para o melhor, por mais difícil que seja de acreditar.

Era isso que o Urso dizia. E o Urso sabia das cosias. O Urso não era burro como a Piggy. Mas o Urso morreu.

TERCEIRA PARTE

"O bosque é belo, sombrio e profundo
Mas tenho promessas a cumprir,
E milhas a percorrer antes de dormir
E milhas a percorrer antes de dormir."

— Robert Frost
Parada no bosque numa noite de neve

CAPÍTULO 51

PRIMEIRA A SAIR DA CAMA, ÀS 5H45, AMY TOMOU BANHO E se vestiu. Deu comida para Nickie e levou-a para um passeio enquanto Brian se aprontava.

O sol não aparecera com a alvorada. Nuvens cinza manchavam o céu. Pareciam gordurosas.

No parque ao lado do oceano, as imensas palmeiras mal se mexiam com a brisa tão lânguida quanto o mar de onde ela vinha. Como se feridas, as ondas descoradas rastejavam para a praia e morriam na areia ornada de algas podres.

Quando se acredita que a vida tem significado e se consegue vislumbrar uma ordem, um padrão que parece sugerir um projeto, a gente se arrisca *procurando* sinais em vez de esperá-los como se esperasse uma graça. Os augúrios parecem estar espalhados de modo tão extravagante quanto o lixo no despertar de uma tempestade de vento, e na chuva da imaginação afoita os presságios aparecem como cogumelos no campo.

Após o telefonema da irmã Jacinta, Amy momentaneamente perdeu a confiança em si, sem saber se conseguia discernir a diferença entre um verdadeiro padrão e uma fantasia, entre uma significância e um dado duvidoso. A coincidência no nome de Nickie, seu comportamento, o evento com os chinelos, a referência de Teresa a vento e sinos, tudo aquilo fora peculiar, sugestivo, mas não claramente provas de forças extraterrenas em ação. O telefonema de uma freira morta, contudo, pode ser considerado algo da ordem superior do fantástico, e dali em diante qualquer um tenderia a ver mensagens miraculosas em cada face que a natureza pusesse em seu caminho.

Seu olhar foi atraído pelo movimento de um rato que subia disparado pelo tronco de uma grande palmeira, desaparecendo dentro da franja de folhas mortas sob a coroa verde.

Rato é símbolo de imundície, decadência, morte.

Ali, na calçada, um grande besouro negro deitado de costas, as pernas rijas, e formigas apinhadas se alimentando do que dele escorre.

Ao lado da lata de lixo com uma tampa tão solta que trepidava até mesmo com a fraca exalação do mar, havia uma garrafa vazia de molho picante com uma caveira e ossos cruzados na etiqueta.

Por outro lado, três pombas brancas cruzavam o céu em forma de flecha, sete moedas de um centavo estavam arrumadas na borda de um bebedouro e num banco havia um livro largado intitulado *Seu futuro brilhante*.

Ela decidiu deixar que os instintos de Nickie a guiassem. O cão farejava tudo, sem se fixar em nada, e não mostrava desconfiança. Seguindo o exemplo do golden, Amy encontrou seu caminho para uma interpretação menos exaltada de cada forma e sombra, e logo perdeu o interesse pelos sinais.

De fato, ela foi tomada pelo ceticismo e começou a questionar se a conversa com a irmã Jacinta realmente acontecera. Podia ter sido um sonho.

Ela achava que acordara de um pesadelo com o movimento de asas antes de tocar o telefone, mas talvez só tivesse passado de um sonho em Connecticut a um sonho onde dialogava com um fantasma.

Depois do telefonema, ela encarou Nickie, pôs o braço em volta dela e adormeceu novamente. Tinham acordado juntas naquele abraço. Se o telefonema só acontecera num sonho, ela apenas se virara para o lado de Nickie durante a noite.

Ao chegar de volta ao hotel, ela já decidira não falar nada sobre a irmã Mouse com Brian. Pelo menos não ainda. Talvez quando estivessem na estrada.

Antes de ir dormir na noite anterior, Brian enviara um e-mail a Vanessa. Enquanto Amy caminhava com Nickie, chegara a resposta.

Ela deu o endereço de um restaurante em Monterey onde queria que Amy e Brian almoçassem.

Eles compraram o café da manhã numa lanchonete e novamente comeram durante o percurso, rumo ao norte na rodovia 101. Deveriam chegar em Monterey por volta do meio-dia.

Brian dirigiu as primeiras três horas. Não falou muito, deixando a maior parte do tempo os olhos fixos na estrada, com uma expressão soturna.

Embora estivesse ansioso para ganhar a custódia da filha, devia estar preocupado com as condições em que a encontraria e com o quanto ela o responsabilizaria pelo próprio sofrimento.

Mais de uma vez, Amy tentou distraí-lo das correntes taciturnas de seus pensamentos, mas ele só vinha à tona brevemente e logo mergulhava de novo para ruminar seu silêncio.

Forçada pela introspecção dele a fazer uma autoanálise, Amy admitiu que o ceticismo não fora a verdadeira razão para ela hesitar em contar a Brian sobre o telefonema da irmã Jacinta. Relegar sua visita a um simples sonho não seria uma atitude sincera.

A verdade era que ao relatar o conteúdo de sua conversa com a freira ela teria de contar a Brian o final da história que estivera exausta demais, emocionalmente esgotada demais — corroída demais pela culpa — para acabar na noite anterior. Interrompera a narrativa com a morte de Nickie no Mater Misericordiae; estava tentando reunir coragem para contar o resto.

Depois de pararem num acostamento para esticar as pernas e dar a Nickie um tempo para o pipi, Amy assumiu a direção pelas duas últimas horas até Monterey. Agora precisava prestar atenção na estrada. Tinha um motivo para não olhar direto para Brian enquanto conversavam, o que lhe deu confiança para retornar ao passado.

Mesmo assim, ela só podia abordar o monstruoso acontecimento de modo lento e indireto. Começou pelo farol.

— Já lhe contei que morei num farol por alguns anos?

— A maioria tem uma bela arquitetura — disse ele. — Eu me lembraria da sua época no farol.

Seu tom demonstrava que ele sabia que ela também se lembraria de ter-lhe contado e que reconhecia a falsa indiferença da pergunta.

— Agora, com a navegação por satélite, muitos faróis já não estão mais em serviço. Outros foram automatizados, usam eletricidade em vez de caldeira a óleo.

— Alguns viraram pousadas.

— É. Reformam a casa do faroleiro. Alguns até oferecem um ou dois quartos no próprio farol.

Esse farol ficava num promontório rochoso em Connecticut. Ela tinha 20 anos quando se mudou para lá, 24 quando foi embora.

Ela não explicou o que a levara para lá, nem mencionou se estava sozinha ou em companhia de outras pessoas.

Brian pareceu sentir que perguntas a inibiriam e que uma pergunta feita cedo demais a deteria totalmente.

Ela falou da costa acidentada e das arrebatadoras paisagens marinhas, da vista espetacular que havia na sala da lanterna no topo da torre e dos detalhes encantadores da casa do faroleiro.

Demorou-se por algum tempo na beleza do próprio farol, nas paredes de nogueira do vestíbulo redondo, nos arabescos da escada caracol de ferro. No topo, na sala da lanterna, as maravilhosas lentes Fresnel, de forma oval, com uma série integrada de anéis prismáticos no fundo e no alto, que refletiam os raios de uma lâmpada de halogênio de mil watts para o centro das lentes, ampliando-as. Assim concentrada, a luz era emitida para fora, através da escuridão do Atlântico.

Eles chegaram ao restaurante em Monterey quando ela acabava de contar que, no início do século XIX, as lentes Fresnel eram tão pesadas que o único modo de girá-las, fazendo o raio varrer a costa, era deixando-as flutuar em poças de mercúrio. Extremamente denso, o mercúrio suporta grandes pesos e reduz o atrito ao mínimo.

O mercúrio é altamente tóxico. Gradativamente, a flutuação no mercúrio foi sendo substituída pelos mecanismos de relógio e contrapesos, que por sua vez deram lugar aos motores elétricos.

Mas antes disso o mercúrio levou alguns faroleiros à insanidade devido à intoxicação.

CAPÍTULO 52

BILLY PILGRIM FOI DE SANTA BÁRBARA A MONTEREY COMO único passageiro de um jato fretado da Learjet.

O comissário de bordo usava calças pretas, camisa e casaco brancos e uma gravata-borboleta preta. Tinha sotaque britânico.

Tendo embarcado às 10 horas, serviram-lhe uma tardia refeição matinal composta de morangos com creme, omelete de lagosta e brioche tostado com creme de passas.

Deixara sua mala de roupas no hotel em Santa Bárbara porque, à noite, quando todos que deviam morrer estariam mortos, ele pretendia retornar às suas férias como Tyrone Slothrop.

Trouxera a mala que continha as armas. A primeira era uma Glock 18 com 33 balas no pente. A segunda, um rifle desmontado para mirar a distância.

Antes de sair de Santa Bárbara, ele tirara o jornal para os fãs de armas da mala, deixando-o na mesa de centro da sala. Não estava preocupado que a publicação pudesse se transformar novamente nos desenhos de cão feitos por Brian McCarthy. Aquilo fora uma alucinação provocada pelo cansaço. Billy estava descansado e superara tudo aquilo. Só queria guardar o jornal para ler mais tarde, durante a semana. Nada mais. Só isso. Ele se sentia bem.

O comissário lhe trouxe uma coleção de revistas de papel lustroso, e, ao abrir uma delas, a primeira coisa que viu foi uma propaganda de finos ternos masculinos. Na extensão da página dupla, três jovens bem-vestidos caminhavam com três golden retrievers.

Billy fechou a revista e a deixou de lado. A foto não significava nada. Coincidência.

Desconfiado de que a mesma página dupla podia aparecer em muitas das publicações, Billy não abriu a revista seguinte na primeira página, mas no meio, onde era mais provável encontrar conteúdo editorial do que propaganda. A reportagem diante dele era sobre uma celebridade que amava cães e seus três golden retrievers.

Na foto de abertura da matéria, os três cães olhavam diretamente para a máquina fotográfica, e algo em seus olhos sugeriu a Billy que meses antes, quando a foto fora tirada, os cães sabiam que ele, Billy Pilgrim, estaria olhando para eles muitas semanas depois como ocorria agora, num estado de agitação. Os três cães estavam rindo, mas ele não viu risada alguma em seus olhos, muito pelo contrário.

Billy largou a revista e foi direto para o banheiro. Não vomitou. Ficou contente de não ter vomitado. Isso indicava que ele conseguira readquirir o controle sobre seus nervos.

Olhando no espelho, viu que havia gotas de suor na testa e enxugou o rosto com uma toalha. Depois disso, ficou com boa aparência. Não estava pálido, mas mesmo assim beliscou as bochechas para deixá-las mais coradas. Estava bem. Não derramara uma única lágrima. Piscou para si mesmo.

Em Monterey, quando Brian McCarthy e Amy Redwing chegassem, Billy estaria num carro alugado dentro de um estacionamento vigiando o restaurante do outro lado da rua.

Ele sabia que ela resgatava goldens e possuía cães dessa raça. Mas não esperava que fosse trazer um numa viagem daquelas. Eles não conheciam seu destino final. Não sabiam a distância que iriam percorrer ou onde poderiam ter que parar ou que situação encontrariam na outra extremidade. Não fazia qualquer sentido levar um cachorro com eles. Ele não conseguia ver nenhuma possibilidade de isso fazer sentido.

O restaurante não aceitava cães, então Amy e Brian o deixaram trancado no Expedition com uma fresta aberta nas janelas. O SUV estava estacionado no meio-fio. Eles entraram e um minuto depois Billy os viu por uma das janelas. Pegaram uma mesa de onde podiam observar o cão.

Billy ligou para Harrow para relatar que a dupla chegara a Monterey.

— Eles têm uma sombra?

— Se estiverem desconfiados e vieram com um apoio, é alguém muito discreto. Eu poderia apostar que estão sozinhos. Só que trouxeram um golden retriever.

Harrow o surpreendeu ao dizer:

— Mate-o.

Para ter certeza de que não havia nenhum engano, Billy perguntou:

— Matar o cachorro?

— Isso. Bem matado, sem piedade. É isso que ela quer.

— Quem quer?

— Vanessa. Mate o cachorro. Mas só depois que eles chegarem lá. Estão viajando despreocupados, com a boa sensação de estar vindo pegar a filhinha preciosa. Queremos mantê-los assim.

Harrow desligou.

Billy viu o golden observando McCarthy e Redwing na janela do restaurante. Às vezes eles olhavam para verificar o cachorro.

A Glock 18 tinha um dispositivo seletor que poderia transformá-la de semiautomática em totalmente automática, dando 1.300 giros por minuto. Quando chegasse a hora, a arma poderia detonar vinte balas no cachorro numa questão de segundos. Isso parecia satisfazer a exigência de *matar bem matado, sem piedade.*

O cão estava observando Billy.

Antes estava atentamente concentrado na janela do restaurante onde McCarthy e Redwing estavam almoçando, mas agora tinha se virado.

Do outro lado da rua, Billy olhava diretamente para ele também.

O cão parecia ter perdido todo o interesse pelos donos. Parecia estar fascinado por Billy.

Nem um pouco intimidado, Billy estreitou os olhos para deixar o golden retriever ainda mais em foco.

O cão ergueu o focinho até a fresta da janela aberta. Estava farejando o cheiro de Billy.

Imediatamente, ele ligou o carro alugado e voltou para o aeroporto. Tinha um horário a cumprir. Precisava ir andando. Nada mais. Sentia-se bem.

CAPÍTULO 53

NO RESTAURANTE, AMY NÃO VOLTOU AO ASSUNTO DO FAROL. Brian sentiu que ela não queria falar sobre aquele período de sua vida sob a mira dos olhos de ninguém que não fosse ele.

Ele percebeu que ela devia estar a ponto de fazer a revelação que relutava em fazer, que estava se dirigindo àquele cadeado do passado ao qual, havia muito que ele suspeitava, ela estava acorrentada.

A revelação dele com certeza a incentivara. Por dez anos ele tinha fracassado com a criança que gerara. Qualquer coisa que Amy tivesse feito, seria improvável que a oprimisse com o peso da culpa que Brian carregava.

Vanessa ligou durante o almoço.

— Vocês vão passar por São Francisco e atravessar a ponte Golden Gate.

— Não sabia que seria tão longe.

— Você vai ficar se lamentando, Bry?

— Não. Só estou dizendo.

— Dez anos da minha vida viraram lixo porque tive que cuidar da sua Piggy Porca e agora você vai reclamar por causa de um dia na estrada?

— Esqueça. Não falei nada. Você tem razão. Depois de atravessarmos a ponte, o que faremos?

— Fique na 101 direção norte. Telefono para dar os detalhes. De qualquer jeito, Bry, você não poderia ter ido de avião até São Francisco e vindo de carro de lá. Não tão em cima da hora, nem com o cachorro.

Ele olhou para Nickie lá fora no Expedition.

— Então, você realmente está nos vigiando.

— Meu rico namorado nervosinho está questionando se o cachorro não pode estar ligado a algum programa de TV correndo atrás de escândalos. Você acredita nisso? O *cachorro*?

— Já lhe falei, não vou me arriscar a estragar esse acordo.

— Sei que não, Bry. O pessoal da segurança dele ia fazer uma varredura eletrônica em você e no carro assim que vocês chegassem aqui. Agora vão inspecionar o cachorro também. Talvez haja um microfone escondido na coleira, o gerador no traseiro dele. Isso não é histérico?

— Você que está dizendo.

— Até logo, Bry.

Ela cortou a ligação.

Brian pegou alguns bocados da segunda metade da refeição e Amy também parecia ter perdido o apetite.

— Quero que isso acabe logo — disse ele. — Só quero Esperança longe dela.

— Então vamos pegar a estrada — disse Amy.

Quando voltaram ao Expedition, deixaram Nickie sair para um pipi, e depois ela aceitou graciosamente dois biscoitos como recompensa por ter sido tão paciente.

Depois que a cadela pulou para a parte de trás do SUV e virou-se para Brian, que estava parado na janela traseira, seus olhos se encontraram. Naquele dia nublado, o olhar afetuoso de Nickie não estava iluminado pela luz do Sol refletida, mas cheio de sombras, fixo, direto e escuro.

Ele nada sentiu de estranho no primeiro momento, mas logo a força centrípeta daqueles olhos parecia puxá-lo para eles. Sentiu o coração acelerar e a mente ter clara percepção do profundo mistério que o levara a fazer tantos estudos, com tamanha obsessão, dos olhos de Nickie.

Em sua memória surgiu o som complexo e envolvente: silvo, zunido, estalidos abafados, farfalhada e um baque surdo, uma forte palpitação e um rufar constante...

O som se interrompeu abruptamente quando a cadela se virou e foi para a frente.

Brian ficou ciente do ruído do tráfego na rua voltando lentamente do silêncio em que caíra, só percebendo agora.

Ele fechou a porta de trás e deu a volta até a porta do passageiro. Amy queria dirigir.

Dentro do carro, na estrada, eles teriam privacidade. Os segredos poderiam ser compartilhados com mais facilidade.

Na interestadual, rumo à cidade lendária, ela ficou quieta por algum tempo, até dizer:

— Quando eu tinha 18 anos, casei com um homem chamado Michael Cogland. Acho que ele pretendia me matar desde o dia em que aceitei seu pedido de casamento.

CAPÍTULO 54

NA NOITE ANTERIOR, AO ATIRAR EM GUNNY SCHLOSS, BILLY matava a terceira pessoa desde o amanhecer, tendo também auxiliado dois outros homicídios. Devia estar muito contente, mas toda a graça daquele dia sumira e a diversão de fazer travessuras o abandonara.

Ao afastar-se do restaurante em Monterey, sentindo o olhar fixo do cachorro em sua nuca mesmo depois de ter virado a esquina, ele decidiu que o problema devia ser por ele ter matado aquelas pessoas só por motivos financeiros. Não eliminara nenhum deles por diversão, simplesmente como expressão de sua convicção de que a vida era um desfile de tolos marchando sem propósito.

Shumpeter não era um sócio, mas não fora morto por um ato de pura violência. Billy acabara com ele por causa do Cadillac e para usar a casa como fornalha onde destruir provas incriminadoras que valiam por sentenças de vidas múltiplas.

Para seu dissabor, Billy percebeu que se desviara do caminho. Ficara tão consumido pelos negócios que se perdera da filosofia que lhe dera uma vida tão feliz e bem-sucedida. Tornara-se tão *sério* em relação ao tráfico de drogas, ao tráfico de armas, ao tráfico de órgãos e a outros empreendimentos que sucumbira à ideia de que o que fizera *importava*. Com exceção do fato de que tudo o que fazia para ganhar dinheiro era ilegal, ele não conseguia ver a mínima diferença entre ele próprio e Bill Gates. Ele se dedicara a *construir* algo, a deixar um *legado*!

Estava constrangido consigo mesmo. Tornara-se um burguês da contracultura, seduzido pela ilusão de propósito e realização.

Na noite anterior, saindo do apartamento de Brian McCarthy, após o inexplicável acesso de choro, ele dissera a si mesmo que o tônico mais certeiro para lhe melhorar o humor seria o assassinato impiedoso de um total estranho escolhido a esmo, confirmando assim a natureza sem significado e tragicômica da vida.

Estava certo. Um momento de lucidez. Mas metade de um dia se passara e ele ainda não agira seguindo seu próprio belo conselho.

Com o Learjet, ele podia saltar adiante de McCarthy e Redwing e ficar esperando no ponto de interceptação muito antes de eles chegarem. Tinha tempo de pôr sua vida nos trilhos.

No estacionamento de um supermercado, Billy abriu a mala das armas. Encaixou o pente de 33 giros na Glock 18 de 9 milímetros e aparafusou o silenciador.

Depois seguiu em frente.

Durante a meia hora seguinte, encontrou numerosos alvos excelentes. Uma doce senhora idosa passeando com seu maltês. Uma menina numa cadeira de rodas. Uma bela jovem, imaculadamente vestida, entrando num Honda que tinha no para-choque as mensagens DIGA NÃO ÀS DROGAS e ABSTINÊNCIA SEMPRE FUNCIONA.

Quando não conseguiu juntar energia suficiente para puxar o gatilho numa jovem mãe empurrando dois bebês num carrinho duplo, Billy percebeu que estava passando por uma crise de meia-idade.

No estacionamento de uma loja de departamentos, ele desaparafusou o silenciador da Glock, ejetou o pente e devolveu tudo aos nichos de isopor dentro da mala.

Nunca estivera mais assustado na vida.

Quando acabasse o trabalho atual, tiraria férias mais longas do que os poucos dias que planejara, talvez um mês. Durante todo o tempo seria Tyrone Slothrop e releria todos os clássicos que o haviam libertado na juventude.

O problema talvez fosse que a geração atual de escritores alienados, amargos, irônicos, irados, niilistas com inclinação cômica não tinha tanto talento quanto a dos gigantes que a antecedeu. Se ele tivesse se sustentado com chá fraco, confundindo-o com uma branquinha, podia ter inadvertidamente deixado sua mente passar fome.

Voltou para o aeroporto, onde o avião esperava.

A pedido de Billy, o comissário com sotaque britânico preparou um Chivas Regal com gelo picado.

O almoço, servido bem acima do solo, consistia de salada, peito de frango e ovos de codorna.

Billy tomou o uísque, comeu e ficou refletindo. Não pegou nenhuma revista, foi ao banheiro uma vez, mas sem se olhar no espelho. Não ficou amedrontado com o cachorro farejando seu cheiro pela fresta aberta da janela do SUV. Não chorou. Nenhuma lágrima sequer. Seu mal-estar não passava de um solavanco na estrada. Nada com que se preocupar. Um solavanco. Na estrada.

CAPÍTULO 55

DIRIGINDO PARA A CIDADE ONDE TANTA GENTE AFIRMARA ter deixado seu coração, Amy descarregava o seu.

Em seu último ano escolar no Mater Misericordiae, ela ganhou uma bolsa de estudos para uma grande universidade. Como era uma bolsa parcial, ela precisava se sustentar.

Durante dois anos, enquanto cursava o ensino médio, ela trabalhara meio expediente como garçonete. Tinha gostado do serviço e ganhara boas gorjetas.

Ao ir embora para a universidade, conseguiu um emprego numa churrascaria fina. Lá conheceu Michael Cogland, um frequentador de 26 anos, oito mais velho que ela.

Ele era charmoso e intenso, mas quando a convidou para sair, a princípio ela não aceitou o convite. Ele se mostrou incansável.

Amy pensava saber o que queria: uma educação de primeira, inclusive um doutorado, uma carreira de professora universitária, um vida acadêmica tranquila com muitos amigos e uma oportunidade de enriquecer a vida dos alunos como as freiras do Misericordiae tinham enriquecido a dela.

Michael Cogland não só persistiu até tirá-la de seus sapatos de garçonete, como também a jogou num mundo de opulência que ela achou irresistivelmente sedutor.

Mais tarde ela se daria conta de que ter sido abandonada aos 2 anos só com a roupa do corpo, ter perdido os Harkinson e a sólida vida de classe média que eles lhe dariam e ter sido criada num orfanato, tudo isso a fizera crescer com uma sede de segurança que não fora satisfeita nem com todo o amor que as freiras lhe haviam dado. Ela seguira em frente por 18 anos com uns poucos dólares na carteira e pensara que a pobreza — e o conforto com que vivia nela — a houvesse inoculado contra um desejo pouco saudável por dinheiro.

Cogland reconhecera sua ânsia subconsciente por segurança e, com sutileza e astúcia, apresentou-a à possibilidade de um futuro aconchegante ao qual ela não conseguiu resistir.

Como ela era uma modesta menina de escola católica, ele a tratava com respeito e esperou até se casarem para terem relação física. Ele sabia muito bem como influenciá-la.

Ficaram noivos dois meses após terem se conhecido e em quatro estavam casados. Ela saiu da universidade e entrou para uma vida de lazer.

Ele queria uma família. Logo ela engravidou. Mas haveria uma babá, empregadas.

Só bem mais tarde ela ficou sabendo que, embora Michael fosse realmente rico, a maior parte de sua fortuna estava depositada em custódia. Pelos termos do testamento do avô, aqueles bens só passariam para ele com duas condições: antes dos 30 anos ele devia se casar com uma moça aceita pelos pais e ter um filho com ela.

Aparentemente, seu avô, e possivelmente os pais, viram nele, mesmo ainda menino, uma tendência para más atitudes e atos inadequados. Como os Cogland sempre foram uma família religiosa, livre de escândalos, cuja fortuna fora construída com um forte senso de serviço comunitário, eles acreditavam no poder de uma boa esposa e filhos para acomodar um homem que, de outra forma, poderia se entregar às suas fraquezas.

Amy deu à luz uma filha quando tinha 19 anos, e por algum tempo tudo parecia bem, uma vida de privilégio e alegria iniciada de modo propício. Michael tomou posse de sua herança e Amy ainda não sabia que fora o veículo para sua obtenção.

Gradativamente, ela começou a ver nele um homem diferente daquele com quem se casara. Quanto mais o conhecia, menos seu charme lhe parecia genuíno, mais parecia ser um instrumento de manipulação. Seu jeito carinhoso foi diminuindo e às vezes uma mente fria se revelava.

Ele tinha uma veia de garanhão e pulou a cerca várias vezes para ficar com outras mulheres. Duas vezes ela encontrou evidências, mas a maioria dos casos ela descobria não por meio de fatos, mas por dedução. Ele tinha um gênio péssimo, que ficara bem escondido até o terceiro ano de união.

Quando já estavam casados havia dois anos, Amy começou a ficar com mais frequência e por mais tempo na casa de veraneio, uma propriedade deslumbrante de frente para o mar, onde uma bela residência fora ampliada na casa do faroleiro. O farol propriamente dito, que pertencia aos Cogland, havia muito fora automatizado; a manutenção era feita uma vez por mês pelos engenheiros da Guarda Costeira que iam até o local de helicóptero.

Michael gostava de permanecer na cidade. Suas visitas eram raras enquanto ele mantinha as aparências do casamento, mas já não sentia desejo por Amy, de modo que mesmo durante as visitas ele costumava dormir num quarto separado. Ele parecia vê-la com um desdém que ela não merecia e não conseguia entender.

Ela continuou casada com ele apenas por causa da única filha, a quem Amy amava demais e queria ver criada no estável ambiente familiar dos Cogland. Na verdade, ela dizia a si mesma que só permanecia por esse motivo, mas aquilo era ilusório.

Embora ansiasse por uma relação homem-mulher genuína e sofresse com a solidão, gostava do estilo de vida, talvez até demais: a aura magistral de uma fortuna antiga, os pacíficos ritmos da vida diária sem esforço, a beleza da propriedade.

Agora, anos mais tarde, tendo se tornado uma Amy muito diferente daquela jovem mulher, ela freou atrás do tráfego lento que se aproximava da ponte Golden Gate.

Sem olhar para Brian, disse:

— Ele queria que nossa filha se chamasse Nicole e eu gostei, era um belo nome, mas quando ela chegou aos 3 anos, passei a chamá-la de Nickie.

CAPÍTULO 56

QUANDO A ESCURIDÃO SOME LÁ FORA, QUANDO PIGGY TEM absoluta certeza de que a mãe e o homem estão dormindo, ela também dorme.

Se ela dorme quando eles não dormem, pode acordar e ver sua mãe a observá-la. Ela tem medo de que a mãe a observe dormindo.

Às vezes, ela acorda e a mãe está com fogo. Um isqueiro. O polegar acende o fogo, depois apaga, acende e apaga. A mãe olhando Piggy dormir e fazendo fogo. Piggy sonha com Urso. Ele tem um boneco de meia em cada mão. Os bonecos são tão engraçados, como eram quando o Urso não estava morto.

Aí a mãe está no sonho. Ela bota fogo nos bonecos de meia. As mãos do Urso estão em chamas.

No sonho, Piggy diz: *Não, não, não foi assim, não fogo, foi uma faca.*

Agora o cabelo do Urso está pegando fogo. Ele diz a Piggy: *Corra. Corra, Piggy, corra!* A boca do Urso cospe fogo, seus olhos se derretem.

Piggy se senta na cama. Tira as cobertas. Sai da cama. E fica se abraçando, tremendo.

Ela se sente tão sozinha. Está com medo. Ela tem medo de que sozinha seja para sempre, todos os dias que estão por vir e depois todos eles de novo.

Ela corre para a poltrona, pega a almofada. A almofada tem uma capa. A capa tem um fecho.

Com a Coisa do Brilho Eterno na mão, Piggy faz a Pior Coisa que Ela Pode Fazer.

Na verdade é uma coisa boa. Faz ela não se sentir tão sozinha, faz ela se lembrar do Urso não todo em chamas, sem uma faca nele, só o Urso sorrindo.

O Urso chama de a Pior Coisa que Ela Pode Fazer porque a mãe vai ficar com as Grandes Feiuras, talvez maior que grandes se pegar Piggy fazendo aquilo.

Quando acaba a Pior Coisa que Ela Pode Fazer, ela guarda a Coisa do Brilho Eterno, se lava e se veste. Está Pronta para Qualquer Coisa.

Come os biscoitos esfarelados de ontem. Ela guarda comida quando consegue. Nem sempre a comida vem quando a gente quer.

Ela pensa no que o Urso disse no sonho. *Corra, Piggy, corra!*

Ele não quer dizer só no sonho, mas agora. O Urso a está avisando.

Ela se lembra do que leu nos olhos da mãe ontem à noite, a mãe com a faca igual à do Urso, os olhos dela tão feios.

Corra, Piggy, corra!

Se Piggy olhar para a planta dos seus pés, verá o que acontece quando se tenta correr. Isso foi há muito tempo. Mas as marcas estão lá, dá para ver.

O que acontece quando se tenta correr é machucado. Ouve-se um *clique* e, depois, o machucado.

O polegar da mãe acende o fogo. Depois apaga. Depois acende. Se a gente tenta correr.

Piggy se senta à escrivaninha e tira uma caixa da gaveta.

Há figuras na caixa. Um monte. Elas são todas iguais, mas diferentes.

Faz tempo que ela as corta das revistas, não tanto quanto todos os dias que vai haver e depois todos eles de novo, mas há muito tempo.

Ela vai colar todas elas juntas de um modo que a faça se sentir bem. Ela as tem colecionado de muitas revistas. Agora tem o bastante. Está pronta para começar.

As figuras a fazem rir. São tão bonitas. Um monte. Sentados e de pé. Correndo e pulando. Cachorros. Todos cachorros.

CAPÍTULO 57

UM EXÉRCITO INFINITO TODO DE BRANCO, DISPOSTO EM fileiras a oeste e rodando rumo ao leste em silenciosas carretas de munição capturando a grande ponte sem gritos ou tiros.

Golden Gate não era o nome da ponte, mas da garganta da baía. E a ponte era laranja.

As armações, as traves, os cabos de suspensão, os cabos centrais e as torres começavam a desaparecer dentro da neblina.

À medida que o exército ia para o município de Marin, ao norte, houve momentos em que Amy não conseguia ver nada da estrutura circundante, a não ser os cabos verticais, dando a impressão de que a ponte estava suspensa em meio às nuvens e de que os viajantes estavam sendo transferidos do vácuo branco de suas vidas ao mistério branco além da morte.

— Naquele tempo — disse Amy, falando dos anos de seu casamento com Michael Cogland —, embora eu tivesse sido criada para crer, eu ainda não estava conseguindo *ver*. A vida era animada, estranha e às vezes tumultuada, mas na correria do dia a dia eu não prestava atenção aos padrões recorrentes. Um cão maravilhoso chamado Nickie viera a mim quando eu era criança... e depois eu tive essa menina cujo apelido ficou sendo Nickie. Eu achei divertido e fofo, nada mais.

Conforme o marido ia se distanciando e Amy tornando-se cada vez mais afastada dele, Michael começou a viajar com mais frequência e a permanecer fora por períodos mais longos, às vezes na Europa, na Ásia ou na América do Sul, supostamente a negócios, mas talvez em companhia de outras mulheres.

Aos 5 anos, sua filha Nicole, sua segunda Nickie, havia começado a ter pesadelos. Eram sempre os mesmos. No sono ela se encontrava andando sem destino numa noite de neve, perdida num bosque sombrio, sozinha e amedrontada.

O bosque era aquele atrás da casa delas, um matagal aonde a luz do farol não chegava.

Amy desconfiava de que os sonhos de Nickie podiam ser consequência de qualquer coisa, menos do fato de ela ter sido abandonada pelo pai, que primeiro a encantara e lhe conquistara o coração, assim como fizera com sua mãe.

Certa noite, de pijama e sentada na beira da cama, Nickie pedira os chinelos.

Mamãe, ontem à noite, eu estava descalça no sonho, preciso usar chinelos quando vou dormir para não caminhar descalça pelo bosque no meu sonho.

Se é apenas um bosque de sonho, Amy respondeu, *por que o solo não seria macio?*

É macio, mas é frio.

É um bosque de inverno, é?

Hum. Muita neve.

Então tente sonhar com um bosque de verão.

Essa era uma noite de inverno. A primeira neve da estação caíra na semana anterior e exatamente naquela tarde o céu deixara uma camada branca de cinco centímetros pela costa.

Eu gosto da neve, disse Nickie.

Então talvez seja melhor usar botas quando for dormir.

Talvez.

E meias grossas de lã e ceroulas.

Mamãe, você é boba.

E um casaco de visom e um gorro russo de visom.

A menina riu, mas logo ficou séria. *Eu não gosto do sonho, mas o que menos gosto é da parte de andar descalça.*

Amy pegou um par de chinelos do armário e os colocou embaixo do travesseiro de Nickie.

Pronto. Agora se você sonhar com o bosque e estiver descalça de novo, é só pegá-los debaixo do travesseiro e colocá-los nos pés.

Ela acomodou a filha para a noite. Tirou seu cabelo do rosto, beijou-lhe a testa, a face esquerda e depois a direita, de modo que sua cabeça não ficasse desequilibrada pelo peso de um beijo.

Depois Amy passou o resto da noite lendo e foi para seu quarto às 22h30.

No banco do passageiro do Expedition, Brian disse com grande ternura:

— Talvez fosse melhor eu dirigir.

Depois de cruzar a Golden Gate, eles seguiram para o norte pela rodovia 101.

O coágulo de neblina que asfixiava a ponte fervera, transformando-se num leite ralo quando eles chegaram a terra firme.

— Não — respondeu ela. — É melhor eu dirigir. Assim minhas mãos podem agarrar alguma coisa.

Naquela noite de inverno, o vento a acordara, não com seu próprio gemido e assobio, mas com a desarmonia produzida pelos sinos, pelos mensageiros de vento na sacada do lado de fora do quarto principal.

Amy olhou para uma janela que dava para o oeste, esperando ver a dança delicada da neve caindo contra a vidraça, mas só havia escuridão e nenhuma neve.

Embora os sinos geralmente a agradassem, algo desafinado a perturbou. Em todos os anos que passou lá, aquele era o primeiro vento a não ser bom músico.

Ao ficar totalmente desperta, o instinto lhe disse que não foram os sinos, mas algum outro som que a acordara e lhe afiara os nervos. Sentou-se na cama e jogou as cobertas para o lado.

Outra casa era ocupada por um casal — James e Ellen Avery — que cuidava da propriedade e assegurava que todas as necessidades de seus patrões fossem satisfeitas. Além de ser um bom administrador, James era um homem forte, ativo e responsável.

Na mesma ala da casa principal, havia os aposentos de Lisbeth, a empregada, e Caroline, a babá.

Um alarme era ligado todas as noites. Uma janela quebrada ou uma porta forçada dispararia o alarme e James Avery viria correndo.

Mesmo assim, Amy foi impelida por uma suspeita instintiva a permanecer de pé ao lado da cama.

Cabeça erguida, ela ouvia com atenção, desejando que o vento fizesse um intervalo e deixasse os sinos quietos.

Sua lâmpada de cabeceira tinha um regulador de luminosidade. Ela tateou à sua procura e deixou a luz mais fraca possível iluminar o quarto.

Poucas semanas antes ela fizera o que, na época, parecera impulsivo, excessivo, até tolo. Devido a várias reportagens de horríveis homicídios que vinham enchendo os noticiários, ela comprara uma pistola e tivera três aulas para aprender a usá-la.

Não. Não por causa dos homicídios nos noticiários.

Aquilo fora uma trapaça armada para si mesma que lhe permitia continuar acreditando que sua vida apenas encontrara um trecho mal pavimentado, que não tinha saído do rumo.

Caso seu medo fosse de homicidas estranhos, ela teria dito a alguém, pelo menos a James Avery, que adquirira a pistola e tivera aulas de tiro. Teria deixado a arma em sua mesa de cabeceira, onde ficaria mais fácil de alcançar e onde a camareira a teria visto. Não a teria escondido numa bolsa fora de uso, no fundo da gaveta de uma cômoda em que guardava uma série de bolsas.

Sentindo-se como se estivesse se movendo num sonho e não no mundo real, com luz suficiente para não bater nos móveis, ela foi até a cômoda e tirou a bolsa que servia de coldre.

Amy ouviu o leve rangido da maçaneta da porta e, ofegante, virou-se a tempo de vê-lo entrando, os olhos brilhando na sombra, como gelo na rocha sob o luar. Michael.

Supostamente na Argentina a negócios, ele não era esperado antes de seis dias.

Ele não disse uma palavra, nem ela, pois as circunstâncias, seus olhos e seu sorriso lúgubre eram expressões de uma frase infinita sobre motivo e violência.

Ele foi rápido e brutal. Agrediu-a e ela balançou para trás, os puxadores das gavetas da cômoda furando suas costas. Mas ela não largou a bolsa.

Ele a golpeou com o punho fechado, tentado bater em seu rosto, mas atingindo-lhe a cabeça, e ela caiu de joelhos. Mas sem largar a bolsa.

Pegando-a pelo cabelo, Michael a pôs de pé e ela não tinha ciência de qualquer dor, de tão tomada pelo pavor.

Então ela viu a faca, o quanto era grande.

Ele ainda não estava pronto para usar a lâmina, então torceu seu cabelo para virá-la, o que ela fez como uma boneca desprotegida.

Quando Michael a empurrou com força, Amy saiu tropeçando e caiu, quase batendo a cabeça na penteadeira. Mas sem soltar a bolsa.

Ela abriu o fecho da bolsa, rolou sobre as costas e acionou a arma como tinham lhe ensinado.

Estilhaçou algo, mas sem atingir Michael, que se esquivou dela, surpreso.

Ela atirou outra vez, ele fugiu e, ao passar pela porta, entre o quarto e o corredor, ele gritou de dor quando o terceiro tiro o acertou em cheio. Ele cambaleou, mas não caiu, desaparecendo em seguida.

Na autodefesa de um inocente, matar não é homicídio, hesitação não é moral e covardia é o único pecado.

Ela foi atrás dele, certa de que ele não estava mortalmente ferido, decidida que assim o deixaria.

No corredor, a luz se derramava do quarto de Nickie.

No mecanismo do coração de Amy, o interruptor do terror suprimiu a mola principal no ponto de tocar e o grito que ela deu foi silencioso, seus pulmões de repente ficaram tão sem ar como o mundo a sua volta parecia estar, um vácuo no vácuo.

Segurando a pistola com as duas mãos e com os braços esticados, ela entrou no quarto de Nickie, mas Michael não estava lá.

Estivera antes, e o que Amy viu foi a consequência, uma visão que a fez cambalear de horror e sentir uma dor instantânea e paralisante, uma visão que quase a fez pôr a pistola na boca e engolir o quarto tiro.

Mas se naquele momento ela não se importava em se mandar para o inferno, estava *determinada* a mandá-lo antes.

Pelo corredor e descendo as escadas, ela parecia não correr, mas voar. Chegando ao vestíbulo, encontrou a porta da frente aberta.

Parecia impossível ainda estar viva, tamanho era seu desejo de estar morta, e mesmo assim ela saiu da casa, atravessou a varanda, desceu as escadas e se encontrou na noite.

A leste, além da casa, o concentrado raio de luz era emitido do alto da sala da lanterna, tão poderoso e silencioso como o grito dela ainda contido, avisando os marinheiros em trânsito lá no fundo do Atlântico.

Como seu arco se restringia a 180 graus em respeito aos habitantes locais, o farol não iluminava a noite ali a oeste. Apenas uma suave pulsação fantasmagórica refletida pelo raio batia sobre a neve, tão fraca que nem conseguia deixar sombras.

Passando os olhos pela noite, procurando Michael, ela não conseguia vê-lo... até que viu. Ele corria na direção do bosque.

Ela deu o quarto tiro e as gaivotas bateram as asas em retirada do beiral da alta passarela do farol, voando confusas para oeste, mas logo mudaram de rumo, passando por sua cabeça, indo para o leste e subindo para o alto.

Michael estava distante do alcance da pistola, então ela correu atrás dele, segurando o disparo até chegar mais perto.

Ela se aproximou dele como achou que iria, porque ele estava ferido e ela não, porque ele corria de medo e ela corria de fúria.

Quando Michael chegou ao bosque, Amy atirou de novo, mas ele não caiu e a multidão de árvores o envolveu, dando-lhe as boas-vindas no escuro.

Parecia que esta era a realização do sonho de sua filhinha, do sonho de Nickie de que ela se perderia no bosque. Seu pai não só lhe tirara a vida, como a alma, e iria largá-la na floresta, onde ela vagaria para sempre, descalça e assustada.

Por mais louca que fosse aquela ideia, ela impeliu Amy dez passos bosque adentro, vinte, até que parou. Diante dela havia milhares de caminhos pela noite, um labirinto de árvores.

Ela prestou atenção, mas nada escutou. Ou ele estava na emboscada naquele labirinto ou tinha escapado para bem longe por uma trilha onde sabia que ela não poderia ouvi-lo correr.

Se ele estivesse na emboscada, ela se arriscaria a ser surpreendida, mesmo podendo matá-lo de qualquer jeito durante a luta.

Mas se ele tivesse se embrenhado na mata, se tivesse deixado um carro na outra extremidade, na estrada vicinal, a perseguição só asseguraria sua fuga.

Relutante, desesperada, ela saiu do bosque e correu de volta para a casa, a fim de chamar a polícia.

Ela estava quase nas escadas da varanda quando se deu conta de que seus tiros não tinham despertado ninguém. Nem James, nem Ellen Avery, nem Lisbeth, nem Caroline.

Estavam todos mortos e ela era a única sobrevivente.

CAPÍTULO 58

HARROW ESTÁ PARADO NA BEIRA DAS ROCHAS SOBRE A praia, observando a parede de neblina que avança pelo mar.

Numa neblina bastante desoladora, quando acima da névoa baixa o próprio céu fica blindado por nuvens negras e, portanto, a luz do Sol duplamente encortinada, o farol automático é programado para emitir seu raio mesmo antes do escurecer.

Embora os engenheiros da Guarda Costeira não saibam, Harrow aprendeu a confundir os sensores e a evitar o aparecimento prematuro da luz com esse tempo. Não haverá sinal luminoso para avisar os aguardados visitantes.

Tendo esperado nove anos para acabar o difícil serviço daquela noite, ele está impaciente para mostrar a Amy a faca afiada, a mesma que usou na época. Ele espera que ela a reconheça e saiba, enquanto a faca a penetra, que o destino da filha dela é o seu, afinal.

Talvez ela reconheça a faca antes de reconhecê-lo. Durante os dois anos em que ele morou no Brasil, muita coisa foi feita em seu rosto.

O Rio de Janeiro é a capital mundial da cirurgia plástica, gabando-se de ter os melhores cirurgiões cosméticos que não se encontram em nenhum outro lugar. As pessoas viajam de diversos continentes para lá a fim de se tornarem mais jovens e recuperadas.

Ao retornar aos Estados Unidos depois de dois anos com nome e rosto diferentes, ele começou a procurar por Amy. Era um homem ocupado, com numerosos tenentes, e embora lhes desse ordens geralmente indiretas e a distância, não podia fazer da busca um serviço em tempo integral. Em vez disso, fez dela seu passatempo favorito.

Teve de ser discreto. Expressar interesse por seu destino para qualquer um com acesso aos registros sigilosos do tribunal o deixaria sob investigação.

Por muito tempo, tanto sua perspicácia quanto os investigadores particulares tinham fracassado. Ela sumira em sua nova vida.

Fazia apenas nove meses que ele pensara no medalhão que ela usava e na história sentimental que ela lhe contara sobre o cachorro que viera caminhando por uma campina, faminto, e conquistara os corações das freiras e das órfãs.

Ela sempre admirara tanto os golden retrievers. Tinha dito que quando Nicole tivesse 8 ou 9 anos, madura o bastante para se responsabilizar por um cachorro, ela compraria um golden para a menina.

Além disso, ela dera dinheiro — dinheiro *dele* — para um grupo local de resgate de golden retrievers. Ele vira a publicação e ficara imaginando por que se importavam com isso. Cães são cães e homens são homens, e todos morrem e nada disso importa se não for você.

Ele suspeitou de que, ao adotar uma nova identidade, ela tivesse mantido o primeiro nome. A maioria das pessoas faz isso, até no programa de proteção à testemunha, quando se está sendo procurado por muita gente.

Além disso, após aquela noite de inverno, não lhe sobrara muito a não ser o nome. Órfã carente como era, não iria querer que lhe tirassem, além do sobrenome, o nome de batismo também. Mais do que as outras pessoas, ela sempre precisou de algo do passado em que se agarrar.

Ele nada conseguiu pela internet nem por intermédio dos investigadores que contratou, mas isso apenas porque não tinha a pista certa. Com as palavras *Amy*, *cães*, *golden*, *retriever* e *resgate*, ele fez outra tentativa.

Localizou mais de uma porção de Amys amantes de cães, mas nenhuma outra fundara um grupo de resgate. Sua foto não aparecia no site da fundação, mas quanto mais ele lia sobre as narrativas de resgate ali postadas, mais reconhecia a voz da mulher com quem se casara.

Um investigador chamado Vernon Lesley conseguiu obter uma foto dela, confirmando que realmente era a mãe da filha de Michael Cogland, da filha de Harrow.

Ele podia ter ido logo ao ataque, agressivamente, mas não sabia quão cautelosa ela podia estar. Preferiu dar um tempo. Pesquisou.

Ao descobrir que ela estava namorando McCarthy, pagou Vernon Lesley para fazer uma busca no apartamento do arquiteto. Dali ele soube de Vanessa, leu os e-mails que ela enviara a Brian e ficou fascinado por ela.

Ao rastreá-la, usando fontes muito mais ilegais do que as de McCarthy, e vendo como ela era, depois encontrando-a cara a cara, ele soube que sua vida mudara. Por um tempo, explorar o corpo, a mente e o coração de Luna tornou-se mais importante para ele do que acabar seu serviço com Amy.

Agora o dia chegara.

CAPÍTULO 59

AMY JÁ NÃO CONSEGUIA FALAR, NEM DIRIGIR. ENTÃO ESTAcionou o Expedition no acostamento da rodovia.

Sem mais palavras, ela caminhou para o prado de ralo capim amarelo e ervas daninhas cinzentas. O terreno era levemente inclinado, e lá longe sobre o topo não havia carvalhos à espera, só mais capim e erva daninha, e além do topo um céu cinzento, bravo e impiedoso.

Depois de ter andado uns 6 metros, ela parou e olhou para as mãos, as palmas, a frente e as palmas novamente. As memórias não estavam apenas armazenadas em sua mente, mas também em suas mãos. A pele das suas palmas retinha a memória da última vez que tocara em sua filha viva, a maciez da pele da menina e a textura do cabelo brilhante e limpo que sentira ao tirá-lo do rosto, o calor da respiração que lhe saía pelas narinas delicadas.

Amy conseguia sentir tudo aquilo e mais — a doce curva dos maxilares de Nicole, o contorno das faces, o lóbulo tenro e a hélice da orelha —, sensações detalhadas tão reais agora quanto no momento em que ocorreram, sensações que levaria consigo todos os dias de sua vida, que lhe assaltavam sendo evocadas ou não, para devastá-la quando menos esperava.

Ela foi andando pelo prado sem destino, do mesmo modo como seguira em frente por quase nove anos, em direção a nada concreto, só buscando uma solução para sua perda, mesmo sabendo não haver solução possível, que o significado de sua perda era uma equação que não poderia ser solucionada nesta vida.

Com mais uns vinte — ou cem — passos, ela caiu de joelhos, mas nem conseguiu manter aquela posição, apoiando-se nas mãos, ficando de quatro como se fosse uma criança engatinhando, mas ela não teve forças para isso nem para ir a lugar algum.

Após ter deixado de ser Amy Cogland e sem poder voltar a ser Amy Harkinson, como Amy Redwing ela nunca contara a história daquela noite para ninguém. Após tantos anos poupando suas emoções, deixando-as fluir no escuro e no silêncio das noites insones de recordações, ela descobriu que se abrir com Brian a deixara mais arrasada do que esperava.

Com joelhos e mãos no solo, a cabeça pendurada pesava mais que uma pedra, e os sons que ela produzia eram mais esforços para respirar do que soluços. Ela tinha chorado ao recontar a morte de Nickie, a mascote do Misericordiae. Agora as lágrimas não pareciam ser uma expressão adequada da perda de sua segunda Nickie. Talvez o único modo de homenagear tal perda teria sido morrer com sua filha naquela noite.

Ela se sentou no capim amarelo, pernas cruzadas, quase em posição de lótus, exceto pelo fato de que se agarrava aos joelhos e ainda deixava a cabeça pender. Balançou lentamente para a frente e para trás.

Certa vez ela lera que a meditação era o caminho para a serenidade, mas nunca meditou. Sabia que a meditação, inevitavelmente, a levaria todo o tempo a contemplar aquela noite, às mesmas perguntas irrespondíveis, a um *por quê* e milhares de *e se*.

Em vez disso ela se sustentava com a oração. Rezava pela filha, por James e Ellen, por Lisbeth e Caroline. Rezava pelos cães, por todos eles e pela extinção de seu sofrimento.

Depois de um tempo, Amy olhou para cima e viu Brian, desajeitado, parado a uns 100 metros dela, com Nickie na guia. Estava claro que ele não sabia se devia deixá-la a sós, mas certamente devia.

Ela o amava por seu jeito acanhado, sua hesitação, suas dúvidas, sua timidez.

Michael Cogland sempre fora seguro de si, afável e confiante em qualquer situação. Mas o que parecia ser um dom natural não passava da máscara de um sociopata que nunca se inibira nem por um mínimo de humildade.

Agora Brian soltava o golden da guia, o que também era a coisa certa a fazer. O cão correu para os braços de Amy.

Após hesitar, quase tão assustado quanto um menino, Brian seguiu em frente e se sentou ao lado dela.

Depois de um silêncio constrangedor, ele disse:

— A vida dos cachorros é curta, curta demais, mas a gente sabe disso. Sabe que a dor virá, que a gente vai perder o cachorro e que haverá uma grande angústia, o que faz a gente viver totalmente o momento com eles, nunca deixar de compartilhar sua alegria ou de se deleitar com sua inocência, pois não é possível manter a ilusão de que um cachorro será uma companhia para toda a vida. Há tanta beleza na dura honestidade disso, no aceitar e dar amor ao mesmo tempo que se está sempre ciente de que aquilo tem um preço insuportável. Talvez o amor por cachorros seja um modo de nos penitenciarmos por todos os outros erros que cometemos por causa dessas ilusões.

Deus do céu, ela não ouviu nada de desajeitado ali. Ali estava a perfeita verdade dos seus oito anos de resgate, como ela nunca teria conseguido colocar em palavras.

Eles não precisaram falar por algum tempo e aproveitaram a cachorra, aquela Nickie viva, para dar o afeto que sentiam um pelo outro.

— Michael acabou fugindo do país — disse ela por fim, sentindo necessidade de terminar a narrativa. — Nunca o encontraram. Embora nunca tivesse voltado à Argentina, ele montou um bom álibi em Buenos Aires. Os amigos que ele tinha por lá *juraram* que estiveram em companhia dele naquela noite. E claro que isso não iria funcionar depois de eu tê-lo visto e sobrevivido. Que tipo de pessoas eram aquelas, jurando por uma mentira que sabiam ser mentira, quando fazer aquele juramento já não importava?

Tendo obtido sua herança por meio do casamento e da paternidade, Michael já não via utilidade para uma família. Pela lei, uma esposa e um filho tinham direito a uma parte de sua riqueza. Amy e Nicole não eram bens ativos, mas passivos, e ele precisava expurgá-las de seus registros.

Ele podia ter contratado alguém para esse servicinho sujo, mas devia ter ficado preocupado com a possibilidade de um matador de aluguel não ter escrúpulos e chantageá-lo. A selvageria dos assassinatos sugeria que Michael não fizera aquilo apenas para evitar a extorsão, mas também porque matar lhe dava prazer.

A polícia descobriu que ele se preparara para a possibilidade de se tornar suspeito, apesar do álibi muito bem tecido. Nos três anos que antecederam a noite, ele transferira gradativamente a maior parte de sua fortuna para fora dos Estados Unidos, fazendo os envios usando uma complexa série de investimentos e entidades designadas a fazer a lavagem do dinheiro e transferi-lo para outra identidade que nunca poderia ser rastreada.

Arrasados pelos atos do filho, os velhos Cogland foram generosos com Amy e a teriam tratado como a uma filha, mas seu gosto pelo luxo se perdera e o estilo de vida que uma vez lhe dera prazer agora não a atraía mais que um prato de vinagre com cinzas.

Amy ficou com um valor comparativamente pequeno do que Michael deixara em bens hipotecados, como as casas. Mesmo aquilo era dinheiro sujo em sangue, e ela sabia que teria de encontrar algo para fazer com sua vida que tornasse seus rendimentos novamente limpos.

O cálculo frio e a extrema crueldade com que Michael tratara suas vítimas mostravam que ele não ficaria em segurança em uma ilha tropical, espreguiçando-se ao sol com piñas coladas para o resto da vida. Revidando, ela o forçara a se esconder; pior, literal e figurativamente, *ela o ferira*.

Quando um homem não tem humildade, é o orgulho que preenche o vazio. Ele devia sentir que o ferimento que ela impusera ao seu orgulho exigia revanche e que na hora certa ele poderia ir à sua procura.

Portanto, seu advogado conseguira convencer o tribunal de que o governo devia ajudá-la a criar uma nova identidade e encerrar os registros que envolviam seu antigo nome.

Ela vivera como Amy Harkinson desde os 3 anos e se esquecera de tudo, menos do nome que estava preso em sua blusa ao ser abandonada na igreja do Mater Misericordiae. *Redwing*.

Ela tinha certeza de nunca tê-lo mencionado a Michael. Sua trágica história a constrangia, como se ela fosse uma coisa abandonada imaginada por Dickens. Ao invés de toda a verdade com todo o melodrama do seu abandono, e em vez de se apresentar como uma mulher de paternidade desconhecida, preferira a mentira da omissão, fazendo-o acreditar que ela realmente era filha dos Harkinson e que fora para o orfanato após a morte deles.

O advogado e o juiz preferiam que ela criasse um nome totalmente novo, mas ela sofreu ataques de pânico ao pensar numa vida sem qualquer referência ao passado. As freiras do Misericordiae colaboraram reavendo o nome *Redwing* de seus registros e o melhor que podiam de sua memória.

Nessa época, ela também perdera as irmãs que a criaram. Até que Michael fosse encontrado — se fosse algum dia —, Amy não se atrevia a retornar ao Mater Misericordiae para uma visita.

Partiu para o oeste. Comprou um pequeno bangalô. O sofrimento a levou a ficar pele e ossos, corroída de tão magra e prisioneira da solidão, e por mais de um ano não conseguiu escapar de sua cela.

Até que certo dia, mexendo no medalhão pendurado em seu pescoço, lembrando-se da doce Nickie que um dia lhe chegara por um prado outonal, ela soube o que devia fazer. Encontrou um bom criador e comprou dois filhotes.

Fred e Ethel lhe trouxeram a esperança de volta. Com esperança, ela podia novamente pensar no significado que sua vida poderia ter, e assim fundou a Golden Heart.

Agora, na campina ressecada, o celular de Brian tocou; Vanessa tinha novas instruções. Faltava menos de uma hora para eles trazerem Esperança de volta à vida de Brian.

CAPÍTULO 60

A ALAMEDA ASFALTADA DE MÃO ÚNICA LEVAVA, A 800 METROS da estrada vicinal, até o simples portão de grade de aço que barrava a passagem.

Se a neblina perolada ficasse mais densa, mesmo durante o dia ficaria difícil de ver o portão branco, apesar dos refletores vermelhos nele afixados. Diante dos faróis, os desenhos ovais brilhavam como se o portão fosse uma estante de troféus montada com as cabeças de cascavéis gigantes.

Billy Pilgrim abriu a janela do motorista e apertou o botão da campainha no poste.

Em seguida, Harrow respondeu:

— Quem é?

— É Billy.

Harrow o conhecia por alguns outros nomes, mas não pelo de Tyrone Slothrop.

— Você está atrasado — Harrow o repreendeu.

— Eu vi uma gata num carro com o seguinte dizer no para-choque: ABSTINÊNCIA SEMPRE FUNCIONA. E não a matei.

Após um silêncio, Harrow disse:

— Você sempre me faz rir, Billy. Mas agora não, tá bom?

— Juliette Daupen diz que eu estou trabalhando demais. Talvez seja isso.

— Vamos falar sobre carga de trabalho *agora*?

— Não. Só estou dizendo.

— Você está com o saco das coisas da casa de Amy?

— Tô, mas levo mais tarde.

— Mais tarde quando?

— Como você disse, estou quase atrasado. Tenho que me preparar. Levo o saco quando levar a vagabunda e o McCarthy.

— Você está bem? — perguntou Harrow.

— Depois dessa, vou tirar uma folga. Ler um pouco, ver se consigo encontrar aquela jovem mãe com as crianças no carrinho duplo.

— Que jovem mãe?

— Olha só, vou começar a me preparar agora mesmo. Levo o saco com as coisas da casa da Redwing mais tarde.

O portão se abriu e Billy passou.

Se o tempo estivesse claro, ele tinha a espingarda, o que lhe permitiria se ocultar a distância e atirar umas duas vezes no Expedition de Redwing no ponto combinado da estrada, pegando-a de surpresa. Ela e o arquiteto não teriam a chance de vê-lo com a arma, dar marcha a ré e fugir em alta velocidade.

Naquela neblina, entretanto, Billy não precisava do rifle. Poderia esperar perto da estrada. Usaria a pistola Glock para estourar os pneus, persuadir Redwing e McCarthy a saírem da caminhonete e para atirar no cachorro pela janela lateral.

Passado o portão, a estrada sinuosa subia e descia por quase 2 quilômetros antes de chegar a uma subida e descer os últimos 200 metros até o farol.

Harrow queria que Redwing atravessasse aquele morro, visse o farol e percebesse que fora atraída para algo pior que a morte. Naquele momento, Billy incapacitaria o Expedition.

Agora, a neblina ocultava grande parte do farol, mas a torre, enorme, era visível apesar da névoa.

Billy saiu do pavimento, dirigiu entre um grupo de pinheiros na encosta do morro, estacionou, desligou os faróis e o motor.

Quando ele levasse Redwing e McCarthy até a moradia do caseiro, um programa daqueles iria começar. O patrão tinha talento para shows.

Depois que a dupla fosse acorrentada na cozinha, não havia dúvida de que Harrow pediria a Billy que o esperasse no farol. Era lá que discutiam negócios, não em frente a Vanessa.

Como Billy era o último homem que sobrara para ligar o patrão a Redwing e McCarthy, Harrow o mataria no farol.

Billy queria que sua crise de meia-idade fosse no meio da vida, não no fim. Ele não esperaria no farol para ser morto.

Em vez disso, iria até a garagem e tiraria as velas dos dois veículos de Harrow. Depois voltaria para o SUV alugado e sairia dali pela estrada, dando a volta no portão, para longe.

Não mais Billy Pilgrim. Acabado, *finito*. Seria Tyrone Slothrop por uma semana, um mês, talvez pelo resto da vida.

Não poderia continuar com sua vida criminosa na Califórnia, Arizona ou Nevada, nem em alguns países da América do Sul, pois era muito conhecido por lá em diversos círculos, como associado de Harrow.

Todo mundo gostava do Billy rechonchudo e careca e queria abraçá-lo, mas temia Harrow e queria puxar o saco dele. O medo sempre minava os afetos, e, pela experiência de Billy, a maioria dos seres humanos também prefere puxar saco a abraçar.

Uma vez que soubessem que Billy caíra em desgraça com Harrow, cada velho amigo que encontrasse iria querer matá-lo imediatamente para agradar seu ex-patrão. A amizade não valia o coração onde estava inscrita, como o próprio Billy provara tantas vezes, como quando atirara em Georgie Jobbs.

Um coração não passava de carne, e carne não se importa. Um filé-mignon se importa com uma costeleta de porco? Não.

Como Tyrone Slothrop, ele teria de ir para algum lugar aonde Harrow e seu pessoal nunca fossem, como Oklahoma, Utah ou Dakota do Sul. Seria uma dureza, mas ele encontraria um monte de crimes a cometer em seu novo lar. Para onde quer que ele fosse, sempre haveria gente para matar.

Ele teria de emagrecer, deixar crescer um bigode, cortar uma orelha. Se acontecesse de um amigo de Harrow cruzar com Tyrone em Pierre, em Dakota do Sul, é possível que olhasse duas vezes, mas depois diria: *Não, não pode ser o Billy. Billy tinha duas orelhas.* Como disfarce, uma orelha cortada é melhor que um chapéu tirolês e dentes falsos de ouro, tudo junto e ao cubo.

Talvez estivesse recuperando seu ritmo. Sua vida estava voltando a parecer sem sentido, brutal e cômica, como a ficção que ele admirava.

Saiu do SUV alugado com o saco plástico contendo as bobagens da casa de Redwing e a Glock 18. Tinha retirado o silenciador da pistola. O patrão queria escutar o tiro.

Subiu a encosta e escolheu uma posição logo abaixo do topo, à beira do pequeno arvoredo.

A neblina passava um frescor agradável ao seu rosto exposto e à cabeça nua, além de suprimir a maioria dos sons. Ele mal conseguia ouvir a arrebentação, que soava como 10 mil pessoas sussurrando a distância.

Pensar em símiles e metáforas nem sempre era uma consequência bem-vinda de ser formado em literatura.

Como 10 mil pessoas sussurrando a distância.

Não era uma boa metáfora, pois que motivo levaria 10 mil pessoas a se reunir e ficar sussurrando?

Uma vez tendo a metáfora na cabeça, ele não conseguia se livrar dela, e aquilo começou a aborrecê-lo. O aborrecimento passou para o desconforto e logo se transformou em uma profunda inquietação.

Mesmo com toda a improbabilidade da imagem, a ideia de 10 mil pessoas sussurrando juntas começou a lhe dar calafrios.

O.K. Chega. Foi só uma maldita metáfora. Não significa nada. Nada significa coisa alguma, nunca. Ele estava bem. Voltara ao seu ritmo.

CAPÍTULO 61

ELES VIRARAM EM DIREÇÃO À COSTA, E A NEBLINA ACABOU encontrando-os de novo — e não se aproximou deles com patas mansas de gatinhos, mas avançou como um ameaçador bando de leões.

Vanessa ligou para Brian três vezes, uma a cada 15 minutos, com rajadas adicionais de instruções, visto que seu rico e paranoico noivo estava tentando frustrar qualquer equipe sensacionalista que pudesse estar seguindo-os com ou sem o conhecimento deles.

O absurdo daquilo parecia confirmar a veracidade da história de Vanessa, e quando eles chegaram ao portão branco, Amy queria acreditar que a assinatura dos documentos, por mais estranha e desagradável, não seria uma experiência tão penosa.

Mesmo com os faróis de neblina, eles quase não viram o portão. A névoa densa quase derrotara os refletores vermelhos.

Quando Brian, que estava dirigindo, apertou a campainha do poste, Vanessa respondeu.

— São 2 quilômetros depois do portão, Bry. A Piggy está pronta e eu tenho uma Dom Perignon no gelo. Vamos acabar logo com isso. Estou tão feliz de que a pequena aberração esteja indo embora que é capaz de eu fazer xixi nas calças.

Amy nunca ouvira a mulher antes. Ficou impressionada ao perceber que, mesmo através da qualidade ruim do alto-falante, sua voz era gutural e forte, além de excepcionalmente sedutora.

O portão se abriu, eles passaram, e, enquanto a barreira se fechava novamente, Nickie rosnou.

A cachorra estava atrás deles, no bagageiro. Ela olhou para a esquerda, para a direita e depois adiante pelo para-brisa. O rosnado foi baixo, mas não breve. Ela o manteve na garganta, depois deixou que se aprofundasse como se estivesse dando um aviso, no caso de o primeiro rosnado não ter sido levado a sério.

Freando, Brian disse:

— Talvez a neblina a tenha assustado.

— Talvez — disse Amy. — Onde está o pessoal da segurança que Vanessa disse que iria revistar o carro, a gente e Nickie?

— Ela disse que ainda faltam 2 quilômetros até a casa. É provável que haja um posto de guarda mais adiante.

O carro deslizou com o freio solto.

— Espere — disse Amy. Brian parou de novo.

Amy se virou no assento, tirou Nickie do caminho e pegou sua mala lá atrás. Abriu o fecho, tirou a SIG P245.

— Se a coisa está te parecendo estranha — disse ele —, a gente pode dar a volta e sair pelo lado do portão. O terreno é acidentado, mas dá para passar.

— Não sei qual é a sensação. Tenho que ir às cegas aqui.

Vendo a pistola, o golden parou de rosnar.

— A gente sabe que a Vanessa é louca. Quão louca você acha que ela é? — perguntou Amy.

— Ela é muito apaixonada por si mesma para fazer qualquer coisa idiota demais.

— Foi isso que eu imaginei quando cogitei trazer a arma. Decidi que não precisaria. Mesmo assim, está aqui na minha mão.

Ele concordou e disse:

— Vamos voltar.

— Não.

— Você acabou de dizer...

— Olha só. Há um padrão aqui. Eu perdi uma menina e você também. A minha se foi para sempre. A sua não, mas pode ir logo.

Nickie ganiu, como se sugerindo urgência e dando ênfase ao uso da palavra *logo*.

— Mas eles querem que a gente a leve — disse Brian.

— O padrão inclui coisas invisíveis. Naquela noite, Michael não estava na Argentina, estava bem *ali*, eu não sabia. Tudo indicava que o sistema de alarme estava ligado e um desligamento secreto o anulou.

Fantasmas de neblina formavam todos os monstros míticos.

— O cara rico de Vanessa está esperando com documentos, um gordo talão de cheques — continuou Amy —, mas ele é invisível, talvez nem exista.

— Nós concordamos que a história dela fazia sentido.

— O padrão está mais claro agora. Em Connecticut, eu pensei em comprar um golden. Se eu tivesse um, ele teria me avisado, teria nos salvado.

Como se seguisse a dica, Nickie rosnou de novo.

— Agora temos um golden — disse Amy. — E não é um golden qualquer.

— Certamente, não um qualquer. Ela é... demais.

— Recebi um telefonema de uma freira morta.

— Este é um momento Marco-e-seu-cão-cego?

— O cachorro não é cego. Eu disse a mim mesma: *Não passa de um sonho*. Eu sabia. A irmã Jacinta me falou para contar a você sobre a minha menina, como eu a perdi.

— Certo. Vamos voltar para a estrada e chamar a polícia.

— Não. Vanessa está nos esperando em poucos minutos. A neblina justifica um pequeno atraso, não um grande. Estou com uma sensação ruim, Brian.

— Eu também.

— A verdade é que tive uma sensação ruim durante todo o trajeto até aqui.

— Você não disse nada.

— Talvez porque esta seja a única chance de encontrar a sua filha. Vamos um pouco adiante.

O papel de seda amorfo do fim de tarde se partindo como se a golpe de uma lâmina, embrulhando por todos os lados as coisas ocultas...

— Se algo aqui está fedendo e ela achar que sentimos o cheiro, ela vai matar Esperança — disse Amy.

— De onde você tirou isso?

— Intuição. O padrão recorrente. O que Teresa falou.

— Teresa?

— Ela disse para a mãe que o nome da cachorra sempre foi Nickie. Sempre.

No profundo pântano de neblina, árvores meio à vista, barbudas e estranhas, pré-históricas e reptilianas, aparecendo e sumindo...

— Você e eu para sempre, Brian. Não foi aonde chegamos? — disse Amy.

— Deus do céu, espero que sim. É o que eu quero.

— Então, se é você e eu, e a Esperança é sua, será minha também. *Nossa* filha. Não consegui salvar a minha menina. Não naquele dia. — A voz dela ficou embargada, mas não ruiu. — Mas duas noites atrás eu a salvei.

— Amy...?

— Eu a salvei e agora ela está nos ajudando a salvar Esperança. — Ele deixou a caminhonete deslizar, quase parando.

— Amy, você não está querendo dizer...

— Continue andando. — Amy segurava a pistola nas duas mãos, as palmas secas, pronta. — Não importa o que eu queira dizer, esta é uma segunda chance para nós dois. Se não conseguirmos agarrá-la, o inferno não será profundo o bastante para nos dar o que merecemos.

Indo para os últimos minutos do branco cegante antes do anoitecer, quando a névoa se transformará num escuro tenebroso...

— Então vai ser isso de novo — disse Brian.

— Isso?

— Vou segui-la para esses lugares onde se pula na mesa, onde há loucura e violência e barras de ferro.

CAPÍTULO 62

COMO 10 MIL PESSOAS SUSSURRANDO A DISTÂNCIA.

Encostado no tronco fendido de um pinheiro, Billy empenhava-se em silenciar o mar, mas o mar não tinha respeito por Billy.

A metáfora idiota não só mudara o modo como ele percebia o som das ondas, como também o levou adiante, à convicção de que aquelas dez mil pessoas estavam sussurrando seu nome.

Todo mundo gostava de Billy. A simpatia sempre fora seu bem mais valioso. Mas as 10 mil pessoas lá adiante, na neblina, lá embaixo na praia, não sussurravam seu nome de modo amigável. A multidão murmurante estava brava, hostil e *ansiosa*.

Ele não sabia por que a multidão estava ansiosa, e se recusava a pensar mais sobre isso, pois não eram pessoas, droga, só ondas.

O que ele precisava era de uma metáfora que levasse sua mente emperrada a uma imagem mais agradável.

Abafada pela neblina, a arrebentação soava como...

Abafada pela neblina, a arrebentação soava como...

Uma condensação de neblina encharcou seu cabelo fino e deixou gotas em seu rosto. Só neblina, não suor frio.

Abafada pela neblina, a arrebentação soava como 10 mil amigos de Billy sussurrando que ele era um cara bem legal.

Patético. Ele podia estar tendo uma crise de meia-idade, mas ainda era o velho Billy, um cara durão, engraçado, um cara que abraçava a verdade das verdades, a de que nada importa, nada a não ser conseguir o que se quer.

Ele tinha lido todas as grandes obras sobre a morte, lera *Finnegans Wake* três vezes, *três vezes*, decantara em sua cabeça todas aquelas brilhantes e maravilhosas ideias escaldantes, milhares de volumes de obras sobre a morte e sobre como você é as ideias que derrama dentro de si. Em certo sentido, ele fora morto pelo que lera, já estava morto para qualquer verdade, exceto para aquela de que nenhuma verdade existe. Tendo morrido dessa maneira, ele não tinha medo da morte, não tinha medo de coisa alguma e certamente não temia *a arrebentação que soava como 10 mil pessoas sussurrando a distância!*

Enxugou o rosto com uma das mãos.

Como é que o desenho de um cachorro poderia desencadear numa pessoa a crise de meia-idade?

Ergueu a cabeça e ficou escutando o som de um motor.

Achou que o Expedition se aproximava. Em seguida a neblina roubou aquele som, embora continuasse a emitir os sussurros do mar.

Nickie rosnou e Amy disse:

— Pare. — Brian freou na subida da estrada.

Mais densa do que as ondas atrás de si, uma arrebentação de neblina se derramou de uma crista invisível, tão sem forma quanto os sonhos, tão leve quanto o ar e mesmo assim tão sólida quanto o alabastro, comprimindo o veículo como se fosse para encobri-lo e fossilizá-lo.

Ali estava uma brancura sem neve que não permitia a visão de nada além do Expedition, nenhuma camada de nada, talvez Amy Redwing estivesse no local final, nas profundezas dos primórdios mortais, onde a fé importava tanto que ela não ousava se apoiar em nada mais.

Nickie emitiu um leve suspiro e Amy sentiu o equivalente a um suspiro no centro de sua alma, expirando uma resignação ao poder do destino.

— Quanto será que falta? — ela perguntou.

— Só uns 800 metros.

— Ela mentiu. Estamos mais perto.

— Por que ela mentiria sobre isso?

— Não sei. Mas sei que estamos.

Billy ouviu o motor do Expedition novamente e dessa vez o barulho não sumiu como antes, mas aumentou de volume até ele não conseguir mais ouvir a arrebentação rastejando na praia.

Embora nenhum farol iluminasse a neblina no topo do morro, o veículo apareceu a uns 3 metros, como um espectro, um navio fantasma sobre rodas.

Intrigado pela chegada de faróis apagados, mas contente de estar de novo em ação, Billy se apressou a sair do abrigo das árvores.

Como o mar mantinha a neblina perto de si antes de arremessá-la à terra, a passarela elevada e a sala da lanterna do farol estavam visíveis acima da massa branca que lentamente escurecia, escondendo o resto dele. Embora à beira do crepúsculo, as janelas lá do cume ainda não lançavam seu raio de halogênio.

Como esperado, à vista do farol, o Expedition parou e no mesmo momento Billy chegou ao lado dele, descarregando uma curta rajada da Glock 18 e estourando o pneu da frente.

Ele teria parado e atirado embaixo do veículo, atingindo os outros pneus antes de apontar a arma para a porta do motorista e gritar *Abaixe a janela*, mas depois de ter estourado um pneu, nada saiu como o planejado.

Brian subiu o morro devagar e Amy foi andando escondida atrás da caminhonete, com a mão esquerda no veículo, para se apoiar no pavimento escorregadio, e a SIG P245 na mão direita.

Nickie, solene, a espiava pela janela traseira.

Por alguma razão — por sorte, por uma bênção —, Amy levantou a mão da maçaneta da janela traseira, onde estava se segurando, e a colocou no vidro, diante do rosto de Nickie.

Amy olhou duas vezes para o lado do Expedition, mas não conseguiu ver nada além da torrente de neblina.

Com as lanternas e os faróis apagados, ela não foi revelada prematuramente.

Amy não conseguiu expressar claramente a Brian o propósito daquela tática, mas não tinha dúvida de que era o que precisava fazer. Intuição é ver com a alma.

Sentindo a inclinação do Expedition, ela soube que tinham chegado ao topo.

Um momento depois, quando a traseira do veículo passou pelo topo, as luzes do freio acenderam e Amy foi para o lado do motorista.

Viu uma figura correndo pela neblina a poucos passos diante dela, viu, num lampejo, a boca de uma pistola, ouviu o gaguejar de tiros, o estouro de um pneu, metal saltando.

Seu coração pulou de encontro às costelas ao pensar em Brian baleado.

De lado para Amy, o atirador começou a virar a cabeça, mas ela segurava a pistola com as duas mãos.

Em autodefesa e na defesa dos inocentes, covardia é o único pecado.

Amedrontada, sim, ela estava com medo, mas parou e disparou dois tiros, e quando ele balançou como se tivesse sido atingido, ela atirou mais duas vezes enquanto se aproximava.

Os faróis se acenderam e a porta do motorista se abriu depressa.

Brian saiu, não um fantasma na neblina, um fantasma ainda seguro na própria pele, o fôlego explosivo agitando a neblina.

O homem caído, o atirador atingido, deitado de costas, tinha um rosto doce como o de nosso tio preferido, o abdômen sangrando, sangue saindo pelo nariz, olhos arregalados e pestanas abundantes.

Ele piscou para Amy e disse:

— Você me conhece? Sou Leopold Bloom. Sou Wallace Stevens. Meu nome é Gregor Samsa. — E depois fechou os olhos.

Quando se atira e mata um homem, mesmo que seja a coisa certa a fazer, a atenção tende a se fixar nele, e Amy estava tão paralisada que Brian precisou chamá-la pelo nome duas vezes num tom de urgência antes que ela olhasse para cima e visse o farol.

O farol de Connecticut era de calcário; este, de tijolos pintados; a passarela de pedras da torre do passado era cercada por uma balaustrada de ferro ornamentado; esta, por uma balaustrada de madeira pintada de vermelho.

Os materiais não importavam, nem uma distância de 10 mil quilômetros. A única coisa que importava era a forma icônica, um símbolo de morte e de amor pela morte, de falta de fé, mentiras e votos feitos com uma risada reprimida.

Michael estava lá. Ele a encontrara, enfim; e por intermédio dela, encontrara Brian; e por intermédio de Brian, Vanessa.

Ela não sabia como explicar essas vias indiretas, mas não tinha dúvida de que ele pretendia concluir seu sacrifício de sangue. Era hoje uma mulher melhor do que naquele dia distante, e agora lhe era dada a oportunidade de salvar uma inocente se conseguisse ser esperta, corajosa e rápida. Mesmo que morresse tentando, havia redenção naquele tipo de morte.

— Pegue Nickie — disse Amy, mas, ao se virar, viu que Nickie pulara para o assento do motorista. O cão pulou para fora do Expedition e foi para o lado da dona.

Em algum lugar no desolamento lá embaixo estava a moradia de um caseiro, talvez a uns 200 metros, a julgar pela posição do farol. Talvez o fluxo da neblina pelo telhado e em torno dos cantos sugerisse as linhas do lugar — *lá*, ou talvez não.

Michael podia estar na casa. Ou em qualquer lugar. Se ele estivesse esperando que ela e Brian lhe fossem levados sob a mira de um revólver, os diferentes sons das duas armas podiam tê-lo alertado para a confusão.

Brian pegou a arma do homem morto.

Por algum lugar na neblina Michael estava vindo.

— Deixe Nickie atrás — disse ela.

Inclinando-se para dentro do veículo, ela desengrenou.

Brian puxara o freio de mão. Ela o soltou e saiu do caminho enquanto o carro começava a rolar.

— Algo para distraí-lo.

O pneu furado começou a se despedaçar, mas o declive era muito íngreme para que o veículo parasse ou até mesmo para que diminuísse de velocidade pelo atrito. O Expedition foi para a esquerda enquanto descia, o volante abandonado guinchava sobre o asfalto, pedaços de borracha se soltavam, batendo contra o chassi.

A neblina fazia grossas línguas lamberem a caminhonete até a engolirem inteira, só deixando à vista o brilho dos faróis descendo-lhe pela goela. Chocalhos e estrondos anunciavam seu encontro com pequenas obstruções, aradas para os lados.

— Se ele estiver vindo, vai vir para cá — disse Amy.

Como se tivesse entendido, Nickie os levou para o outro lado da estrada, para a encosta ao norte, em meio às árvores dispersas e à neblina universal.

CAPÍTULO 63

ESPERANDO PELO TIRO QUE SINALIZARIA O INÍCIO DO JOGO, Harrow está de pé junto à porta aberta da cozinha, a neblina passando por ele e entrando na casa.

Ele ajudaria Billy, exceto por dois motivos: o primeiro é que, para esse tipo de serviço, Billy é o melhor homem que Harrow já encontrou. Billy é uma máquina. Uma máquina em perpétuo movimento, sem defeito. Seu funcionamento perfeito é totalmente confiável.

Billy é também brutal, sem um instante de hesitação em sua brutalidade, completamente sem remorso ou reconsiderações. Mesmo assim, ao contrário da maioria dos outros homens com essas qualidades, ele é extremamente inteligente e *são*.

Billy é uma joia, um tesouro, insubstituível. Harrow lamenta ter de matá-lo mais tarde.

O outro motivo para que Harrow não queira participar dos primeiros estágios da ação é porque ele tem uma programação definida para a noite, a qual levou meses aperfeiçoando. Ele quer o gozo total de realizar o show como o concebeu.

Prefere retardar sua entrada, dando a Amy uma hora ou mais para prever sua chegada. Ela precisa ser humilhada, ficar arrasada emocionalmente e em estado de terror antes que ele apareça.

Harrow vai ver sua ex-mulher depois de ela ter sido reduzida à condição de um cão reprodutor numa gaiola daqueles canis que ela combate. Então ele vai provar a ela que existem horrores piores.

Sob a mira da arma, ela e o arquiteto vão tirar a roupa e serão acorrentados a cadeiras.

Depois Billy sairá e Harrow vai escutar de um cômodo contíguo Luna acabando com Amy.

Ele vai entrar quando ela já não conseguir parar de soluçar, e a princípio a única coisa que ele fará será prender os olhos dela abertos para que não possa fechá-los.

Ele quer que ela veja o que Luna fará com Brian. O pai da aberração vai acabar a noite como eunuco.

Não há transgressão que eles não cometerão esta noite.

Harriet Weaver se orgulharia dele. Ela foi sua babá, quem desde o berço o ensinou de mansinho a entender que os valores de sua família eram repressivos, que o mundo era um lugar mais animado para os transgressores do que para os submissos. Eles compartilharam os segredos mais emocionantes desde os primeiros dias de sua memória.

Sob orientação de Harriet, ele demonstrou problemas comportamentais, e ela convenceu a família de que poderiam ser resolvidos com educação doméstica, e que ela deveria ser sua única tutora, pois quando ele passasse todo o tempo com ela, seria obrigado a se comportar muito melhor. Ela odiava os Cogland e toda a sua estirpe e estava certa, pois no fim ele os odiava também.

A neblina traz um frescor e um aroma fecundo do mar. Harrow se sente revigorado por ela e pela expectativa dos acontecimentos.

À primeira rajada de tiros, ele dá um passo à frente, saindo da casa para o deck de tijolos, alerta, corpo ereto e rijo.

Uma arma de tipo diferente responde à primeira, o que amortece sua animação, mas sem desencorajá-lo muito.

Imóvel, ele escuta. Talvez Billy os tenha abordado com uma arma em cada mão, no estilo velho oeste. Billy tem lá sua bossa.

Quando se passa meio minuto, um minuto, sem mais tiros, a teoria das duas armas lhe parece correta.

Depois o ronco do motor aumenta, como se Billy os estivesse trazendo de carro até a casa, quando fora instruído a trazê-los a pé, algemados juntos. Mas com o ruído do motor chegam outros: um maldito guincho de metal, uma série de pequenas colisões sugerindo um veículo descontrolado.

Harrow recua no deck, voltando para o vão da porta.

Os faróis fracos anunciam o Expedition, que atravessa a neblina e cruza o canto do deck e as rochas em direção ao pátio oval.

Como a caminhonete passa muito perto e com as luzes internas acesas, Harrow consegue ver que não há ninguém atrás do volante.

O pátio está perdido dentro da neblina. Ao ouvir o Expedition parar violentamente, Harrow só consegue presumir que ele bateu no gigantesco pinheiro Montezuma.

Entra na cozinha, deixando a porta aberta atrás dele.

Luna estava arrumando instrumentos cirúrgicos sobre a mesa. A comoção lá fora a fez interromper os preparativos.

— Contratempo — diz ele.

— Cuidado com o cachorro.

— Você é que está com medo dele.

— Eu não estou com medo. Ele não consegue me farejar.

Ele não entende o sentido daquilo.

— Só o quero morto — diz ela.

— Acho que está.

Ela olha fixamente para ele.

Harriet Weaver tinha aqueles olhos, mas cinzentos, não verde-garrafa.

— É provável que Amy e Brian também estejam mortos — diz ele.

— Por que o Billy faria isso?

— Tivemos uma conversa estranha mais cedo.

Ela espera.

— Ele parecia estar me testando — Harrow continua.

— Isso poderia lhe custar a morte.

— Dei a ele todas as peças dessa história. Eu devia ter dado só parte das informações.

— Então já acabou, assim?

— Billy calculou que era o último elo entre mim e Amy, que não havia nenhum futuro nisso. Então ele os matou para me mostrar que não está chateado, mas não vai descer aqui.

— Você vai encontrá-lo.

— Ele vai sair "de férias". Isso significa nome novo, aparência nova, e ele vai fazer a coisa direito.

— Eles se livraram fácil.

— Vou dar uma olhada no Expedition. Talvez não estejam mortos. Talvez ele só tenha atirado nos dois para nós.

— Estou cheia deste lugar.

— Iremos para o deserto.

— Detesto as gaivotas e a umidade.

— Você vai gostar do deserto.

— Não com a Piggy.

Seus dedos elegantes se movem entre as lâminas sobre a mesa, mas ela parece incapaz de se decidir por uma favorita.

— Você quer fazer o serviço nela hoje à noite? — pergunta ele.

Ela assente.

— Hoje à noite.

— Como?

— Sem piedade. Aquela aberração... Sem um pingo de piedade.

Ela sai do cômodo sem um bisturi.

CAPÍTULO 64

A LUZ DO DIA ESTAVA ACABANDO, E A NEBLINA BRANCA COmeçava a pratear.

Depois de terem andado 20 metros para o norte, mantendo-se bem juntos na neblina, Amy e Brian seguiram Nickie encosta abaixo, 60 ou 80 metros, saindo das árvores, chegando ao solo descampado.

A distância havia uma porta em meio à neblina, fracamente definida pela luz de um cômodo.

Fora do alcance da arma, uma mulher saiu pela porta, carregando algo, virando para oeste e em seguida sumindo na névoa escura.

— Vanessa — sussurrou Brian.

Quando o céu foi se embaçando e a neblina prateada criou uma pátina mais escura, a programação automática do farol ligou. A sala da lanterna lá no alto da noite brilhou com o clarão de mil watts de halogênio. Os raios eram refletidos pelos anéis prismáticos das lentes Fresnel, ampliados, concentrados, e emitiam sua luz para o Pacífico.

Uma parte de Amy estava no passado, numa outra costa, onde a varredura desse tipo de luz representara a foice da Morte. E uma visão da colheita lhe passou pela cabeça, Nickie morta pela mão do próprio pai.

Seu coração, tão estável apesar de tanta coisa, apesar até da morte do atirador, agora batia com força, e sua pressão sanguínea em elevação lhe abafou a audição até ela esticar o maxilar, estalar os ouvidos.

— Espere — disse Brian, mas ela correu na direção da porta iluminada, que estava sumindo lentamente dentro de uma corrente densa de neblina.

Lá em cima, o sinal iluminado girava 360 graus. Parecia pulsar ao passar de cada quadrante de seu arco para o próximo.

A neblina, uma construção ótica com 1 milhão de lentes, 1 bilhão de chanfros, prismas infinitos, roubava uma fração de minuto do raio e o estilhaçava pela noite. Do cavado escuro de cada pulso a neblina tomava sombras, que perseguiam os fantasmas de luz, que por sua vez perseguiam as sombras.

Ela nunca vira aquele fenômeno antes e supôs que era específico dessas lentes Fresnel, dessa paisagem e da natureza singular daquela neblina.

Na visão periférica, figuras saltavam, voavam, caíam. Eram sombras da sala da lanterna, consequência do pulso do arco, não lançadas por nada que estivesse no nível do solo, embora algo malévolo e real pudesse estar se movimentando sob sua cobertura. Elas também saíam em perseguição bem diante dos olhos dela e muitas vezes voavam do solo, como se fossem gaivotas escuras.

Quando Amy chegou à construção da porta aberta, as velozes dançarinas de valsa formadas por sombra e luz inspiraram uma tontura que a fez girar um meio círculo em seus dois últimos passos, e ela cambaleou de encontro à parede.

Nickie a seguia de perto, Brian logo atrás, e o cão passou adiante dela, colado à parede até a porta, para a luz.

Confiante no faro da golden, Amy corajosamente a seguiu e se viu na entrada de uma garagem. O lugar parecia deserto.

— Ela pode voltar — sussurrou Brian.

— Mate-a, então.

Amy se dirigiu para oeste, seguindo a direção que a mulher tomara, mas Brian agarrou-a pelo braço. Ele queria que ela fosse menos imprudente, que tivesse consciência do perigo de se meter numa rajada de tiros assassinos.

Ela não queria perder tempo, mas em vez de puxar o braço, virou-se, rosto colado ao dele, e sussurrou arrebatada:

— Eles estão matando Esperança.

Isso não era um temor, era um pressentimento; não apenas o medo de não conseguir salvar outra criança, mas uma certeza que lhe veio do mesmo lugar de onde aquela nova Nickie viera.

De fato, a cachorra trotou para oeste, sumindo na neblina, e agora Amy e Brian corriam atrás dela.

Cauteloso naquele clima traiçoeiro, carregando uma lanterna de oito pilhas com uma lente de 12 centímetros, Harrow passa pelas formações escorregadias de rocha que dão no pátio oval, procurando pelo Expedition.

Está acostumado à iluminação de discoteca que a grande luz sinalizadora gera em certas condições de neblina. Na verdade, já se encheu dela. Ele também está pronto para o deserto.

O carro atingiu o pinheiro Montezuma, arrancou um pedaço da casca do tronco e continuou em frente. Está sobre as rochas além da grama, o chassi pendurado no penhasco de granito.

O carro não se virou de algum modo, provavelmente após a colisão com a árvore, e agora está de frente para a terra, faróis estilhaçados e uma porta aberta.

A garagem não era anexa à casa, mas as estruturas ficavam bem próximas. Quando Amy deu a volta na quina, viu as janelas iluminadas, ladeadas por persianas escuras, com luzes atrás de cortinas.

O cão liderou o pequeno destacamento ao longo da parede da casa, hesitando num canto, olhando em volta e depois se aventurando em frente.

Assim como a porta estava aberta na garagem, outra estava escancarada na casa. Ondas de neblina fria invadiam os cômodos quentes além.

Em outra costa, em outro ano, Amy perseguira Michael fora da casa, na noite. Desta vez era pior: do descampado para o confinamento, os poucos contornos à vista e os muitos cantos, as portas fechadas de uma casa, uma casa estranha, mas não para *ele*.

Quando a cadela atravessou o vão da porta, eles também confiaram, e a seguiram até a cozinha.

O aço polido cintilava sobre a mesa, uma variedade de lâminas tão afiadas que pareciam fatiar a luz fluorescente que caía sobre elas. Não eram os talheres comuns de uma cozinha, mas do tipo que, depois de usados, eram colocados numa autoclave em vez de uma lavadora de louças.

Do outro lado de uma porta aberta, uma escada de fundos levava ao terreno lá fora, que logo se perdia de vista. A princípio, Nickie pareceu interessada na escada, mas em seguida não.

Uma porta fechada, que talvez fosse dar numa despensa. Eles não pretendiam ficar escondidos numa despensa. Os dois eram corajosos demais para se esconder.

A neblina que entrava, provocando-lhe um frio na nuca, fez Amy gelar e se virar assustada, mas ninguém os seguira.

Uma porta aberta, um corredor. Nickie gostou daquela rota.

Brian fez com que Amy fosse à sua frente. Queria ficar na retaguarda.

Arcada à esquerda. A sala. Arcada à direita. Um escritório.

Cada cômodo vazio significava maior probabilidade de o seguinte estar ocupado.

A arma nas duas mãos, a boca da pistola tremendo. Amy precisava se controlar. Segurar a arma para baixo. Ela daria um coice para cima ao atirar. Atire na cabeça deles, não acima.

Agora uma porta fechada à direita, duas à esquerda. Eles podiam entrar porta adentro como os tiras do cinema, abaixados e rápidos, afastando-se das dobradiças depois de cruzar a soleira, embora talvez não passasse de bobagens cinematográficas e os tiras rissem daquilo.

Nickie não mostrou qualquer interesse por aqueles cômodos. Apesar de nervosa em relação a seguir adiante sem verificá-los, deixando portas fechadas para trás, Amy seguiu a cachorra.

Um vestíbulo adiante. As escadas principais à direita. A porta da frente ladeada por vidraças francesas iluminadas que faziam a neblina piscar grudada no vidro.

À esquerda, uma última porta estava levemente aberta. Ao lado da porta havia uma lata vermelha com a etiqueta GASOLINA.

Nickie farejou o vão entre a porta e o batente. Enfiou a cabeça pela fresta, empurrou a porta com o corpo e desapareceu lá dentro.

Amy encontrou uma suíte iluminada por um abajur sobre a escrivaninha e outro na mesa de cabeceira com uma pantalha de contas de vidro.

Uma menina de casaco cinza estava ajoelhada numa poltrona, de lado para a porta. Esperança. Devia ser Esperança.

Ela conversava, a fala levemente ininteligível. Parecia aflita, falando rapidamente.

Nickie parou a certa distância, olhando para a menina, como se não quisesse parecer intrusa.

Amy deu lugar para Brian ir adiante dela. Em silêncio, ela fechou a porta que dava para o corredor e se afastou. Ficou onde podia ver a menina e ao mesmo tempo cobrir a única entrada.

— Você me pegou, não me importo — dizia a menina. — Tenho que dizer o que sinto, é o melhor que a gente pode fazer, dizer o que sente. Você pode queimar os meus pés de novo, não me importo. Vou dizer o que sinto de novo.

Brian ficou de joelhos ao lado dela.

A menina olhou para cima, surpresa. Com certeza, não percebera a presença deles. Estava falando com outra pessoa.

Alguém que tinha saído — e que iria voltar.

CAPÍTULO 65

HARROW RAPIDAMENTE VERIFICA QUE A EX-MULHER E O arquiteto não estão na caminhonete, nem mortos nem feridos.

As rodas de trás do Expedition estão pendentes na beira do penhasco, cerca de 1.200 metros acima da praia. A janela de trás está aberta.

Então ele deve concluir que os corpos estavam no bagageiro e foram arremessados para fora com a parada abrupta do veículo. Nesse caso, eles foram lançados na praia lá embaixo.

Nessa neblina, no último minuto de luz do dia a morrer, ele vai perder tempo e se arriscar à toa se tentar pesquisar o terreno lá embaixo da beira escorregadia do escarpamento de granito.

Uma velha escadaria de concreto com um corrimão de ferro enferrujado leva à praia. Pode descer por ela.

Não está a fim de fazer essa busca, mas se os corpos estiverem lá, ele precisa saber. Antes do amanhecer, a maré pode levá-los para o fundo do mar e depois carregá-los para ainda mais longe, ao longo da costa.

A polícia conhece as correntes marítimas e o comportamento das marés. Ao encontrar um cadáver e, pela medicina forense, determinar o tempo que está na água, eles conseguem calcular seu ponto de origem com uma precisão perturbadora.

Os punhos da menina ajoelhada estavam fechados, entrelaçados por uma corrente prateada, talvez com um medalhão escondido entre as mãos.

Ela era linda, assim como era quando bebê. A beleza possui mais faces que a quantidade de grãos de areia de uma praia; e aquela era a beleza da inocência, da humildade, da bondade.

Seus olhos eram azuis, do tom de azul dos olhos de Brian, e límpidos. Eles se arregalaram de surpresa, mas em seguida foram tomados pela timidez e ela olhou para outro lado.

Brian queria pôr a mão em seu rosto, erguer seu queixo, fazer com que seus olhos o fitassem. Queria pôr as mãos sobre as dela.

Que ela pudesse saber quem ele era, que ela pudesse se esquivar ao seu toque, que ela pudesse lhe perguntar onde estivera todos aqueles anos: o medo da rejeição o impediu de tocá-la.

— Vamos embora, venha — sussurrou Amy.

— Doçura — disse ele, baixinho —, você sabe quem eu sou?

Com os olhos ainda desviados, a menina fez que sim.

— Você vem comigo?

— A mãe tem uma faca.

— Eu não tenho medo dela.

— Ela mata gente às vezes.

Ele confiou na inspiração:

— Não com o nosso cão de guarda.

Seguindo o gesto dele, ela viu o golden pela primeira vez. Seu rosto se iluminou, assim como seus olhos.

— Cachorrinho

Considerando isso um convite, Nickie foi até a menina, a cauda emplumada celebrando a nova amizade. Esperança abraçou a cachorra, numa demonstração de confiança total e instantânea.

Brian olhou para Amy de relance e ela acenou para que ele se aproximasse.

Amy temia que mesmo se encontrasse as chaves para os veículos de Michael, eles não conseguiriam sair. Os outros dois escutariam o motor. Atirariam neles assim que saíssem da garagem.

A qualquer momento poderiam encontrar Michael ou Vanessa. Devia fazer uns três minutos que estavam na casa. Já era tempo demais.

— Não podemos ir atrás deles com Esperança. A cachorra cuidará dela — ela disse.

Amy viu a angústia nos olhos de Brian enquanto ele dizia:

— Isso faria sentido se você estivesse certa sobre... o que Nickie é.

— Minha filha vai proteger a sua filha. — Enquanto Esperança acariciava Nickie, o pingente da corrente ficou à vista. — Olhe.

A palavra prateada o deixou atordoado.

— Acredite no que você conhece — recomendou Amy.

Ela se acocorou para abraçar Esperança, que estranhou o afeto, embora tivesse sido receptiva ao cão.

— Querida, você vai sair com a Nickie. Segure-se na coleira dela. Fique com ela. Ela vai cuidar de você. Não tenha medo.

Sorrindo para a cachorra, Esperança disse:

— Não tenho. Ela é uma Coisa do Brilho Eterno.

Olhando de relance para Brian, Amy disse:

— É sim, doçura, ela é.

O corredor estava deserto. Eles foram para a porta da frente ali perto. A neblina entrou e Esperança saiu com Nickie.

O cão hesitou no alpendre, farejando o ar, depois levou a menina rapidamente para longe, dentro da neblina.

Na praia, Harrow pesquisa a areia, a neblina e a espuma das ondas em busca de algum sinal dos corpos, quando se dá conta, tarde demais, de não ter visto sangue no Expedition. Sente-se enganado, não só por suas presas, mas também por suas expectativas.

Amy teve sorte uma vez, lá em Connecticut, mas ela é uma submissa, não uma transgressora, assim como o arquiteto, e é uma afronta para as concepções mais profundas de Harrow imaginar que ela tenha conseguido levar vantagem sobre uma máquina de matar como Billy.

Ele corre de volta para a escadaria, subindo os degraus de dois em dois, segurando-se no corrimão enferrujado.

Não teme por Luna, só pela possibilidade de perder algo que ela possa fazer se os encontrar antes dele.

Vanessa pega a pequena aberração fazendo aquilo, murmurando com um pingente que diz ESPERANÇA, como se fosse um fragmento da unha do pé do Deus Todo-Poderoso, aleluia, cheire aquela unha!

Ela sempre achou que, quando a hora chegasse, o processo seria longo e lento. Achava que gostaria de levar uns dois dias acabando com a pequena aberração antes de queimá-la.

Agora só quer acabar com tudo logo. Esta noite. Agora mesmo.

Ela tem um galão de gasolina para o terceiro ato.

O segundo ato será apenas socar Piggy. Com exceção das queimaduras nas solas dos pés, Vanessa nunca deixou a cretina marcada. É preciso tomar cuidado com todos os intrusos imbecis que mal veem um machucado e já vão direto para a assistência social. Ela realmente quer bater na garota. Economizou muitos anos de surra.

O primeiro ato é um pretenso afogamento na grande banheira lá de cima. Amarrá-la, afundá-la um pouco, ver o quanto aguenta sem ar. Se é bom o bastante para fazer terroristas falarem, é bom o bastante para Piggy, que nem sequer tem algo a dizer.

Vanessa acabou de encher a banheira com água fria, o mais gelada possível. Escolheu alguns lenços que não quer mais, para amarrar a pequena aberração.

Já perdeu dez anos com isso. Dez anos. Nunca tirou dali o grau de satisfação que esperava.

É muito difícil que na realidade um prazer se iguale ao que se imaginou. O mundo está sempre a decepcioná-la. Prazer é a única coisa que conta, é tudo e ao mesmo tempo nunca é o que deveria ser.

Talvez encontre algo melhor no deserto. Ela gosta do calor do deserto, de sua aridez, do vazio.

Há natureza demais aqui na costa. Só o que ela quer é areia e calor, céu branco e silêncio.

Comprou um livro, *O mundo sem nós*, para ler no deserto, em algum lugar isolado, onde só estejam ela e Harrow, e depois talvez só ela.

A morte é a única coisa que satisfaz. É a única coisa *completa*, tudo o que se espera que ela seja. Os mortos nunca nos decepcionam.

Ela está descendo as escadas da frente quando, já quase no andar de baixo, ouve sussurros no vestíbulo. Ela para, fica com as costas na parede e vai de mansinho até o canto.

Chega justo a tempo de ver Piggy saindo pela porta com um cachorro. Que diabos significa *isso*?

Amy Redwing observa a menina por um instante, depois fecha a porta e se vira para Brian.

Vanessa recua, temendo que eles olhem para a escada. Ouve fragmentos da conversa rápida: *procurar... cozinha... escada dos fundos.*

Ela volta para o segundo andar, corre, com os pés leves de sempre. Desce pela escada dos fundos.

Eles estão armados e ela só tem a faca que usaria para confundir a cabeça de Piggy um pouco, a faca do velho Urso. Ela não se importa com o desafio. Nem se importa se morrer. Mas não vai morrer, exatamente porque não se importa. Quando as pessoas se importam de morrer, elas hesitam; e quando hesitam, Vanessa as derruba.

Redwing e Bry querem viver. Vão hesitar, o que tornará uma faca mais veloz do que uma bala.

Vanessa está muito empolgada. Faz tempo que o quer morto.

Desce pela escada dos fundos, atravessa a cozinha, onde a neblina rasteja pela porta aberta, vai em direção à despensa, mas entra num estreito armário para vassouras. Lá dentro há só um rodo, nenhuma vassoura, e Vanessa tem espaço suficiente para fechar a porta. É como estar de pé dentro de um caixão.

Retornando da frente da casa, Amy e Brian deram uma busca nos cômodos por onde tinham passado antes, quando Nickie os levara. O desinteresse do cão por aqueles espaços comprovou sua sabedoria, pois estavam vazios.

Na cozinha, parecia improvável que a despensa contivesse um elemento do charmoso casal, mas Amy abriu a porta ligeiramente enquanto Brian lhe dava cobertura com sua pistola.

As dobradiças rangeram na porta da despensa e atrás de Amy outra dobradiça rangeu quase simultaneamente. Ela fez menção de se virar, mas a faca a pegou nas costas, penetrando fundo, tirando-lhe o ar e a força.

Amy soltou um pequeno grito e Brian se virou, vendo Vanessa atrás dela e o rosto de Amy tão branco quanto o branco de seus olhos.

Cascos de cavalo correndo sobre pedras não bateriam mais duro que seu coração, e ele hesitou em atirar porque Amy bloqueava Vanessa.

Sua hesitação coincidiu com o movimento que vislumbrou pelo canto dos olhos: um homem, certamente Michael, entrando pela porta aberta da cozinha com uma pistola no punho cerrado.

Brian não estava familiarizado com a arma que pegara do atirador, mas não hesitou em dispará-la antes de ser atingido. A arma era uma pistola automática; um rápido apertar do gatilho disparou cinco, seis tiros.

Michael caiu, mas talvez não por ter sido atingido, talvez só para se proteger. Quando Brian se virou de novo para Vanessa, ele a viu apunhalar Amy pela segunda vez, com outro golpe descendente, e depois jogá-la em sua direção. Ela o surpreendeu ao dirigir-se para ele enquanto Amy caía para a frente entre os dois. É possível que ela tenha passado por cima de Amy para cortar o rosto dele, mas ele esvaziou a arma e ela estava acabada.

Tremendo de horror, ele jogou a pistola para o lado, caiu de joelhos ao lado de Amy, cujo rosto tinha se transformado de branco num cinza pálido, e pegou a pistola dela.

Olhando por baixo da mesa, viu Michael do outro lado do cômodo, deitado sobre sangue, dando a impressão de que seu espectro já deixara a carne e estava embarcando no trem que seguia para o inferno. Seu braço estava estendido para a frente, a pistola apontada para Brian, e uma palpitação de vida suficiente para puxar o gatilho ainda permanecia.

O tiro atingiu Brian no abdômen, derrubando-o no chão ao lado de Amy. Sua mão esquerda caiu na palma direita dela.

Se ele fosse apagar para sempre, queria apertar a mão dela, mas não teve força, nem ela.

A dor era tão tenebrosa, um calor branco tão furioso, que sua visão embaçou, mas mesmo assim ele viu Esperança entrando cambaleante pela porta negra, tentando se equilibrar enquanto Nickie a arrastava com a energia de uma matilha. De fato, enquanto a visão de Brian começava a sumir, na estranha euforia que acompanha uma grande perda de sangue, ele viu Nickie pulando sobre a mesa na direção deles e Esperança voando também, a mão agarrada na coleira da cadela.

CAPÍTULO 66

AMY E BRIAN CONCORDARAM QUE NÃO FORAM FEITOS PARA matar pessoas. Simplesmente não tinham jeito para a coisa.

Em primeiro lugar, lamentavam ter tido de puxar o gatilho até mesmo contra sociopatas como Philip Marlowe — esse era, afinal, o nome de batismo de Billy Pilgrim, um nome que nunca usou, pois detestava tudo o que ele representava.

O lamento deles não ia tão longe a ponto de chegar ao remorso, mas quando pensavam que tinham disparado a arma contra Billy, Michael e Vanessa, sentiam certo enjoo, embora um antiácido costumasse ajudar.

Outra coisa que tinham deixado para trás era o ceticismo em relação a questões espirituais. Amy sempre tivera a cabeça aberta, embora antigamente telefonemas de freiras mortas testassem os limites de sua credulidade.

A trajetória de Brian foi maior do que a dela; agora ele reconhece as camadas de mistério presentes no mundo e percebe que o que viu nos olhos de Nickie foi a luz de uma presença divina, talvez a inocente alma da filha assassinada de Amy revestida de poder, capaz de retornar por um breve tempo e por um propósito definido, ou um anjo.

Agora ele tem certeza de que o som que ouviu no apartamento quando desenhava obsessivamente os olhos de Nickie foi obra de asas enormes, confirmando a hipótese do anjo. A opinião de Amy é que, como a designação das tarefas e as políticas de promoção no reino celestial não são conhecidas por nenhuma pessoa viva, há todos os motivos para supor que a entidade presente em Nickie era tanto sua filha perdida quanto um anjo, ambos uma única e mesma coisa.

Se tinha uma coisa que Amy e Brian faziam bem era morrer sem consequências graves. Tinham sido mortalmente feridos na cozinha do caseiro. Eles não têm dúvida a respeito disso, entretanto, aqui estão, não só vivos como sem cicatrizes.

Como Esperança conta — e ela não mente —, Nickie a arrastou para dentro da cozinha e *voou* com ela sobre a mesa. Esperança via gente morta com bastante frequência, mas nunca tinha voado num cachorro antes. Largou a coleira e "sentou-se dizendo uau!".

Nickie se colocou sobre Amy e Brian, ambos feridos, como se fosse um cobertor peludo. Seus rostos pálidos readquiriram a cor, os olhos foram se abrindo, umas poucas escoriações não relacionadas ao tiroteio e à punhalada desapareceram, a barba por fazer de Brian sumiu, Amy se lembrou de onde colocara uma receita de doce de chocolate perdida no ano anterior, Brian descobriu que seu dente siso arrancado anos antes crescera de novo e todo o sangue em suas roupas e no chão simplesmente "foi para algum lugar de algum jeito".

Esperança também diz que Nickie "ficou lambendo os rostos de montão" durante os primeiros minutos da cura, o que explica que a primeira queixa de Brian após a ressurreição tenha sido um gosto engraçado nos lábios.

Nem Amy nem Brian têm qualquer dúvida de que, além da cura física, eles também receberam tratamento psicológico e emocional, pois encontraram paz mais rapidamente do que a experiência permitiria. Da mesma forma, considerando o quanto Esperança estava bem após os dez anos de inferno sob os cuidados da mãe, ela deve ter recebido uma graça semelhante.

Esperança aprendeu a ler e escrever no sétimo ano. Há muitos meses ela não diz que é burra. Cada vez que o faz, é obrigada a pagar 10 centavos de sua mesada.

Tendo vivenciado uma série daqueles pequenos momentos sobrenaturais que dificilmente podem ser explicados pela ciência ou pela psicologia — como ainda ter um lápis na mão cada vez que o largava —, eles também eram festejos de um milagre genuíno, tornando-se mais cientes do que nunca a respeito dos misteriosos padrões da vida. Isso não quer dizer que lidam melhor com ela por causa dessas percepções. Ver um padrão e compreender seu sentido são coisas diferentes, e talvez as únicas pessoas que percebem o sentido dos padrões *e* realmente moldam suas vidas de acordo com eles são os candidatos a santos ou os lunáticos inofensivos.

Fred, Ethel e Nickie continuam a compartilhar a vida de Amy e Brian e formam um grupo de filhotes felizes. Três dias após aqueles acontecimentos em setembro, a Nickie alada dentro da Nickie peluda voltou para sua morada definitiva. Após um carinho especialmente longo e doce no sofá, ela sinalizou sua partida com um alegre som de asas que reverberaram de uma extremidade a outra do bangalô. Agora, a Nickie comprada de um bêbado maluco pela bagatela de 2 mil dólares é simplesmente uma boa cachorra, nada mais, embora isso já seja a melhor coisa que um cão pode ser.

Daisy, a cachorra cega de Millie e Barry Packard, readquiriu a visão um dia após a visita de Nickie, mas a quarta perna do trípode Mortimer não cresceu. Assim, ele segue em frente.

A Golden Heart prospera. Os bens de um homem chamado Georgie Jobbs (nenhuma relação com Steve Jobs), que era considerado uma pessoa de meios modestos — e misteriosos —, foram inteiramente legados à Golden Heart, um equivalente a 1,26 milhão de dólares. Ninguém sabia de sua admiração por goldens até ele declarar, em seu testamento, que o único ser que o amou na vida foi um golden chamado Harley. O sonhado centro para goldens de Amy vai finalmente ser construído.

Um excesso de cães continua sofrendo maus-tratos e sendo abandonado — um já é demais —, e as pessoas continuam matando as outras por dinheiro, inveja e por razão nenhuma. Os maus têm sucesso e os bons fracassam, mas este não é o fim da história. Milagres que ninguém vê acontecem, e entre nós andam heróis nunca reconhecidos, e pessoas vivem na solidão por não conseguirem acreditar que são amadas. E, sim, Amy e Brian se casaram.

Este livro foi composto na tipologia Adobe Caslon Pro,
em corpo 11/15,3, e impresso em papel off-white 80g/m²
pelo Sistema Cameron da Distribuidora Record
de Serviços de Imprensa S.A.